저도 소설은 어렵습니다만

살면서 만난 소설적 순간들

저도 소설은 어렵습니다만

2022년 4월 25일 초판 1쇄 인쇄
2022년 5월 03일 초판 1쇄 발행

지은이   한승혜
펴낸이   조시현
펴낸곳   도서출판 바틀비
주소   04019 서울시 마포구 동교로8안길 14, 미도맨션 4동 301호
전화   02-335-5306   팩시밀리 02-3142-2559
이메일   bartleby_book@naver.com
출판등록 제2021-000312호

스마트폰 카메라로 아래의 코드를 스캔하면 바틀비 홈페이지, SNS로 연결됩니다.

홈페이지   블로그   페이스북   인스타그램
bartleby.co.kr   blog.naver.com/   www.facebook.   www.instagram.com/
                   bartleby_book   com/withbartleby   withbartleby

ⓒ 한승혜, 2022
ISBN 979-11-91959-05-5 03800

살면서 만난
소설적 순간들

저도
소설은
어렵습니다만

한승혜 지음

바틀비

저도 소설은 어렵습니다만

두 번째 책인 《다정한 무관심》을 출간하고 인터뷰를 하는 자리에서 담당 기자가 물었다. "스트레스는 어떻게 해소하세요?" 조금 고민하다 대답했다. "음… 주로 소설을 읽으면서 마음을 다독이는 것 같아요." 또 다른 질문이 이어졌다. "글을 보면 어떤 균형감각이나 안정감 같은 것이 느껴집니다. 특별한 비결이 있을까요?" 다시금 대답했다. "어… 같은 말을 또 하려니 조금 멋쩍긴 한데요, 역시나 소설을 많이 읽어서 그런 것 같아요."

이것도 저것도 전부 소설 덕분이라니. 내가 생각해도 당황스러운 답변이었지만, 사실이 그러하므로 어쩔 수 없었다. 나의 경우 살면서 마주하는 어려움이나 타인을 이해하는 방법은 대부분 소설을 읽으며 익혀왔기 때문이다. 기쁠 때, 슬플 때, 즐거울 때, 고독할 때, 화가 날 때, 기타 많은 순간 소설은 훌륭한 처방이자 친구가 되어주었다. 혼란스럽거나 답을 잘 모르겠는 경우역시 일종의 답안지와 같은 역할을 해주었다.

그리하여 나는 언제부턴가 소설을 찬양하고 칭송하며, 동시에 소설을 읽지 않는 사람들에게는 소설을 적극 권유하고 추천하는 '소설 전도사' 같은 발언을 자주 했는데, 그러면 사람들은 내가 본래부터 소설을 사랑해온, 선천적으로 소설이 잘 맞는 사람이라고 생각하곤 했다. 고백하자면 이런 나라고 늘 소설을 사랑하고 열심히 읽어왔던 것은 아니다.

물론 책을 좋아하는 많은 사람들이 그렇듯이 나 역시 어려서부터 책을 좋아했다. 집 안에는 각종 읽을거리가 쌓여 있었고, 책장에는 니체의 철학서부터 앙드레 지드를 비롯한 세계 문호의 고전 명작, 그리고《태백산맥》등의 대하소설 및 시드니 셸던 시리즈와 같은 베스트셀러, 한편으로는 온갖 요리책과 고우영의 만화책 등이 두서없이 꽂혀 있었다. 심심했던 나는 그것들을 닥치는 대로 읽으며 지냈다.

눈을 감으면 지금도 생생하게 떠오른다. 미우라 아야코의《빙점》의 마지막 페이지를 덮을 때의 여운이, 토마스 하디의《테스》를 읽으며 불안과 분노에 떨던 순간이, 졸음을 참아가며 밤새 시드니 셸던 시리즈를 읽던 시간이, 고우영의《일지매》에 홀리듯 빠져들던 나날이. 그러면서 나는 용돈이 모이기만 하면 서점에 달려가 보고 싶었던 책을 한 권씩 사들이고 도서 대여점에 좋아하는 작가의 신간이 들어왔다는 알람이 뜨면 부리나케 달려가는 청소년으로 자라났다.

이토록 다양한 장르의 책을 읽으며 이야기의 매력에 푹 빠져들었던 내가 자라면서 문학 관련 진로를 꿈꾸게 된 것은 자연스러운 수순이었다. 물론 큰 그림이나 계획 따위는 없이 소설이 좋아 문학을 공부하겠다는 단순한 마음이었다. 영어 또한 좋아했기에 수험생 시절 나의 희망 진로는 영어영문학과로 늘 명확했다. 대학에 가서 좋아하는 작가들의 소설을 원 없이 읽고 싶었다. 그때까지는 여가 시간에만 읽을 수 있었던 소설책을 수업 시간에도 실컷 볼 수 있다니 이보다 더 좋을 수는 없었다. 게다가 영문과라면 영어 실력도 늘어날 테니 일석이조.

그러나 막상 대학에 진학하여 마주한 영문과의 실상은 예상과는 완전히 달랐다. 학과 공부는 치열하고 어려웠으며, 나보다 훨씬 뛰어난 동기들을 바라보고 있노라면 아무리 마음을 다잡아봐도 초라한 생각이 들었다. 자꾸만 생각이 밖으로 떠돌았고 자연스레 학업에 대한 흥미가 점차 사라져갔다. 아마도 그때부터였을 것이다. 일시적이나마 내가 문학에서 멀어진 것이.

이후 나는 하필이면 왜 영문학 따위를 선택했는지 매일같이 후회하며 전공 시간마다 죽을상을 하게 되었다. 진로와 취업이라는 현실적인 고민 앞에서 수업 시간에 다루는 삶과 인간에 대한 논의는 공허하게만 느껴졌다. 일상으로 돌아와 친구와 갈등을 겪거나 연인과 싸웠을 때 역시 마찬가지였다. 소설 속의, 도무지 현실과 이어져 있지 않은 듯한 이야기를 읽는 것이 힘겨웠다. 그 과정에서 영문학이란, 아니 영문학뿐만 아니라 문학 자체가 애초에 하등 쓸모없는 것이 아닌가 하는 생각을, 나도 다른 친구들과 같이 경영학이나 경제학처럼 좀 더 실용적인 학문을 전공했으면 좋았을 것이란 후회를 날마다 했다. 도대체 인간이란 무엇인지, 삶은 무엇인지, 인간은 무엇으로 사는지 따위의 하나 마나 한 말만 늘어놓는 학문을 어디에 쓴단 말인가.

이런 생각은 한 걸음 더 나아가서 나중에는 대체 소설 따위는 읽어서 무엇 하나 하는 데까지 이르렀다. 현실과 맞닿아 있지 않다는 생각이 드니 어릴 때와는 달리 더 이상 소설에서 재미를 느끼기 어려웠다. 결국 한때 누구보다 문학을 사랑하던, 그리하여 전공으로까지 선택한 문학도가 결과적으로는 문학에 치를 떠는 사람이 되어버린 것이다. 이후의 대학 생활은 참으로 쉽지 않았다. 그처럼 싫어하는 문학 관련 수업을 듣고, 공부를 하고, 시험을 치르는 사람의 마음이 어땠을지는 자세한 설명 없이도 짐작 가능할 터. 성적은 학사경고를 받기 직전까지 떨어졌고, 자존감이나 자신감도 하락했다. 자연히 문학이 점점 더 싫어졌다. 결국 몇 년간은 시험공부를 제외하고는 소설책이라곤 거들떠보지도 않게 되었다.

그렇게 나는 점점 더 학교 바깥으로만 돌았다. 공부 외의 다른 것을 하기에 바빴고 앞날은 먹구름이 낀 듯 어두워졌다. 더불어 소설에 대한 반감도 커져서 소설을 읽는 사람들을 볼 때마다 내심 생각했다. '저렇게 무용한, 도움도 되지 않는 것을 잘도 읽네. 현실과 별 상관도 없는 이야기들에 어떻게 저렇게 몰입할 수 있을까?' 물론 다행히도 그런 나날이 오래 지속되지는 않았다. 그랬더라면 지금 이 책을 쓰는 일도 없었을 테니 당연하지만 말이다. 하여간 내가 다시금 문학에 관심을 두게 된 것은 그로부터 조금 시간이 흐른 뒤, 아주 우연한 계기를 통해서였다.

과제에 필요한 책을 찾으러 학교 도서관에 갔다가 허탕을 쳤던 어느 날, 왠지 그냥 돌아가기 아쉬워 서가 이곳저곳을 기웃거리던 와중이었다. 넓은 도서관 안을 이리저리 헤매다 우연히도 한국 소설 코너에 들어서게 되었는데, 몇 년간 거들떠도 보지 않았던 소설을 그날따라 어째서 펼쳐 보고 싶었는지는 모르겠다. 그리고 그것이 시작이었다. 책장을 훑다 별생각 없이 책 한 권을 뽑아 든 나는 그만 홀린 듯 사로잡혔다. 잠깐 펴보려던 생각과 다르게 한참을 그 자리에 못 박힌 채 서서 보다가 그대로 주저앉아 끝까지 읽어 내려갔다.

정신을 차렸을 때는 환하던 창밖이 어두워진 상태였다. 당황하여 벽에 걸린 시계를 보니 시간이 꽤나 흘러 있었다. 시간이 가는 줄도 모르고 책에 빠져들었던 것이다. 마치 어린 시절 밤새워 소설을 읽던 그때처럼. 몇 년간 소설을 멀리하던 나에게는 놀라운 일이었다. 하지만 한편으로는 그럴 수밖에 없었지 싶기도 하다. 왜냐하면 그 당시 우연의 도움으로 집어 들었던 그 책은 그야말로 나에게 딱 맞는, 완전히 나의 이야기였기 때문이다.

그 소설은 고(故) 박완서 작가의 《도시의 흉년》이었다. 한 졸부 가문의 흥망성쇠를 배경으로 격동하는 한국 사회의 빈부 격차와 뒤틀린 가부장제, 그 안에 속한 개별 인물들의 비틀린 욕망을 풀어낸 작품이다. 작품 속에서 졸부의 막내딸이자 명문 여대에 재학 중인, 냉소적이고 쿨한 태도를 멋지다 여기며 자극적인 장난을 즐기던 주인공은 그러한 냉소와 장난기, 부주의함 등으로 세상의 쓴맛을 보고 크게 혼쭐이 나는 한편, 시간이 지남에 따라 자신이 실은 아무것도 모르고 있었음을 깨닫는다.

그날, 그야말로 전율에 가까운 감각을 느꼈다. 속물적 욕망과 세상에 대한 혐오를 굳이 감추려 들지 않았던, 세상만사 모든 것에 통달해 있다고 여기던, 타인을 비웃고 우습게 생각하던, 그러다가 큰코다치고 벼랑으로 내몰리는 주인공은 내가 알게 모르게 인지하고 있던, 그러나 인정하고 싶지 않았던 나의 모습을 은연중에 비추고 있었다. 뿐만 아니라 당시의 우리 집은 과거에는 꽤나 넉넉하다가 내가 태어나 자라면서부터 가세가 점점 기울고 있었는데, 그런 부분 역시 소설 속 주인공의 상황과 비슷했다.

놀라운 건 그러한 지점이 뼈아프게 다가오는 동시에 색다른 쾌감을 주었다는 사실이다. 현실의 나를 허구의 세계에 겹쳐서 바라보는 것이 어떠한지, 나의 모습을 타인의 시선을 통해 관찰하는 것이 어떤 느낌인지 그때 처음으로 생생하게 감각했던 듯하다. 물론 어린 시절에도 책을 읽는 동안 주인공과 나를 동일시하며 기뻐하고 슬퍼했던 경험이 없지 않았다. 하지만 그때는 어디까지나 막연한 상상과 일차원적인 재미에 가까웠다면, 이번에는 또 다른 느낌이었다.

그날의 경험은 나의 현실과 소설 속 무언가를 겹쳐서 바라보게끔 해주었다. 어쩌면 이 작품을 이렇게 읽은 것은 나뿐인지도 모르겠다. 인터넷 서점에 게재된 《도시의 흉년》의 소개글은 다음과 같기 때문이다. "어른들 세대의 미신이 자유로운 정신에 얼마나 큰 제약을 주는지 보여주기 위해 박완서는 상피붙는다는 극적인 미신을 끌어들여 어른들이 만든 잔혹한 세상을 젊은 이들이 어떤 방식으로 극복해나가고자 하는지 그려냈다." 보다시피 내가 느낀 바와는 전혀 다르다.

예술에는 정답이 없기에 작가가 어떠한 의도로 이 작품을 썼는지 당시에도 지금도, 나로서는 알 도리가 없다. 그럼에도 어쨌든 소설에서 나의 모습을 발견하고, 그 과정에서 답답한 현실의 돌파구를 찾아내거나 어렴풋이 느끼면서도 표현할 길 없었던 지점을 인지하면서, 나는 다시금 소설의 재미에 눈을 뜨게 되었다. 허구의 세계를 바탕으로 하는 소설이 실은 현실과 얼마나 맞닿아 있는지, 소설을 읽는 동안 독자가 어떠한 정서적 환기를 경험하는지, 그러한 환기가 어떤 카타르시스를 선사하는지, 그것이 얼마나 살아갈 용기를 주는지 깨닫게 된 것이다.

그 뒤로는 '비실용적인' 문학 따위를 굳이 전공했다는 자괴감과 후회를 느끼는 일이 별로 없었다. 전공인 영문학에도 다시 관심을 갖게 되었고, 자연히 수업도 열심히 듣게 되었다. 다른 학생들과 함께 작품을 읽고, 토론하고, 극중 인물이 직접 되어보는 과정을 겪으면서, 비록 시간과 공간도 다르고 주어진 배경도 다르지만 인간의 어떤 부분은 조금씩 맞닿아 있다는 사실을, 예술은 결국 인간을 이해하는 것이 목적임을, 소설을 읽는 행위는 현실과 동떨어진 것처럼 보이지만 실은 그 안에서 자신의 상황과 처지와 감정을 이해하는 과정이라는 것을 깨닫게 되었다.

지금은 과거와 달리 소설을 읽는 사람들이 매우 드물다. 독서 인구 자체가 점차 줄어드는 와중에 가뜩이나 인기 없는 소설 장르의 경우 더 말해 무엇할까. 극소수 유명 작가의 작품이 간혹 유명세를 타지만 아주 제한적이며, 그마저도 평소 소설을 탐독하는 일부 독자들 사이에서나 회자될 뿐이다. 나의 경우 앞서 언급한 것처럼 살면서 겪었던 많은 고비를 소설에 의지하며 지내왔기에, 때로는 소설에 기대어 외로움을 잊고, 슬픔을 달래고, 그리움을 환기하고, 때로는 소설 속의 상황과 삶을 연결지으면서 모르는 문제에 답을 구하기도 했던지라 요즘처럼 소설이 외면받는 상황을 보면 여러모로 안타까움을 느낀다.

하지만 한편으로는 사람들이 왜 소설을 재미없어하는지, 소설을 읽는 것을 어째서 시간 낭비라고 생각하는지, 어떠한 까닭으로 소설 대신 실용 서적을 택하는지 충분히 이해한다. 전공생인 문학도조차 문학을 멀리했었는데 안 그래도 사는 게 복잡한 다른 이들이야 오죽할까 싶다. 지난해 넷플릭스에는 〈더 체어〉라는 미국 드라마가 공개되었다. 존폐 위기에 놓인 영문학과에 새롭게 부임한 여성 학장이 고군분투하는 내용이다. 아무래도 문학과 소설이 사장될 위기에 처한 것은 비단 한국만의 상황이 아닌 모양이다.

이러한 모든 '현실'에도 불구하고, 여전히 나는 소설의 즐거움과 유용함을 더 많은 사람에게 알리고픈 소망을 버리지 않았다. 한차례 외면했다가 다시 소설과 친해진 경험이 있기에, 거기에서 많은 즐거움과 깨달음을 얻었기에, 소설을 읽는 것은 삶에 도움이 된다는 것, 살아갈 용기를 준다는 것, 나 자신과 타인을 이해하도록 도와준다는 것, 다른 무엇보다 재미있다는 것을 알리고픈 마음인 것이다. 지금은 소설을 외면하는 사람들도 그 언젠가의 나처럼 자신에게 딱 맞는 소설을 마주하게 되면 소설의 재미에 눈을 뜨게 되는지 모른다.

다만 사람마다 취향도 삶의 방식도 생각도 감정도 모두 다르기에, 자신과 꼭 맞는 소설을 찾아내는 것이 그리 쉽지만은 않다. 소설은 어쨌거나 사람에 대한 이야기이고, 그런고로 소설을 읽는 것은 다른 이의 삶을 들여다보는 것이기 때문이다. 잘 맞지 않는 소설을 억지로 읽는 것은 잘 맞지 않는 사람과 억지로 시간을 보내는 것만큼 괴로운 일이다. 흥미는커녕 짜증과 지루함만을 유발하는. 이러니 사람들이 소설과 친해지기 힘든 것이 당연하다.

그런 측면에서 "재미있는 소설 좀 추천해주세요"만큼 난감한 질문도 없다. 마치 "어디 괜찮은 사람 좀 소개해주세요"라는 요청과 비슷하달까. 많은 사람이 외로워서 함께 지낼 누군가가 필요하다는 생각을 하지만, 이것이 길을 지나던 아무나와, 혹은 버스 정류장에서 마주친 뜬금없는 타인과 정서적 교류를 하고 싶다는 뜻은 아닐 것이다. 자신과 꼭 맞는 누군가를 만나려면 많은 시행착오를 거쳐야 하듯, 소설 또한 마찬가지다. 이 세상에 모두에게 걸맞은, 모든 사람에게 재미있는 소설은 없다. 나에게 잘 맞는 소설을 만나려면 소설을 탐색하는 방법을 익히고 거기에서 즐거움을 얻는 법을 배워야 한다. 사람마다 삶의 궤적과 취향이 다른 것처럼 소설에 대해서도 그렇다.

그러므로 나는 이 책에서 누가 읽어도 재미있을 만한 소설을 '추천'하는 대신, 그간 소설을 읽으며 발견하고, 깨닫고, 느꼈던 과정에 대해 가감 없이 적어보려고 한다. 그편이 소설이 한 개인에게 미치는 영향을 엿볼 수 있게 해준다는 생각에서다. 그렇기에 여기 실린 글들은 개별 책에 대한 '서평'이라기보다는 나의 삶과 해당 작품들이 어떻게 겹치는지, 그러한 작품을 읽은 것이 나에게 어떠한 영향을 끼쳤는지에 대한 기록에 가깝다. 책에 대한 이야기이지만 한편으로는 내가 살아온 시간의 궤적 자체라고 할 수 있을 것이다.

이 기록이 다른 이들에게 어떻게 읽힐지는 솔직히 잘 모르겠다. 하지만 소설과 이미 가까운 사람들에게는 공감을, 소설과 친하지 않은 사람들에게는 소설에 대한 흥미를 불러일으키는 계기가 될 수 있기를 조심스레 바라는 마음이다. 그 과정에서 소설과 삶이 그리 멀지 않다는 것, 소설을 통해 깨닫고 느낄 수 있는 바가 사람들의 생각보다 훨씬 더 많다는 것이 전해진다면 더할 나위 없을 것이다.

누구에게나 자신에게 꼭 맞는 이야기가 존재한다는 믿음과 함께, 사랑과 용기를 담아.

2022년 4월
한승혜

차례

1부

불편함과 부당함의 사이에서 :

일상의 얼굴

불편함과 부당함의 사이에서

◆

《가해자들》

나는 집에 혼자 남았다. 이렇게 되고 보니 엄마가 무슨 소리를 들었는지 알 것 같았다. 외로움이 만들어낸 실체도 없는 소리가 엄마의 삶을 잡아먹었다. 나도 머지않아 그것에 먹힐 거다. 옆집 아줌마는 무슨 소리를 듣는 건지 엄마처럼 계속 벽을 두드리고 있었다. (112쪽)

_《가해자들》, 정소현, 현대문학, 2020

◆ ◆ ◆

"실례지만, 혹시 아이들이 뛰었나요?" 어느 평화로운 일요일 오후, 관리실로부터 인터폰이 걸려 왔다. 이 시간에 무슨 일이지? 하고 별생각 없이 받았는데, 경비실 직원의 조심스러운 목소리와 함께 예상치 못한 질문이 흘러나왔다. 때마침 점심 식사를 끝낸 아이들이 잠깐 장난을 치고 놀았던 참이었기는 하다. 첫째와 둘째가 소파에서 거실 바닥의 카펫으로 번갈아 점프하는 놀이를 하고 있었다. 깜짝 놀라 서둘러 답했다. "애들이 잠시 장난치느라… 혹시 아랫집에서 시끄럽다고 그러나요? 조심시킬게요. 죄송합니다!" 관리실 직원은 대답했다. "어딘지는 말씀드릴 수 없고요, 아무튼 부탁 좀 드릴게요. 감사합니다."

수화기를 내려놓는데 가슴이 쿵쿵거리며 뛰었다. 이제껏 층간소음과 관련하여 온갖 이야기를 들었지만 막상 직접 경험해본 적은 없었기에 사실 남의 일이라고만 생각했다. 그랬는데 말로만 듣던 층간소음의 가해자가 되다니. 하지만 이 아파트에 살았던 5년 동안 지금껏 이런 일이 한 번도 없었는데…. 누군가 새로 이사 온 것일까? 아주 잠깐이었는데 정말 그렇게 시끄러웠던 걸까? 만약 그랬다면 참으로 민망하고 미안한 일이지만, 앞으로도 이렇게 계속 전화가 걸려 오면 어쩌지? 우리도 1층으로 이사를 가야 하나? 요즘 같은 시기에 이사 갈 집을 구할 수 있을까? 공동주택이란 참으로 어렵구나 같은 온갖 생각이 동시다발적으로 머리를 스치고 지나갔다.

그와 동시에 가슴속 어딘가에서 부글부글 끓는 듯한 감정도 일었다. 잠깐만… 지금이 늦은 밤도 아니고, 이른 아침도 아니고, 주말 점심인데 너무하는 거 아니야? 더군다나 우리는 평일에는 거의 아무 소리도 안 내는데. 주말에 이 정도의 생활 소음도 못 참겠으면 아파트가 아닌 절간에서 살아야지. 게다가 자기만 시끄러운 줄 알아? 나도 그동안 윗집 아랫집에서 쿵쿵거리거나 음악 크게 들을 때 시끄러웠지만 참았다고. 공동주택이니까, 모두가 생활하는 시간대니까 참았단 말이다. 나는 심지어 새벽에 시끄러운 것도 별말 안 하고 다 참았다고! 나는 참는데 왜 당신은 안 참는 거야! 민망함과 미안함, 불편함과 부당한 감정이 뒤섞인 그날의 복잡한 상념은 결국 아이들에게 뛰지 말라고 소리 지르는 것으로 일단락되었다.

하지만 그 뒤로는 아이들이 움직일 때마다 나도 모르게 신경이 곤두섰다. 잘잘못의 여부를 떠나 누군가로부터 싫은 소리를 듣는 건 그 자체로 스트레스가 되는 법이다. 인터폰이 울릴까 봐 늘 마음이 조마조마했고 신경이 날카로워졌다. 결국 아이들의 움직임이 조금이라도 격렬해질 낌새가 보이면 눈을 부릅뜨고 소리쳤다. "뛰지 마! 뛰지 말라고!" 자연스레 집 안에서 머무는 시간은 내내 아이들의 행동을 통제하면서 흘러갔다. 학교와 어린이집에서 아이들이 돌아오면 반가움과 동시에 두려움이 엄습했다.

그러면서 신기한 변화가 생겼다. 소음 자체에 몹시 민감해진 것이다. 한번 귀가 '트이고' 나니 이전에는 나는 줄도 몰랐던 온갖 소리가 들려왔다. 아예 안 들리던 소리가 갑자기 들리게 된 건 물론 아니다. 냉장고 소음부터 시계 똑딱거리는 소리까지, 이전에는 그저 자연스러운 배경음이었던 온갖 잡다한 소리가 이렇게 시끄러웠나 싶을 정도로 귀에 꽂혀 왔다. 혹여라도 어디선가 웅웅거리는 TV 소리가 들려오기 시작하면 분노 비슷한 감정이 치밀어 올랐다. 나는 지금 내 집에서 아이들도 마음대로 못 움직이게 하고 있어. 그런데 당신은 뭘 하는 거지?

하루는 새벽에 자다 말고 눈이 번쩍 뜨였다. 어디선가 전자 기타와 드럼 소리가 들려왔던 것이다. 소리 자체는 아주 크지 않았지만 전자 악기 특유의 진동이 느껴졌고, 눈을 뜨자마자 역시나 화가 치밀어 올랐다. 나는 주말 낮에 아이들이 잠깐 뛰었다는 이유로 항의 전화를 받았는데 드럼이랑 기타를 연주한다고? 이 새벽에? 미친 거 아니야? 절대 용서 못 해!

문제는 내가 사는 아파트가 네 채의 집이 정사각형 모양으로 서로 붙어 있는 타워형이라는 것이다. 이런 구조의 특성상 한 곳에서만 소음이 발생해도 사방으로 전달된다. 위에서 쿵쿵거리는 소리가 들려왔을 때 그 진원지가 반드시 윗집이라고 확신할 수 없는 이유다. 윗집 혹은 윗집의 옆집 또는 윗집의 대각선집일 수도 있다. 그렇기 때문에 경비실에 섣불리 전화를 걸어 항의할 수가 없다. 항의를 하더라도 진원지를 확실히 모르면 조치를 취할 수 없다는 대답이 돌아올지도 모르고.

결국 나는 그 새벽에 침대를 박차고 일어나 비상구 계단을 올라 위층으로 향하기에 이르렀다. 정사각형의 꼭짓점마다 놓인 위층 네 집을 번갈아 돌며 현관문에 귀를 대고 안에서 들려오는 소리에 귀를 기울였다. 새벽의 공기는 차가웠고 사방은 온통 캄캄하여 두려운 생각도 들었지만 이 이상 소음에 시달릴 수는 없다는 생각이 공포심마저 마비시켰다. 그러다가 마지막으로 우리 집 바로 윗집의 차례가 된 순간, 현관문을 통해 미세한 진동과 함께 희미한 악기 연주 소리가 전해졌다. 그와 동시에 내 입가에 자연스럽게 미소가 떠오르면서 묘한 흥분과 희열이 몰려왔다. 잡았다, 요놈!

그때였다. 문득 귀에 맞닿은 금속 재질의 현관문이 놀랍도록 차갑게 느껴지며 그러고 있는 스스로가 낯설었다. 누군가 지금 나의 모습을 보면 뭐라고 생각할까? 전자 악기를 연주한 범인을 색출해내겠다는 일념하에, 자다 깨서 산발한 머리로 충혈된 눈을 부릅뜬 채 새벽녘의 아파트 복도를 헤매는 나를 본다면. 남의 집 현관에 귀를 대고 미소 짓는 내 모습을 본다면. 이래서야 《가해자들》속 등장인물과 다를 바가 없다는 생각이 들면서 끓어오르던 피가 차게 식었다. 나 자신이 얼마나 비이성적으로 행동하고 있는지를 깨닫게 된 것이다. 그날 밤 집으로 돌아온 뒤 두려움을 다독이며 애써 잠을 청했다. 소음에 대한 두려움이 아니라 소음 때문에 이상하게 변할지도 모르는 스스로에 대한 두려움이었다.

정소현의 소설 《가해자들》은 층간소음을 둘러싼 갈등을 소재로 한 작품이다. 소설에서 일어나는 사건을 짧게 줄여보면 "층간소음을 빌미로 이웃 간에 칼부림까지 일어나" 정도로 요약할 수 있을 것이다. 신문 기사나 뉴스에 종종 등장하는 헤드라인 같은 한 줄. 그만큼 엽기적이고 극단적인 어떤 사연. 나와는 아주 거리가 먼 것 같은 사건과 사람들.

하지만 소설은 이러한 현실이 실제 우리의 삶과 그다지 멀리 떨어져 있지 않음을, 층간소음 때문에 칼까지 휘두른 누군가가 한때는 아주 멀쩡한 우리의 이웃이었다는 사실을, 혹은 지금도 우리 가까이에 있는 평범한 누군가일 수 있음을 보여준다. 하기야 멀리서 찾을 것도 없다. 나 자신부터가 새벽에 소음의 범인을 찾겠다고 이리저리 헤매고 다녔으니. 그러니 정말로 남의 일이 아닌 것이다.

소설 속에서 1111호에 사는 '나'는 아파트 주민 모두의 적이다. 그는 위, 아래, 옆집에서 들려오는, 남들은 듣지도 못하는 아주 작은 소음까지 찾아내어 매번 항의한다. 악기 연주와 같은 명백한 소음이 아닌 온갖 소리에 대해서. 아이를 씻기는 소리, 아이의 웃음소리, 냉장고를 여는 소리, 알람 소리, 봉지를 부스럭거리는 소리 같은 생활 소음도 용납하지 않는다. 그리고 소음이 사라지지 않으면 각종 도구를 이용하여 '보복'까지 한다.

결국 윗집, 아랫집, 옆집 이웃인 1211호, 1011호, 1112호 주민들은 1111호의 반복되는 항의 전화로 스트레스에 시달리고, 혹여 작은 소음이라도 일으킬까 봐 매우 조심스럽게 행동한다. 그러나 누구도 극도로 긴장된 상태를 오래 유지할 수는 없는 법이다. 어느 순간 폭발한 그들은 소음을 내지 않으려 조심하는 대신 당하고만은 있을 수 없다는 생각으로 전면전을 펼치기에 이른다. 그 과정에서 모두의 삶이 망가진다.

여기까지만 보면 소설 속 모든 사건은 1111호에 살던 극도로 예민한 '나'가 원흉인 것만 같다. 하지만 사실은 '나' 역시 일종의 피해자라는 사실이 이 소설의 흥미로운 부분이다. 소설은 '나'가 함께 살던 시어머니로부터 온갖 모욕과 학대를 받으면서도 꾹꾹 참기만 하다가 마침내 층간소음으로 쌓아왔던 분노를 폭발시키는 모습을 그려냈다. 가족들에게조차 이해받지 못하고 극단적으로 고립된 상황에서 스트레스를 받던 '나'는 점차 외부의 소음에 귀가 '트이고', 시간이 지날수록 편집증적인 행동을 보인다. 이웃들이 내는 작은 소리마저도 참지 못하고 보복까지 감행한 것은 바로 그 결과물이었던 셈이다. 그간 너무나도 많은 것을 참앉기에 거꾸로 무엇도 참지 못하는 사람이 되었을지 모른다는 것이 '나'의 비극이다.

소설 속 상황은 결코 극단적인 묘사라고 할 수 없다. 층간소음으로 칼부림이 일어나고 오픈마켓에서 우퍼와 고무망치 등 층간소음 관련 물품이 판매되는 현실을 생각하면 더욱 그렇다. 그렇기에 읽다 보면 층간소음 및 이웃과 공동체에 대해 여러 가지 생각을 하게 되는데, 가장 마지막까지 남는 질문은 한 가지다. 우리는 과연 타인을 어디까지 참아낼 것인가. 우리가 용납하고 허용할 수 있는 선은 과연 어디까지인가. 그렇다면 이웃에서 들리는 온갖 소음, 이를테면 한밤중의 악기 연주는 참아야 하나, 말아야 하나. 어디까지 허용하고 어디부터 거부할 것인가.

사실 나의 내면이 아닌 외부에 위치하는 타인은 본질적으로 불편한 존재일 수밖에 없다. 체내에 들어오는 이물질과 마찬가지인 셈이다. 세균이나 바이러스가 체내에서 문제를 일으키듯이 타인에 대해서도 너무 많이 허용하게 되면 반드시 문제가 생긴다. 소설 속 1111호에 살던 '나'처럼 말이다. '나'의 경우에는 시어머니가 독이 된 사례였다. '나'는 그와 같은 독에 너무 많이 노출된 나머지 이웃들이 내는 아주 작은 소음조차 견딜 수 없게 되었는지 모른다.

문제는 '무균'의 상태 또한 썩 바람직하지 못하다는 데 있다. 놀랍게도 무균 상태일 때 신체는 더욱 취약해지며 생존 능력 또한 점차 떨어진다. 질병에 맞서기 위해서는 일종의 항체가 필요한데, 우리가 주기적으로 백신을 맞는 것은 바로 이 때문이다. 신체가 아닌 정신 역시 다르지 않다. 다른 사람과의 접촉이나 교류를 원천 차단함으로써 우리의 정신은 무균의 상태를 유지할 수 있을지 모르지만, 이런 경우 오히려 취약한 상황에 놓이게 된다. 시어머니로 인해 고통받던 1111호의 '나'가 이전과는 달리 아주 작은 소음조차 용납하지 않는 사람으로 변모하고, 그 과정에서 어떠한 간섭이나 방해도 받지 않게 되었음에도 불구하고 점점 더 상태가 악화되었던 것처럼.

결국 타인과 함께 살아가는 것은 세균과 어느 정도 조율해 나가며 우리의 신체를 유지하는 과정과 비슷하다고 할 수 있다. 우리가 살아 있는 한, 타인과 함께하는 한 불편함이 완전히 사라진 무균의 상태는 마주칠 수 없으며, 그것이 결코 바람직하지도 않다. 문제는 그처럼 불편함을 감내하는 과정에서 우리가 때로는 부당한 일을 당하기도 한다는 사실, 또한 많은 경우 우리가 불편함과 부당함을 구분하기 어려워한다는 사실이다. 그 과정에서 망가지는 사람들이 나오는 것 또한 마찬가지. 마치 1111호의 '나'처럼, '나'의 횡포를 일방적으로 감내하다 덩달아 망가지고 말았던 '나'의 이웃들처럼 말이다. 사는 것은 그래서 어려운지도 모르겠다.

무지의 특권

◆

〈음복〉

왜냐하면 너는 아마 영원히 모를 테니까. 뭔가를 모르는 너. 누군가를 미워해본 적도 없고, 미움받는다는 것을 알아챈 적도 없는 사람. 잘못을 바로 시인하고 미안하다고 말하는 사람. 너는 코스모스를 꺾은 이유가 사실 당신 때문이라는 걸 말하지 못하는 사람도 아니고, 누가 나를 이해해주냐는 외침을 언젠가 돌려주고 말겠다는 비릿한 증오를 품은 사람도 아니니까. 그럼에도 불구하고 당신 손을 잡을 수 있는 사람은 나밖에 없다고 생각하는 사람도 아니지. 그런 얼굴을 가진 사람이 아니야. 그래. 그래서 나는 너를 사랑했다. 지금도 사랑한다. 때문에 나는 말하지 않기로 했다. 사실 네가 진짜 악역이라는 것을.

그런데 말이야.

과연 그걸 선택이라고 말할 수 있는 걸까. (38쪽)

_〈음복〉, 《화이트 호스》, 강화길, 문학동네, 2020

✦ ✦ ✦

나는 예전에 공중화장실이라면 으레 구멍이 뚫려 있는 줄 알았다. 정말이지 카페부터 지하철역, 극장, 음식점, 노래방, 술집, 기타 곳곳에 딸린 온갖 화장실에 갈 때마다 칸막이벽에, 문짝에, 천장에, 타일에, 콩알보다도 더 작은 구멍이 적게는 서너 개부터 많게는 몇십 개에 이르기까지 엄청나게 많이 나 있기에 그런 상태가 기본인 줄 알았다. 어린아이가 막대기로 땅바닥을 휘휘 젓거나 놀이공원 벽에 온갖 낙서를 하는 것처럼 할 일 없고 심심한 사람들이 용변 보는 잠깐의 틈을 참지 못하고 그리해놓았으리라 생각했다.

그것이 수많은, 셀 수도 없는 불법 카메라를 위한 자리였음을 알게 된 것은 비교적 최근의 일이다. 소라넷을 비롯하여 텀블러나 각종 P2P 사이트에 용변을 보는 여성들의 모습을 포함하여 온갖 성범죄 영상이 아무런 제재 없이 마구 돌아다닌다는 것을, 내가 별생각 없이 스쳐 지난 무수히 많은 구멍이 실은 누군지도 모르는 남성들의 '눈'이었다는 것을, 어쩌면 나의 모습 역시 누군가의 모니터 안에 박제되어 있을지 모른다는 사실을 그제야 알게 되었다. 그 순간의 감정을 뭐라 말할 수 있을까. 충격, 분노, 혐오, 경멸, 그중에서도 가장 큰 것은 공포.

하지만 더욱 놀라운 일은 따로 있었는데, 다름 아닌 그 사건을 대하는 뭇 남성의 반응이었다. 그들은 공중화장실에 불법 카메라가 수십 개 설치되어 있다는 뉴스를 보면서도 끝까지 믿지 않았다. "에이, 설마, 아니겠지." "난 화장실에서 구멍 본 적 한 번도 없는데? 여자들이 괜히 오버하는 거 아니야?" "설령 정신 나간 놈 몇 명이 그럴 수는 있어도 그게 일반적인 상황은 아니겠지." "아무래도 착각 아니야? 미치지 않고서야 누가 화장실에 있는 사람을 몰래 훔쳐봐." "내 주변에서도 그런 사이트 보는 사람 한 명도 못 봤는데."

그때 느꼈다. 이들은 모르는구나. 아무것도 모르는구나. 정말이지 모르고 있구나. 우리는 완전히 다른 세상을 살고 있구나. 언젠가 성폭력에 관한 글을 언론에 기고했을 때 역시 마찬가지였다. 여성들은 본인 역시 비슷한 경험을 했다고 공감해 온 반면 남성들은 이런 댓글을 달았다. "어떻게 사람이 살면서 저런 일을 다 당하지? 주작도 정도껏 하쇼!!" "소설 쓰고 앉아 있네. 글 쓴이는 저게 사실이라면 증명해봐라."

그때는 나의 이야기를 믿지 않고, 내가 쓴 글을 매도하는 그들에게 분노를 느끼기에 앞서 질투가 났다. 평생토록 저런 경험을 해본 적이 없다는 사실에 대해서 말이다. 저들은 모르고 있구

나. 밤거리를 걷다가 뒤따라오는 발자국 소리에 간담이 서늘해지거나, 선팅이 진하게 된 택시를 타면 왠지 겁이 나서 내릴 때까지 핸드폰을 손에서 놓지 못한다거나, 모르는 남성이 말을 걸면 의심부터 하고 본다거나, 지하철이나 버스에서 낯선 이가 나를 더듬을 때의 솜털이 곤두서는 그 감각을 절대 알 수도 없고 알려고 들지도 않겠구나, 하는 생각에 질투가 났다. 견딜 수 없을 만큼 시기심이 들었다.

무지한 자가 세상을 사랑하기는 얼마나 쉬운가. 늦게까지 술을 마시고 필름이 끊겨도 강간을 당할 일이 결단코 없는 세상에서, 친절을 베풀었을 때 그 친절이 오해로 되돌아오지 않는 세상에서, 용변 보는 모습이 누군가의 모니터에 박제될 일이 없는 세상에서, 낯선 이가 베푸는 호의를 선뜻 받아들여도 별 탈이 없는 세상에서, 주위 사람들을 예비 범죄자가 아닌 선량한 동료 시민으로 바라볼 수 있는 세상에서. 이런 세상에서는 타인에게 친절하기 어렵지 않다. 누구도 원망하지 않고, 몸을 사리지 않고, 솔선수범하며, 밝게 웃으며, 긍정적으로, 행복하게, 즐겁게, 그렇게 살아갈 수 있다. 무지함이란 그런 것이다. 일종의 특권이자 권력.

그러나 어떤 이들은 결코 무지할 수 없다. 무지하고 싶어도 그럴 수가 없다. 토끼나 노루가 풀이 스치는 아주 작은 소리에도 신경을 곤두세우는 것처럼, 어떤 이들은 타인의 아주 작은 신호도 놓쳐서는 안 된다. 신호를 놓치는 것은 곧 먹잇감이 되는 것이나 다름없는 일. 그렇기에 그들은 작은 구멍을 보고서 그냥 스쳐 지나칠 수 없다. 술자리에서는 만취하면 안 되고, 낯선 이에게 선뜻 호의를 베풀어서도 안 되며, 그렇다고 당돌하거나 되바라진 모습으로 주변을 자극해서도 안 된다. 24시간 신경을 곤두세우고, 주변의 분위기나 상황에 맞춰 복잡한 결을 하나하나 파악해야 한다. 그런 삶이 얼마나 고단한지 과연 모르는 이들이 짐작이나 할 수 있을까. 토끼나 노루가 스치는 풀 소리에도 귀를 쫑긋거리며 오감을 곤두세우는 경험을 사자나 호랑이와 같은 육식동물들이 할 수 있을까. 평생토록 단 한 번만이라도 알 수 있을까.

강화길의 단편소설 〈음복〉은 '무지'에 대한 이야기다. 결혼한 지 얼마 안 된 '나'는 시할아버지의 제사를 지내러 시가에 방문했다가 불편한 상황을 맞닥뜨린다. 바로 남편의 고모가 끊임없이 신경을 자극하는 말을 하며 시비를 걸어 오는 것이다. 대부분의 집 안에는 결혼은 언제 하고 애는 언제 낳고 지금 다니는 직장은 한 달에 돈을 얼마나 주느냐는 질문들로 사람의 속을 긁어 놓는, 이를테면 '악역'이 한두 명씩 있는데, 그 집에서는 바로 고모가 그런 인물이었다.

자연스레 '나'는 제사 지낼 시간이 다가올수록, 그러니까 고모와 함께하는 시간이 길어질수록 점점 더 불쾌한 기분을 느낀다. 피가 섞인 가족이 그래도 싫은데 태어나 처음 보는 이가 손윗사람이라는 이유만으로 그리 나오니 오죽할까. 그럼에도 남편은 아랑곳하지 않고 싱글벙글 기분이 좋기만 하다. 그러면서 '나'는 깨닫는다. 남편은 아무것도 모르고 있다는 것을. 아니, 아예 알려고조차 않는다는 사실을. 동시에 고모의 송곳처럼 날카로운 비아냥과 알게 모르게 감돌던 적의가 실은 그날 처음 만난 낯선 타인인 자신이 아니라, 아무것도 모르고 해맑게 웃으며 즐거운 기분을 유지하는 남편에 대한 짜증과 분노였음을 알아차린다.

그와 동시에 '나'는 깨닫는다. 아무것도 모르고 싱글거리는 남편이 얄밉고 원망스러우며 짜증스럽다가도, 실은 자신이 남편을 사랑하게 된 까닭은 바로 그 이유였음을 말이다. 이것이야말로 이 작품이 품은 참으로 슬프고도 아이러니한 진실이다. 우리는 무지한 자를 무지하다는 이유로 원망하면서도 바로 그러한 까닭으로 사랑하고는 한다. 무지하지 않은 자들을 사랑하는 것보다 훨씬 더.

하지만 생각해보면 그편이 자연스럽다. 온갖 사소한 부분에까지 일일이 신경을 곤두세우며, 조금만 불안해도 날카로워져서 히스테리를 부리며, 잠시도 경계를 늦추지 않는 무지하지 않은 이들에 비해 무지한 이들은 얼마나 유혹적인가. 세상을 온통 밝고 순수하게만 바라보는, 천진하고 해사하고 여유가 넘치는 사람들의 반짝거리는 얼굴. 살다 보면 상처를 잔뜩 입어 더 이상 무지할 수 없게 된 이들이 가시를 잔뜩 세운 모습을 마주하는 일도 생긴다. 우리는 그들을 안쓰러워하면서도 정작 그들과 가까이 지내며 마음 깊이 사랑하기는 어려워한다.

'화목한 가정에서 사랑받고 자란' 사람이 이상형이라는 이야기가 자주 들리는 것은 아마도 이러한 맥락의 연장선일 것이다. 따지고 보면 대단히 폭력적인 이 표현은, 동시에 어느 정도 납득이 가는 발언이기도 하다. 세상에 대한 두려움 없이, 공포 없이, 경계 없이, 순수한 마음을 그대로 간직한 사람들은 얼마나 밝고 아름다운가. 우리가 어린이를 사랑하는 것은 실은 어린이가 아직 세상에 대해 모르기 때문이다. 세상의 쓴맛을 별로 보지 않은 자의 순수한 아름다움. 무지한 자들 역시 마찬가지다. 마치 어린아이처럼 그들이 뿜어내는 순수한 빛, 상냥하고 밝은 에너지, 넘치는 기운, 남을 의심할 줄 모르는 선량함.

그런 측면에서 강화길의 소설 속 인물들은 무지한 대상을 증오하면서도 사랑하고야 마는 우리의 모순에 대해 생각하게 만든다. 사실은 공격적일 수밖에 없었던, 예민할 수밖에 없었던, 날카롭고 사나울 수밖에 없었던 우리들에 대해. 무지하지 않은 자들을 동정하고 연민하면서도, 무지한 자들에 비해 끝내 사랑할 수 없어 절망하거나 당황스러워하는, 결코 무지할 수 없는 자들. "너는 아무것도 모를 거야"라는 말로 시작하며 '무지한 자'들에 대한 원망을 드러내는 〈음복〉의 주인공 역시 이러한 사람 중하나다. 그는 다음과 같은 문장으로 이야기를 마침으로써 이러한 괴리를 정확히 드러낸다.

어둠 속에서 나는 대답했다.

"걔는 아무것도 몰랐으면 좋겠어. 아무것도."

참… 시시하지?

조금 다른 이야기지만 나는 두 아이의 임신 기간 동안 심한 입덧을 겪었다. 첫째를 임신했을 때는 아직 회사를 다니던 무렵으로, 어찌나 입덧이 심했는지 하루는 퇴근길에 강남역 한복판을 걷다가 그대로 토해버렸다. 정말 민망하고 부끄러웠지만 화장실에 갈 때까지 버틸 수 없었다. 그래서 걷다 말고 그대로 길가에 서서 가로수 밑동에 대고 토하고 말았다.

그런데 그때 몸도 제대로 가누지 못하고 겨우 가로수에 의지해 있는 내게 지나가던 남자 두 명이 다가와 말했다. "술 많이 드셨나 봐요." "한잔 더 하러 가실래요?" "저희가 데려다 드릴게요." 그렇게 웃으면서 말을 걸어 오는 그들을 바라보는 순간 이상한 느낌이 들었다. 이 사람들 내가 지금 술 취해서 토한 줄 아는구나. 취한 여자 데려다가 어쩌려고 그러는 걸까? 나는 대꾸 없이 몸을 돌려 그대로 다른 방향을 향해 걸었다. 속이 안 좋은 것 따위 신경 쓸 여유가 없을 정도로 무서웠다.

오래도록 나는 그때의 불길한 느낌에 강력한 확신을 가지고 있었다. 내가 만약 진짜 술에 취했었다면? 의식 불명이었다면? 그들의 선의를 믿고 따라갔다면? 나에게 과연 무슨 일이 생겼을까? 지인들에게도 살면서 겪었던 위험천만한 순간의 하나로 그날 일을 종종 거론했다. 가끔 뉴스에서 술 취한 여성을 대상으로 하는 범죄 소식을 접할 때면 그날의 기억을 떠올리며 나 역시 저런 상황에 처했을지 모른다는 생각에 가슴을 쓸어내리곤 했다.

하지만 요즘 들어서는 모든 것이 나의 오해였을 수도 있다는 생각을 가끔 한다. 그들은 어쩌면 정말로 선의를 가진 평범한 사람들이었을지 모른다고. 차마 화장실까지 버틸 힘이 없어 가로수를 붙들고 구역질을 하는 여성에게 호의를 베풀고자 했던 착한 사람들이었을 수도 있다고. 그러한 호의를 '무지하지 않은' 내가 받아들이지 못하고 섣불리 의심했는지 모른다고. 물론 그들이 정말로 수상쩍은 인물이었으며, 내가 당시 진짜로 술이 취하지 않았기에 운이 좋게 잘 피했을 가능성 또한 여전하다. '무지하지 않은' 나로서는 앞으로도 알 수 없는 일이다.

〈음복〉을 읽는 동안 많이 공감한 한편 섬뜩함을 느꼈던 까닭은 바로 이 때문이었다. 이 소설을 통해 나는 스스로의 모순을 깨달았다. 나를 비롯해 내가 사랑하는 사람들이 가능한 한 무지하길 바라는 나도 모르던 내 마음. 많은 이들에게 무지할 수 있는 것이 특권이라 외치면서도, 정작 나와 가까운 이들은 내내 무지하길 바라는, 세상의 쓴맛 따위에 노출되지 않고 계속해서 모르길 바라는, 그럼으로써 행복한 상태를 유지할 수 있기를 바라는, 그런 나의 시시한 마음.

고국이 없는 사람들

✦

《파친코》

　유미에게 조선인이 되는 것은 또 다른 끔찍한 지옥이나 마찬
가지였다. 그것은 벗어던질 수 없는 가난이나 수치스러운 가족
에게 얽매이는 것과 같았다.

　왜 그곳에서 살아야 한단 말인가? 하지만 일본에 달라붙어
사는 것도 상상할 수 없었다. 일본은 자신을 사랑하지 않으려
고 하는 계모와 같았다. 그래서 유미는 로스앤젤레스에 가고 싶
다는 꿈을 꾸었다. (2권 99쪽)

_《파친코》, 이민진/이미정, 문학사상사, 2018

◆ ◆ ◆

대학생 때 학교 근처에 한국인 남편과 일본인 아내가 한일 양국의 문화 교류를 테마로 운영하는 카페가 있었다. 그곳에 가면 일본인과 짝이 되어 서로의 언어를 공부하는 언어 교환 프로그램에 참여할 수 있었는데, 당시 일본 문화에 관심이 많았던 나 역시 해당 프로그램에 신청을 하여 또래의 재일교포 남성과 짝이 되었다. 일본에서 태어나 일본에서 자랐고 한국어는 거의 못하지만, 그럼에도 한국을 '고국'이라 생각하여 한국어를 배우기 위해 유학을 왔던 사람. 여전히 한국 이름을 사용하는 사람. 아마도 그때가 재일교포라는 존재에 대해 거의 처음으로 인지했던 시점인 것 같다.

그렇게 시작된 언어 교환 활동이었지만 대부분의 스터디가 그렇듯이 몇 회 지나지 않아 흐지부지되고 말았다. 둘 중 누군가 "오늘은 공부 대신 밥이나 먹을까요?" 하고 말을 꺼낸 것을 시작으로, 어느 순간부터는 밥부터 먹는 것이 당연해진 것이다. 결국 함께 스터디를 하는 대신 일주일에 한두 번씩 만나 밥을 먹고 어울려 노는 친구 사이가 되었다. 그를 통해 다른 재일교포들도 여럿 소개받았는데, 나이대가 비슷했던 우리는 자주 어울려 놀았다. 그들과 어울리는 동안 일본어뿐만 아니라 재일교포 사회의 분위기나 일본 문화에 대해서도 좀 더 많은 것을 알게 되었다. 가끔 사진첩을 정리하다 그때 찍은 사진을 마주하면 나도 모르게 추억에 젖어든다.

그런데 안타깝게도 관계가 길게 이어지지는 않았다. 처음에는 무척 즐겁고 재미있었으나 어느 순간부터 함께 있을 때 불편한 느낌이 들었던 것이다. 설명할 수 없는 미묘한 불쾌감이. 그들은 일본에서의 삶이 얼마나 좋고, 일본이 얼마나 세련되었는가를 자랑스럽게 말하며 한국에 대한 우월감을 자주 내비쳤다. 그러다가도 어느 순간에는 일본과 일본인에 대한 적개심을 보이거나 열등감과 피해의식을 드러내기도 했다. 그 미묘한 온도차이가 신기하면서도 혼란스러웠고, 그때마다 어떻게 해야 좋을지 알 수 없었다.

그래서일까. 당시 알고 지내던 일본인 친구들과는 주기적으로 연락하며 교류를 지속한 반면, 재일교포 친구들과는 어느 틈엔가 연락이 끊기고 말았다. 일본인 친구들은 신선하고 낯설며 신비로운 '외국인'이었고 우리는 서로에 대한 호기심으로 쉽게 친해지며 문화적 차이는 외국인이라는 이유로 양해해줄 수 있었지만, 재일교포 친구들에게는 그게 잘되지 않았다. 한국인이라는 일부의 정체성을 공유했기에 오히려 더 가까워지는 것이

자연스럽다는 것을 알지만, 이상하게도 그리되지 않았다.

잊고 지내던 그들을 다시 한번 떠올리게 된 건 몇 년 전 혼자 일본으로 여행을 떠나면서다. 아직 코로나19 바이러스가 존재하지 않았던 아득한 시절의 이야기로, 남편을 비롯한 가족의 배려가 있어 가능한 일이었다. 행선지는 후쿠오카였는데 모처럼 주어진 혼자만의 시간을 1분도 허투루 흘려보낼 수 없어 몹시 무리하여 다녔던 기억이 난다. 쉬기 위해 다녀온 여행이었음에도 마치 극기 훈련처럼 매일 아침 7시에 일어나 새벽 2시까지 돌아다니며 하루에 20킬로미터씩 걸었다.

어느 하루는 온종일 걸어 몹시 피곤했지만 그대로 잠자리에 들기 아쉬운 나머지 충동적으로 숙소 근처의 한 재즈바에 들어가게 되었다. 60대 중반의 백발이 성성한 남성이 운영하는 분위기가 멋스러운 가게였다. 처음에는 어색했으나 손님인 내가 한국인이라는 사실을 안 사장이 이런저런 질문을 하기 시작했고, 그것을 계기로 꽤나 많은 이야기를 나누었다. 우리가 다루었던 많은 주제 중에는 도박에 관한 것도 있었다. 그가 나에게 마작을 할 줄 아느냐고 물었고, 나는 한국에서는 마작 대신 포커나 고스톱을 많이 치지만 대개 몰래 재미로만 친다고 대답했다.

"한국에서는 도박이 불법이거든요. 카지노는 외국인만 들어갈 수 있고, 포커나 고스톱 같은 건 금지예요. 소소하게 친구들이랑 노는 건 괜찮지만 돈 걸고 하는 건 안 돼요."

"그럼 아예 안 해요?"

"뭐, 금지된 걸 몰래 하는 사람들은 어딜 가나 있잖아요. 마약이든 도박이든. 그러다 경찰 단속에 걸려서 감옥 가고. 그러고 보니 파친코도 없어요."

"파친코도 못 하게 한다고요? 도박이 아예 불법이라니 대단하네요. 한국 사람들은 국민성이 성실한가 봐요. 다들 우등생 같아요! 잠깐, 근데 일본 파친코 주인들은 전부 재일교포들인데 어떻게 된 거죠!"

"아, 저도 그런 이야기 종종 들은 것 같아요. 정말 그러네요!"

그때 우리는 대략 이런 대화를 나누면서 깔깔 웃었는데, 그 순간 대학생 때 어울리던 재일교포 친구들이 비슷한 이야기를 했던 기억이 정말 오랜만에 떠올랐다. 그들은 말했었다. 일본에 사는 한국인들은 대개 부유하거나 가난하다고. 중간은 없다고. 그리고 부자들은 대부분 파친코 산업 종사자라고. 나와는 전혀 관계없다고 생각하고 흘려들었던 이야기를 후쿠오카 재즈바에서 다시 듣게 될 줄이야. 그럼에도 역시나 그뿐이었다. 여전히 재일교포의 삶은 나와는 동떨어진 영역이었고, 큰 관심사가 아니었다. 딱히 아는 바도 없는 탓에 그저 재미있게 웃고 넘겼을 뿐 별다른 의미를 두지 않았던 것이다. 소설 《파친코》를 읽을 때까지는.

한국계 미국인 작가 이민진의 《파친코》는 재일 조선인들의 삶을 다룬 소설이다. 대학 시절 재일 조선인을 일컫는 '자이니치'라는 용어의 유래를 듣고 한동안 그 생각에서 벗어날 수 없었던 작가는 차별당하는 조선인과 관련된 글을 지속적으로 썼고, 후에 일본계 미국인인 남편이 도쿄로 발령을 받자 본격적으로 《파친코》를 집필하게 되었다고 한다. 완성하기까지 무려 30년이 걸린 이 소설은 제목처럼 파친코를 주된 소재로 다루며 조선인들이 일본에서 어떻게 살아남았는지, 그 과정에서 어쩌다 파친코 사업에 종사하게 되었는지, 일본 내에서도 천대받고 멸시받는 그 일을 어째서 대대로 이어서 할 수밖에 없었는지를 본격적으로 그려낸다.

소설 《파친코》의 첫 문장은 이렇게 시작한다. "역사가 우리를 망쳐놨지만 그래도 상관없다." 이념도, 신념도, 민족도 그다지 중요하지 않았던 평범한 사람들. 독립군도, 친일파도 아니었던 대다수의 한국인들. 그중에서도 일본으로 이주했던 이들의 삶이 《파친코》에 담겨 있다. 같이 등장하는 일본인들 역시 포악하고 악랄하며 잔인한 착취자가 아니라 평범한 일본인으로 묘사된다. 여느 한국인처럼 살아남기 위해 매일매일을 살아가는. 다만 소설은 그렇게 평범한 일상 속에서 차별이 행해지는 모습을 놓치지 않는다. 대부분의 평범한 사람들이 자신과 다른 이들을 대할 때 흔히 그러하듯이.

여러 차별과 제약 속에서 살아야 했던 재일 조선인들의 삶은 늘 변방의 한 끄트머리, 경계선상에서만 존재할 수 있었다. 그들은 일본에서는 조선인이라며 차별을 받았고, 한국에서는 일본인이라며 손가락질을 당했다. 심지어는 '드러내놓고 가하는' 차별

은 거의 없어지다시피 한 요즈음에 이르러서도 여전히 그런 이
야기가 농담처럼 회자되는 상황인 것이다.

그러고 보니 일본에 머물던 시기에 가깝게 지내던 한 일본인
친구가 이런 이야기를 해준 적이 있다. 함께 일본의 인기 배우가
나오는 드라마를 보고 있었는데, 그녀는 갑자기 생각난 듯, 한편
으로는 중요한 비밀이라도 말해주듯 입을 열고 소곤거렸다. 저
배우가 그 많은 스캔들을 뒤로하고 지금의 아내를 선택한 것은
그가 같은 재일교포 혈통이기 때문이며, 둘 다 아니라고 적극 부
인하지만 사람들은 다 알고 있다나 뭐라나 하는 그런 이야기를.
그런 그녀의 말투에는 호기심과 혐오감이 미묘하게 섞여 있었
는데, 당시에는 별생각 없이 들었지만 돌이켜보면 의문이 남는
다. 재일교포라는 게 사실이면 어떻고 아니라면 어떻길래 그런
이야기를 했던 걸까? 재일교포라는 사실이 감추어야 할 비밀이
라도 되었던 것일까?

물론 그 친구에게 별다른 악의가 있었다고는 지금도 생각지
않는다. 그녀는 나에게 늘 친절했고, 우리는 10년도 더 지난 지
금까지도 가끔 연락을 주고받는 사이다. 내게는 그런 친구들이
몇 명 더 있다. 하지만 돌이켜 생각해보니 나의 친절하고 상냥한
일본인 친구들은 재일교포들과는 전혀 교류를 해본 적이 없었
다. 그 사실을 이제야 새삼 깨달은 것이다. 사실 그들은 아예 관
심조차 없었다. 잘은 모르겠지만 아마 앞으로도 크게 없을 것이
다. 과거에는 아무렇지 않게 함께 웃었으나 재일교포의 복잡한

역사와 맥락을 알게 되니 예전에 웃었던 장면이 사뭇 다르게 다가왔다. 오래전 알고 지내던 재일교포 친구들이 우월감과 열등감을 번갈아 내비치던 모습도 함께 떠올랐다.

모순과 경계 안에서 살아가야 했던, 지금도 살아가야 하는 인생의 굴곡과 깊이를 외부인인 내가 어찌 다 짐작할 수 있을까. 일본인도 한국인도 아닌 복잡한 신분. 이도 저도 아닌 애매한 처지. 일본에서는 한국인이라 손가락질당하고, 한국에서도 떨떠름하게 환영받지 못하는, 심지어는 일본에 친근한 마음을 품고 있었던 나 같은 사람에게조차 "재일교포보다는 차라리 일본인 친구들이 대하기 편하다"는 평가를 듣는 삶이란 과연 어떨까. 정체성이 분명하지 않을 때 사람은 필연적으로 분열을 겪고 그 결과는 다양한 양상으로 나타난다. 열등감, 우월감, 자부심, 자괴감, 분노, 혐오, 그리움, 원망.

대학생 시절 재일교포 친구들에게 불편감을 느꼈던 과거의 나는 그들의 역사와 사회문화적인 배경을 이해하기에 너무 편협하고 무지했다. 당시의 내 안에는 흑과 백, 선과 악, 외국인과 내국인, 일본인과 한국인처럼 이분법적인 세계밖에 존재하지 않았다. 그들이 왜 그러한 방식으로 말하는지, 어째서 한국에 대해 우월감을, 일본에 대해서 열등감을 보이는지를 이해하고자 하지 않았으며 진지하게 들여다볼 생각 자체를 하지 않았다. 일본인도 한국인도 아닌 그들을 대하기 어렵다고 느꼈던 이유는 아마도 그 때문이었을 것이다.

그래서였을까. 그들 대다수는 한국에 있으면서도 늘 일본을 그리워했다. 어쩌면 일본에서는 반대로 늘 한국을 그리워했을지 모른다. 《파친코》를 읽고 난 뒤 문득 그들에 대해 떠올리게 되는 밤이다. 그들은 지금 어디서 무엇을 하고 있을지, 《파친코》에 묘사된 삶과는 얼마나 같고, 또 얼마나 다른 삶을 살고 있을지에 대하여.

뫼비우스의 일상

◆

《모래의 여자》

"그렇지만, 어디 이래서야 오로지 모래를 치우기 위해서 살고 있는 것이나 다름없는 꼴이잖소!" (43쪽)

_《모래의 여자》, 아베 코보/김난주, 민음사, 2001

◆ ◆ ◆

"아, 나도 로또 당첨되면 전업주부 하고 싶다." 불과 얼마 전까지도 자주 듣던 말이다. 아마도 밥벌이에 대한 걱정이 사라지면, 집에서 '편하게' 애나 보고 살림이나 하면서 살고 싶다는 '소박한' 희망을 드러낸 표현일 테다. 하지만 이 문장은 논리적으로 상당한 오류를 품고 있다. 여기에서의 주부는 집에서 놀고먹으며 아무것도 안 하는, 즉 '백수'를 뜻하는 것이나 다름없기 때문이다. 하지만 실제의 주부는 그렇지 않다. 육아도 살림도 결코 쉽지 않다. 쉽기는커녕 몹시 고된 노동이다. 물론 지금은 이런 말을 하는 사람이 거의 없다. 소설과 영화로 널리 알려진 《82년생 김지영》 덕에 가사노동의 고단함과 지난함이 주목을 받고, 코로나19로 재택근무가 보편화되면서 다들 집안일이 얼마나 힘들고 괴로운지 깨달은 영향이려나.

그래서인지는 모르겠지만 이제는 주부 대신 '건물주'가 사람들의 새로운 꿈과 희망으로 떠오른 듯하다. 다만 이때의 건물주 역시 주부와 마찬가지로 실체가 없는 존재라고 할 수 있다. 건물주가 되고 싶다는 사람들의 소망에는 구체적으로 건물주가 하는 일, 임차인과의 분쟁이나 건물 관리를 둘러싼 여러 문제와 같이 건물주라는 직업을 유지하는 과정에서 필연적으로 발생하기 마련인 각종 문제는 모두 빠져 있기 때문이다. 이때의 건물주 역시 실질적으로는 백수나 마찬가지로, 결국 사람들이 되고 싶어 하는 것은 '돈이 많은 백수'임을 알 수 있다. 딱히 일을 하지 않아도 주기적으로 수입이 생겨나는, 어떠한 의무도 없이 그저 돈과 시간을 쓰며 인생을 즐기기만 하면 되는 사람.

이러한 욕망 자체를 비난할 수는 없다. 출퇴근의 피로함, 끼니 때가 되면 귀신같이 작동하는 허기, 다달이 돌아오는 카드 결제일의 두려움이 반복되다 보면 저런 생각이 매우 자연스럽게 들 것이기 때문이다. 나 역시 가끔 돈 많은 백수를 꿈꾼다. 돌아서면 쌓이는 설거짓거리, 아무리 버리고 또 버려도 산처럼 쌓이는 쓰레기, 치우고 또 치워도 지저분한 집, 거기에 끊임없이 돌아오는 마감. 매번 "마감 끝나고 연락할게, 마감만 끝나면 해결할게, 마감 끝나면 놀러 갈게"라는 말을 달고 살다 보니, 언젠가 한 번은 친구 한 명이 묻기도 했다. 그놈의 마감은 대체 언제 끝나냐고. 사실 끝나지 않는다. 끝나면 오히려 큰일이다.

이와 같이 끝나지 않는 마감, 끝나지 않는 육아, 끝나지 않는 집안일, 끝나지 않는 일상의 루틴을 반복하다 보면 도대체 무엇을 위해 사는 것인지 알 수 없어질 때가 많다. 그야말로 다람쥐 쳇바퀴와 같은 지겹고도 지겨운 일상. 그럴 때면 로또에 당첨되어서 살림하는 사람, 아이들 돌봐주는 사람을 따로따로 고용하여 나는 그저 여행이나 다니면서 먹고 마시고 놀기만 하면 좋겠다는 생각을 하기도 한다.

그러나 불행인지 다행인지, 인간이란 그렇게 간단한 존재가 아니다. 일할 필요 없이 놀고, 먹고, 마시기만 하면 마냥 행복할 것 같은데 결코 그렇지가 않다. 그런 논리라면 로또 당첨자나 재벌가 자제는 무조건 행복해야 마땅한데 실제로는 평범한 일상을 보내는 이들보다 훨씬 불행한 경우가 많지 않은가. 뉴스에 주기적으로 등장하는 재벌가의 각종 사건 사고를 생각해보자. 음주운전, 폭력, 마약, 그 밖의 각종 스캔들. 그들은 왜 굳이 그러고(?) 사는 것일까. 왜 그 많은 기회와 돈과 시간을 제대로 누리지 못하고 허비하는 것일까.

참으로 아이러니하지만 그것은 결국 인간이란 존재가 생존을 위해 일정한 강도의 스트레스와 지겨운 루틴을 필요로 하기 때문이다. 휴가란 역설적이게도 그 휴가에 끝이 존재할 때에만 비로소 즐거워진다. 영원히 지속되는 휴가란 더 이상 휴가가 아니며, 그것은 지겹고 지루한 무한한 시간, 즉 또 다른 권태일 뿐이다. 돈과 시간이 귀하게 느껴지는 것 역시 우리에게 주어진 돈과 시간이 매우 제한적이기 때문이다. 너무도 바빠 시간이 부족한 사람은 아주 찰나의 여유에서 행복감을 느끼지만, 해야 할 일이 아무것도 없는 이는 눈앞에 펼쳐진 무한한 시간을 어쩔 줄 모르며 무료함으로 고통스러워한다.

아베 코보의 《모래의 여자》는 인간의 이러한 아이러니를 다룬 작품이다. 거대한 바위를 밀어 올리다 정상쯤에서 그것이 굴러떨어지면 다시금 밀어 올리기를 끊임없이 반복하는 시시포스 Sisyphos의 신화. 끝없이 반복되는 일상 속에서 탈출을 꿈꾸지만 탈출한 뒤에 다시금 무한히 반복되는 일상. 또다시 거기에 적응하는 인간. 고로 결코 끝나지 않는 권태. 한 남성이 7년간 실종되었다가 결국 사망한 것으로 추정되어 호적이 말소되고 말았다는 소식으로 시작하는 이 작품은 그 남자에게 실제로 무슨 일이 생겼는가에 대한 이야기다.

소설 속 주인공의 직업은 교사다. 겉으로 보기에는 평범하고 조용해 보이지만 속으로는 동료들과 학생들을 멸시하며, 지겨운 일상을 벗어나 탈출을 꿈꾸는 그가 유일하게 집착하고 몰두하는 분야는 다름 아닌 곤충 채집이다. 지금껏 아무도 발견하지 못한 곤충을 언젠가 발견하여 자신의 이름을 학명으로 남기겠다는 은밀하고 원대한 소망을 가진 그는 1년에 한 차례씩 돌아오는 휴가를 곤충 채집을 하며 보내기로 결심한다. 그리고 자신의 은밀한 목표를 달성하여 모두를 깜짝 놀라게 할 그날을 위해 누구에게도 행선지를 밝히지 않고 떠난다. 정확한 목적지도 없이 낯선 곤충이 살 법한 낯선 환경을 찾아서. 그렇게 이곳저곳을 헤매던 남자는 우연히 모래로 만들어진 마을에 도착한다.

마을 입구에서 마주친 노인에게 하룻밤 묵을 곳을 부탁한 남자는 노인의 안내에 따라 젊은 여성 혼자 거주하는 어느 집에 머물지만, 다음 날 아침이 되어 무언가 잘못되었음을 깨닫는다. 전날 숙소로 내려올 때 사용했던 사다리가 치워진 것이다. 이에 대해 처음에는 항의하고, 화를 내며, 몹시 분노하던 남자는 반항해봤자 소용없다는 것을 깨달은 뒤부터 서서히 모래마을에서의 생활에 적응해나간다. 말하자면 그곳의 '노예'가 된 것이다.

재미있는 부분은 '노예'로서 이 남자가 해야 하는 행위가 딱히 없다는 사실이다. 그러니까 모래를 퍼내는 것 말고는 말이다. 모래마을은 인간이 거주하기에는 매우 척박한 환경으로 거주민들은 매일같이 집에 쌓이는 모래를 퍼 날라 없애야 했는데, 남자가 해야 하는 일 또한 바로 그것이었다. 딱히 소금을 생산하는 것도, 밭을 가는 것도, 살림을 하는 것도, 돈을 벌어 오는 것도, 그 밖에 다른 일을 해야 하는 것도 아닌 그저 머물고 있는 집에 쌓이는 모래를 퍼내는 일.

모래를 퍼내는 일이라…. 몹시 고단하고 의미 없어 보이는 육체노동을 지속해야 하는 이유는 무엇일까? 그렇게 하지 않으면 곧 집이 붕괴될 위험에 처하기 때문이다. 하지만 알다시피 모래는 무척 무겁고, 이처럼 고된 육체노동을 선뜻 견디며 해내는 인물은 드물기에 대부분의 사람이 도망치기 일쑤였다. 그런고로 마을은 함정을 만들면서까지 모래를 퍼낼 수 있는 '노예'를 필요로 했던 것이다. 척박하기 그지없는 모래언덕에 자리를 잡은 뒤 그곳에서 살아가는 주민들은 그렇게 하루 종일 모래 관련 일로 시간을 보낸다. 모래를 퍼내거나, 모래를 퍼내는 사람을 감시하거나 하면서. 진상을 알게 된 남자는 이러한 사실 자체에 의문을 품는다. 남자는 말한다. "그렇지만, 어디 이래서야 오로지 모래를 치우기 위해서 살고 있는 것이나 다름없는 꼴이잖소!"

남자의 말이 참으로 맞다. 모래마을에 살지 않으면 굳이 모래를 퍼내 없앨 필요 자체가 없을 것이다. 자연히 여자 혼자 모래를 퍼내기 버겁다는 이유로 외지인인 남자를 강제로 끌어들일 필요도 없고, 그러한 남자를 감시하기 위해 마을의 인력을 동원할 필요도 없다. 실제로 소설에서 그려지는 마을 주민들의 삶은 오로지 모래마을에서 살아가는 것만을 목적으로 꾸려져 있다. 마을의 존립이야말로 이들의 최우선이자 유일한 목표다. 한번 마을에 들어온 이상 주민이든 아니든 그 누구도 나갈 수 없으며, 탈출하다 붙잡힌 이를 엄벌에 처하는 이유 또한 이 때문이다. 모두 모래를 퍼내는 노동력을 잃지 않기 위해서다.

결국 모래마을을 고집하지 않는다면 굳이 그 고생을 하며 살 필요가 없다는 이야기다. 하지만 이런 남자의 의문을 마을 사람들은 귓등으로도 듣지 않는다. 다른 곳에 가봤자 모두 마찬가지라며 모든 반발을 일축한다. 얼핏 말도 안 되는 소리 같지만, 곰곰이 생각해보면 우리네 삶이라고 이 모래마을 주민의 삶과 크게 다를 바가 없다. 먹기 위해 살고, 살기 위해 먹고. 다시금 먹기 위해 돈을 벌고, 돈을 벌기 위해 출근을 하고, 다음 날 다시 먹기 위해 설거지를 하고, 출근하기 위해 잠을 자고, 매일매일 반복되는 일상. 살아 있는 이상은 여기서 벗어날 길이 없다. 모래를 퍼내는 게 싫다면 모래마을을 떠나면 되듯이 이러한 일상이 지겹다면 말 그대로 죽으면 되는 것이다. 하지만 우리는 삶을 쉽사리 포기하지 못한다. 모래마을을 떠나지 못하는 마을 사람들 또한 마찬가지다.

아이러니한 사실은 살아 있다면 무조건 족쇄처럼 따라붙는 이러한 일상이 일종의 위안이 되기도 한다는 것이다. 처음에 누군가 구조하러 올 때까지 가만히 버티기만 하려던 남자는 오래지 않아 무한한 시간을 흘려보낼 별다른 방도가 없다는 사실을 깨닫는다. 아무것도 하지 않고 가만히만 있을 때의 시간은 마치 형벌 같다. 시간이 정지해 있는 것처럼 흘러가지 않는다. 한때는 일분일초가 아까워 견딜 수 없던 시간이 이제는 주체가 안 되는 수준에 이른 것이다. 결국 남자는 견디다 못해 자발적으로 여자를 거들어 함께 모래를 퍼내기 시작한다.

"막상 일을 시작해보니, 생각했던 것만큼의 저항감은 느껴지지 않는다. 이 변화의 원인은 대체 무엇이란 말인가? 물 배급이 중단될까 봐 두려워서인가, 아니면 여자에 대한 자책감 때문인가, 아니면 또 노동 자체의 성격 때문일까? 과연 노동에는, 목적지 없이도 여전히 도망쳐 가는 시간을 견디게 하는, 인간의 기댈 언덕 같은 것이 있는 모양이다."

이런 대목을 읽다 보면 일정한 일과를 유지하거나 특정한 목표를 갖는 것이 살아가는 데 얼마나 큰 동력이 되는지를 생각해보게 된다. 이를테면 교도소나 군대 같은 강제 수용 시설에서 주어지는 업무 같은 것. 거기에는 저렴한 가격으로 건장한 노동력을 이용하겠다는 의도도 있겠으나 어쩌면 그것만이 유일한 목표는 아닐지 모른다. 강제이든 아니든 어쨌거나 매일같이 부여되는 일정한 노동은 삶에 주어지는 기나긴 시간을 어떻게든 흘려보낼 수 있는 유일한 수단이기도 하다.

하루 종일 모래마을을 벗어날 생각만 하던 남자 역시 시간이 흐를수록 그곳의 생활에 완벽히 적응한다. 나중에는 결정적으로 탈출할 기회가 있음에도 시도하지 않는다. 남자가 그토록 간절히 바라던 탈출을 하지 않았던 이유는 무엇일까? 그건 마음만 먹으면 언제든 탈출할 수 있다는 사실을 알게 되었기 때문이다. 남자는 모래마을을 중심으로 한 세계에 완전히 적응해 버렸기 때문에 큰 불편을 느끼지 않게 되었고, 결과적으로 굳이 탈출해야 할 이유를 찾을 수 없었다. 하지만 이런 남자의 결정을 안타까워하거나 한심해할 수는 없다. 적응하지 않았으면 아마도 그는 죽었을 것이므로.

우리는 반복되는 일상에서 지겨움을 느끼지만 역설적이게도 생존을 위해서는 일상, 그것도 지겨운 일상이 반드시 필요하다. 사막이 그토록 척박한 것은 모래가 끊임없이 움직이는 유동적인 존재이기 때문이다. 유동적인 것에 생명체는 뿌리를 내릴 수 없다. 결국 인간은 반복되는 일상에 지겨움을 느끼면서도, 그런 일상을 통해 어떤 안정감을 얻고, 아주 가끔 그런 루틴을 벗어나는 행위에서 자극을 받으며, 그 찰나의 자극을 목표로 쳇바퀴를 계속 굴릴 힘을 얻는다. 또한 그러한 일상이 존재하기에 일탈을 꿈꿀 수도 있다.

인간 존재의 한계를 그려낸 이 소설이 다른 이들에게는 어떻게 읽힐까? 누군가에게는 절망이 될 수도, 어쩌면 다른 누군가에게는 위안이 될 수도 있을 것이다. 뭐가 되었든 소설을 읽고 나면 매일매일 반복되는 지겹고도 지겨운 일상이 조금은 달리 여겨질 것이다. 나 역시 그런 생각으로 책의 마지막 장을 덮은 뒤, 너무나도 하기 싫었던 그날의 설거지와 청소를 마쳤다.

절망에 익숙해지는 법

✦

《모스크바의 신사》

"편리함이라는 게 뭔지 얘기해줄게요." 잠시 후 그가 입을 뗐다. "정오까지 잠을 잔 다음에 누군가를 시켜 쟁반에 받친 아침 식사를 가져오도록 하는 것. 약속 시간 직전에 약속을 취소해버리는 것. 한 파티장의 문 앞에 마차를 대기시킴으로써 얘기만 하면 즉시 다른 파티장으로 이동할 수 있게 하는 것. 젊었을 때 결혼을 피하고 아이 갖기를 미루는 것. 이런 것들이야말로 최고의 편리함이에요, 안나. 한때 난 그 모든 걸 누렸었죠. 그런데 결국 나에게 가장 중요했던 것은 불편함이었어요." (555쪽)

_《모스크바의 신사》, 에이모 토울스/서창렬, 현대문학, 2018

◆ ◆ ◆

얼마 전 둘째의 어린이집 행사에 다녀왔다. 어린이집 원아의 가족들이 모여 보물찾기와 낙엽 줍기 그리고 솔방울 던지기 등의 게임을 하는 체육대회 비슷한 자리였는데, 생각보다 상당한 인원이 모였다는 사실에 꽤나 놀랐다. 주말 아침에 이렇게나 많은 사람이 나오다니! 혼잣말로 사람들이 정말 많이 왔다고 중얼거리자 옆에 있던 남편이 답했다. "워낙 오랜만이잖아. 코로나 이후로 처음일걸?"

생각해보니 그렇다. 코로나19가 퍼지기 시작한 첫해에는 1년간의 모든 행사가 취소되었고, 두 번째 해 역시 상반기까지는 상황이 크게 다르지 않았다. 아이들끼리 가볍게 산책을 나가거나 가까운 곳으로 소풍을 가는 정도였을 뿐 단체 행사는 일절 없었다. 그러다 처음으로 부모를 비롯한 외부인까지 초청하는 행사가 열린 것이다. 무려 2년 만이었다. 강제성도 없는 행사에 이토록 많은 사람이 모인 것은 아마도 그 때문일 것이다. 다들 이런 것이 조금쯤은 그리웠나 보다.

누구에게나 그랬겠지만 최근 몇 년은 유난히 힘든 시절이었다. 건강을 위협하고 엄청난 전염성을 지닌 질병 앞에서 보통의 사람들이 할 수 있는 일은 많지 않았다. 비난을 피하기 위해, 혹은 이웃에게 피해를 주지 않기 위해, 사람들은 타인과의 만남이나 외부 활동을 포기하고 집에 머무는 경우가 많았다. 다른 나라들처럼 모든 시민에 대한 강제적인 자가 격리가 시행되지 않았음에도 코로나19가 시작된 첫해의 상반기는 전 국민이 그에 버금가는 생활을 했던 것 같다.

우리 집 역시 크게 다르지 않았다. 팬데믹이 아니더라도 아이들을 데리고선 어디 한번 다녀오는 게 꽤나 큰일이라 자주 나가지 못했는데, 상황이 그렇게 되고 보니 더욱 엄두를 내기 어려웠다. 아이들의 건강도 염려가 되었고, 만에 하나 보호자인 내가 감염될 경우 애들을 돌볼 사람이 없다는 생각에 몸을 잔뜩 사릴 수밖에 없었다. 특히 전국적으로 학교와 같은 교육기관과 어린이집 등의 보육 시설이 문을 닫았던 첫해의 3, 4월 두 달간은 집에만 있다시피 하는 생활이 이어졌다. 그해 초등학교 입학 예정이던 첫째의 입학식은 무기한 연기되었다.

우리보다 더한 사람들도 얼마나 많은데, 사지에서 분투하며 일하는 의료진이나 생계의 위협을 느끼는 자영업자를 생각하면 이 정도는 참아야지, 그나마 우리는 집이 편하기라도 하지, 집이 불편하고 괴로운 사람들은 얼마나 힘들겠어, 등을 되뇌이며 스스로를 다독이던 굳은 결심은 일주일을 채 넘기지 못하고 모래

성처럼 무너져 내렸다. 누구보다 집을 사랑하는 '집순이'임을 자처하며 지내오던 내가 그토록 사람을 그리워하는 줄 처음 깨달았던 시간이었다. 어른인 내가 이 정도였으니 집중력과 참을성이 부족한 아이들은 훨씬 더 힘들었을 것이다. 함께 있는 시간이 길어질수록 집 안에 고성이 울려 퍼지는 빈도수 역시 잦아졌고, 결국 주말을 제외하고 엄격하게 통제하던 동영상을 하루에 여러 시간씩 보여주기 시작했다. 그렇게라도 엉망인 집 안과 머릿속을 정돈할 시간이 필요했다.

당시 친구들을 만날 수도, 운동을 하러 갈 수도 없고, 하루 종일 아이들과 붙어 지내며 일상을 지속해야 하는 내게 주어진 유일한 자유 시간은 가족들이 모두 잠이 든 새벽뿐. 잘 시간이 되었음에도 졸린 눈을 비벼가며 억지로 버틴 것은 아마도 찰나의 자유 시간이 너무나 아깝고 소중해서였던 것 같다. 힘들고 괴로울수록 책에 매달렸고, 거기서 얻은 에너지로 그 시간들을 보냈다. 《모스크바의 신사》 역시 그때 읽었던 작품 중 하나다.

때는 1922년, 배경은 격동의 소비에트 러시아. 제정 러시아의 유서 깊은 가문 출신의 로스토프 백작은 고향이 그립다는 이유로 혁명으로 인해 어수선한 모스크바로 돌아온다. 명망뿐만 아니라 재산까지 갖추고 있던 그가 머무는 곳은 당연히 당시 최고급 숙소였던 호텔 메트로폴의 스위트룸이었다. 그러나 가문의 재산을 쓰며 유유자적 지내던 백작의 우아한 귀족 생활은 오래가지 못했는데, 혼란스러운 정치적 격변 속에서 어느새 '청산' 대상으로 분류되었기 때문이다. 재판에 불려 간 백작은 지난날 혁명에 동조하는 시를 쓴 덕에 사형만은 간신히 면하지만, 그 대신 '종신 호텔 연금형'에 처해진다. 호텔 밖을 벗어나는 즉시 총살형을 당할 신세가 된 그는 이후 호텔 구석에 있는 잡동사니를 넣어두는 작고 퀴퀴한 일명 '하인방'에서 32년이라는 긴 시간을 보내게 되고, 소설은 그렇게 시간을 보내는 백작과 그가 만나는 사람들에 관한 이야기를 그려낸다.

그나마 백작에게 다행이었던 건 일반적인 감금형과 다르게 호텔 내부를 자유롭게 돌아다닐 수 있었다는 점이랄까. 죄수처럼 자신을 가둔 방 안에만 머무르지 않고 식당, 이발소, 카페 등, 최고급 호텔인 메트로폴의 구석구석을 돌아다닐 수 있었던 만큼 백작은 다양한 사람들을 만나고 다채로운 경험을 하게 된다. 개인적인 추측일 뿐이지만 어쩌면 이러한 설정은 작가인 에이모 토울스의 기지일는지도 모르겠다. 방 안에서 있었던 일들만으로 700페이지를 써내는 것은 제아무리 뛰어난 작가라도 힘들었을 테니 말이다.

워낙 특이한 소재에 경쾌한 분위기라 내용 자체도 무척 재미있었지만 무엇보다도 인상 깊었던 건 이러한 상황을 받아들이는 주인공 백작의 태도였다. 최고급으로 호화로운 생활을 누리다 거의 바닥으로 추락한 것이나 다름없는데도 백작은 큰 흔들림 없이 놀라울 정도로 침착하게 대처한다. 절망하거나 좌절하는 대신 비좁고 어두운 거처인 하인방을 성심껏 꾸미고, 손님들이 버리고 간 책을 주워다 열심히 읽고, 호텔 식당을 비롯한 각종 상업 시설을 효율적으로 이용하며 직원들과 친분을 쌓는다. 그야말로 가능한 범위 안에서 최선의 행복을 추구한다. 이쯤에서 그 정도 가지고 뭘 그러느냐고, 그 누구라도 최고급 호텔에서 마음대로 머무르라면 엄청 잘 지낼 것이라고 생각할 사람들을 위해 덧붙이자면, 백작이 호텔 연금형으로 보낸 기간은 무려 32년이었다. 3년도 아닌 32년.

고작 몇 달 집에 머무는 것, 감금 상태도 아니고 사회적 거리두기로 인해 자발적으로 머무는 것만으로도 너무나 힘겨웠던 나의 입장에서 백작의 태도는 거의 초인에 가까운 것이었다. 사람이 저토록 긍정적일 수가 있나 싶으면서 이해하기 어려울 때도 있었고, 늘 유쾌하고 침착한 백작과 다르게 작은 힘겨움에도 불평을 내뱉는 나 자신의 나약함에 한숨이 나오던 순간도 있었다. 한편으로는 배울 점도 있었다. 절망하는 대신 서 있는 자리에서 최선을 추구하고자 하는 자세, 긍정적인 마음, 성별과 연령에 관계없이 타인과 깊이 교감하는 태도 같은 것들에 대해서. 백작은 본래의 신분이나 처지에 연연하지 않고 현실에 충실하려 노력하는데 호텔 내에서 그가 맡은 역할과 비중 또한 그 과정에서 자연스레 커진다. 이로 인해 백작은 형벌 속에서도 삶의 보람과 기쁨을 느끼게 된다.

이 소설을 읽고 얼마 되지 않아서부터였던 것 같다. 코로나

19로 계속 가라앉기만 하던 마음이 조금씩 치고 올라오기 시작한 것은, 둘째가 어린이집에 가고 싶다고 울며불며 떼를 쓰던 어느 날이었다. 당시는 코로나19로 인한 휴원 조치로 한 달 넘게 등원하지 못하던 상황이었는데, 비록 일주일에 한 번이지만 잠깐씩 학교를 다녀오는 제 오빠와 비교하여 서러움이 터져 나온 듯했다. 그날 둘째는 "오빠는 아침 먹고 학교 가잖아! 난 아침 먹고 맨날 콩순이만 보고!"라고 소리를 지르며 눈물을 뚝뚝 흘렸다.

그때 둘째를 붙들고 차근차근 설명했다. 바이러스 때문에 어쩔 수 없다고. 이제는 전과 다르다고. 어린이집에 다시 가게 될 수도 있지만 언제인지는 알 수 없다고. 그래도 이제는 익숙해져야 한다고. 그리고 그 말을 들은 둘째가 어리둥절한 표정으로 물었다. "어떻게 익숙해져?" 그 순간 머리가 '딩' 하고 울리는 듯했다. 사실은 나 역시 따로 생각해본 적이 없었기 때문이다. 그러게, 어떻게 익숙해지지? 팬데믹이 장기화되면서 전문가들이 더 이상 예전으로 돌아갈 수 없다는, 앞으로는 코로나19 바이러스와 함께하는 '뉴노멀'에 적응해야만 한다는 이야기를 하는데, 그리하여 나 역시 아이에게 그런 이야기를 해주기는 했는데, 곰곰이 생각해보니 도통 방법을 모르겠는 것이다.

마스크를 항시 착용하는 것, 개인위생에 신경 쓰는 것, 사람이 붐비는 장소는 되도록 피하는 것, 가능한 한 집에 머무는 것, 미래가 어떻게 될지 몰라 늘 불안에 떨며 지내는 것, 팬데믹 와중에 스러지는 사회 곳곳의 연약한 이들을 보며 매번 절망하는 것, 이런 것들에 익숙해지는 방법에 대해서 말이다.

손이야 자주 씻으면 좋은 일이고, 마스크도 이젠 거의 의복의 일부처럼 느껴지고, '사람을 피해야만 하는 생활' 역시 지금은 힘들어도 어떻게든 적응할 날이 올는지 모른다. 그러나 뒤의 두 가지는 도저히 어찌해야 좋을지 모르겠다는 생각이 들었다. 어떻게 하면 절망과 불안에 익숙해질 수 있단 말인가. 하지만《모스크바의 신사》를 읽으며 로스토프 백작에게 배운 바 있으니, 우선은 할 수 있는 일을 하는 것이다.

그날 역시 잠시 고민하다 아이를 달래서 평소 좋아하던 그림 그리기 활동을 하기로 했다. 팬데믹 동안 부쩍 자란 둘째는 손이 제법 여물었고, 그림을 좋아하게 되었다. 그렇게 잠깐 진지한 표정으로 무언가를 그리던 아이가 엄마라며 보여주었는데, 보자마자 웃음이 터져 나왔다. 쭈그러진 도형에 이목구비는 제멋대로 붙어 있는 얼굴 비스무리한 것이 야무지게도 마스크는 챙겨 쓰고 있었던 것이다. 감탄하며 웃다 보니 왠지 기분이 좋아졌다. 아이도 기분이 나아진 듯했다.

아무리 생각해도 불안이나 절망에 익숙해지는 방법은 잘 모르겠다. 어쩌면 없을지도 모른다. 위기 비슷한 상황이 닥칠 때마다 매번 새롭게 불안하고 새삼 절망스럽다. 하지만 그럴 때 우리가 택할 수 있는 방법은, 역시나 그 순간 할 수 있는 일로 돌아가는 것이다. 그럼에도 불구하고 할 수 있는 일을 하는 것. 그럼에도 불구하고 사랑과 웃음을 잃지 않으려 노력하는 것. 그러다 보면 끝내 절망과 불안에는 익숙해지지 못한다 할지라도 그에 맞설 용기와 희망을 얻을 수 있을지 모른다. 마치《모스크바의 신사》속 로스토프 백작처럼 말이다.

그렇게 버티는 동안 도저히 지나갈 것 같지 않은 시간도 지나가고, 어느덧 '위드 코로나' 시대가 열렸다. 재개되지 않을 것 같았던 일상이 다시 시작되었고 행사나 모임도 다시 열리기 시작했다. 지난 주말의 어린이집 체육대회 역시 그렇게 열리게 된 것이었다. 그날은 날씨가 놀라울 정도로 맑았다. 그야말로 구름 한 점 없는 파란 하늘에 춥지도 덥지도 않은 동요 가사 같은 날이었다. 어린이들은 신이 나서 깔깔거리며 뛰어놀았고 부모들은 흐뭇하게 그 모습을 바라보았다. 어쩐지 모든 것이 꿈처럼 느껴지던 순간이었다.

세상의 모든 딸들에게

◆

《친애하고, 친애하는》

나는 정말 엄마가 무언가를 말해주기를 바랐다. 간호사가
옆 병실로 들어서면서, 수액 체크하러 왔다고 말하는 소리가 들
렸다. 나는 엄마가 제발, 다른 사람들이 말하는 것처럼 나의 인
생은 이것으로 끝장이라고 말하지 않기를 바랐다. 진짜 자신의
자아실현이 중요한 사람이라면 실수로 아기를 갖는 그런 멍청
한 일을 저질렀을 리 없다고 생각하지 않기를. 그러니까, 아기
를 낳더라도 아무것도 하지 못할 리 없으며, 나는 젊으니까 앞
으로도 얼마든지 할 수 있는 일이 많다고 말해주기를. 지금 당
장은 이렇게 벌어진 일이 엄마에게도 나에게도 당황스럽고 감
당하기 벅차 우리가 힘든 시기를 겪고 있긴 하지만, 이번만큼은
나의 선택이 책임감 있는 행동이라고 엄마도 생각하며, 그렇기
때문에 그런 선택을 할 수 있는 나라면 예전처럼 도망만 가지

않고 무엇이 되었든 내 미래를 내가 원하는 방식으로 잘 만들어나갈 수 있을 거라 믿는다고 말해주길 간절히 바랐다. 하지만 엄마는 그저 물병을 내려다보고만 있었다. 그리고 얼마나 시간이 흘렀을까. 더 이상 침묵을 견딜 수 없다고 느꼈을 때, 엄마는 벌을 받는 사람처럼 숙이고 있던 고개를 천천히 들고는 그저 이렇게 말했다.

"아니야, 무리해 그럴 거 없어. 결혼해 아이만 키우는 것도 좋은 삶이지." (110~111쪽)

_《친애하고, 친애하는》, 백수린, 현대문학, 2019

◆ ◆ ◆

"엄마는 왜 맨날 나보고 예민하다고만 해? 엄마가 그러는 바람
에 나는 제때 화도 못 내는 사람이 되어버렸다고! 누가 나한테
기분 나쁜 이야기를 해도, 나를 모욕해도, 내가 너무 예민한가?
하고서 넘어가기만 했다고! 그리고 두고두고 괴로웠다고! 제대
로 화도 못 낸 내가 멍청해서, 그게 제일 화가 났다고! 왜 근데
엄마는 맨날 나한테만 뭐라고 해? 내가 예민한 게 아닐 수도 있
잖아. 엄마가 너무 무신경한 걸 수도 있잖아. 그리고 설사 내가
예민한 게 사실이라고 해도 그냥 내 편 들어줘도 되잖아. 맞다고
한마디 해주는 게 그렇게 어려운 일이 아니잖아. 그게 엄마잖아!
아니야?"

몇 년 전인가 엄마와 전화 통화를 하다 크게 싸웠다. 사실 싸
웠다기보다는 나의 일방적인 분노에 가까웠지만. 통화하다 말고
전화기를 든 채로 엉엉 울면서 소리를 질렀다. 그리고 수화기 건
너편에서 듣고 있던 엄마는 한숨을 내쉬더니 대답했다. "그래…
네가 그렇게 생각한다면… 엄마가 너를 잘못 키운 거네. 엄마가

잘못했네." 그 후로 거의 매일같이 하던 엄마와의 전화 통화를 꽤나 오랫동안 하지 않았다.

계기는 말하기도 부끄러울 정도로 사소하다. 그때는 지금과 달리 지인 대상으로만 소소하게 SNS를 하던 시절인데, 당시 나의 SNS 계정에 굉장히 거슬리는 댓글을 다는 지인이 있었다. 이를테면 어느 브랜드의 컵을 샀다는 이야기를 하면 자기는 거기서 나오는 컵이 하나도 예쁜지 모르겠다며 사는 사람들이 이해가 가질 않는다고 말하거나, 아이들에게 이런 옷을 입히고 싶다고 올리면 애들에게 이런 스타일 입히는 사람들이 이상하다고 대꾸한다거나 하는 식이었다. 적극적으로 싸우자고 나서는 정도까진 아니더라도 자못 신경이 날카로워질 만한 댓글을 달던 사람. SNS 내공이 어느 정도 쌓인 지금은 이런 도발(?)이나 트집에도 나름 대응하는 기술을 터득했지만, 당시에는 무척 진지한 고민거리였다.

이에 대해 그런 사람을 뭐 하러 참아 주었냐고, 그냥 무시하거나 끊어내면 되는 걸 바보같이 왜 그냥 두고만 보았냐고 답답해하는 반응이 나올 수 있다. 그런데 이게 막상 당사자가 되면 쉽지가 않다. 비슷한 경험이 있는 사람들은 알 텐데, 상대 입장에서 정말 별생각 없이 한 이야기에 나 혼자 과민하게 반응하는 것 같기도 하고, 말 그대로 지나가는 사람이 시비를 건 거면 모를까 한참 알고 지낸 사람이라 정색을 하기도 어렵고, 여러모로 대응하기가 어려운 것이다. 왠지 사소한 일로 하나하나 꼬투리를 잡는 것처럼 느껴지면서 여러모로 쪼잔한 기분이 든다고나 할까. 그러니 대개는 참고 지나가기 마련이다. 하지만 사실 참는 다고 참아지는 것은 아니다. 그렇게 자잘한 불만이 쌓이는 사이 결국 그 사람에 대해 부정적인 감정을 품게 되므로.

역시나 어느 날인가 더 이상은 견디지 못하고 그 사람과의 연을 끊어버리고야 말았다. 속이 후련하기도 했지만, 한편으로는 앞으로도 얼굴 볼 일이 있을지 모른다는 생각에 찜찜한 마음이 가시질 않았다. 그 마음이 엄마와 통화를 하다 툴툴거리며 나왔던 것이다. 진작 한마디 해줄 것을 괜히 참았다고, 그렇지만 이제라도 끊어내길 잘한 것 같다고. 나름 스스로를 위로하고 마음을 달래려는 시도였다. SNS를 하지 않는 엄마 입장에서는 아마도 '삭제'니 '차단'이니 하는 용어들이 외계어처럼 느껴졌을 수도 있겠지만. 그럼에도 대략적인 정황은 전달되었을 텐데, 이야기를 듣다 말고 갑자기 엄마가 한마디 말했다. "네가 너무 예민한 거 아냐?"

그 순간 나도 모르게 폭발해서 울면서 엄마에게 고래고래 소리를 지르게 된 것이다. 왜 엄마는 나에게 늘 예민하다고만 하냐고, 엄마 때문에 화를 내야 할 때조차, 냈어야 할 때조차 못 냈다고. 신입 사원인 나에게 대뜸 "여대 나온 여자는 다 미친 것 같다"고 말한 선배한테도 화를 내지 못했고, 오래전 만났던 남자가 나의 부모를 모욕했을 때도 화를 내지 못했다고. 무례와 모욕 앞에서도 스스로를 검열하기 바빠서 제대로 대응을 못 했다고.

살면서 부당한 취급을 당할 때마다 화를 내기에 앞서 내가 예민한 것 아닐까 스스로를 의심하곤 했던 건 전부 다 엄마 때문이라고.

사실 어릴 때부터 엄마는 나에게 수도 없이 말했다. 내가 너무 예민하다고, 할머니를 닮았다고, 어떨 때 보면 할머니와 너무 똑같다고 말이다. 엄마는 30년 넘게 시집살이를 했고, 나에게 자주 할머니의 험담을 했다. 물론 엄밀하게 따지면 엄마가 할머니의 '험담'을 했다고 말할 수는 없다. 하지만 엄마는 마치 소설가들이 인물을 묘사하는 것과 마찬가지로 할머니를 가감 없이 그려내곤 했다. 할머니가 한 말과 행동을 내게 그대로 전달한 것이다. 그것을 듣고 있노라면 엄마가 할머니를 좋아한다고 생각하기 힘들었다. 그래서 엄마가 나를 두고 할머니와 닮았다고 할 때마다 나는 엄마가 나를 싫어하는 것 같다는 생각을 했다. 실은 아무에게도 이야기한 적 없지만 자라서도 한참 뒤까지, 나는 엄마가 나보다 동생을 더 좋아한다고 늘 생각했었다.

싸움이라고 표현하기도 어색한 앙금은 시간이 흐르면서 어느새 흐지부지되었던 것 같다. 서로 미안하다고 하고 그때의 이야기는 다시 꺼내지 않았다. 지금 생각해보면 그리 격해질 이유가 없었다. 아마도 내가 엄마에게 그간 쌓였던 감정을 괜스레 화풀이했나 싶기도 하다. 물론 엄마가 그만큼 나에게 반복적으로 예민하다고 말했던 것 역시 사실이다. 하지만 내가 엄마가 했던 말을 보다 깊이 있게 이해하게 된 것은 그 뒤로도 한참 시간이 흘러서였다. 둘째가 어린이집에 다닌 지 한 달이 조금 넘었던 시점으로, 등하원을 시킬 때마다 마주하던 아이의 담임 선생님이 자주 이런 말을 했던 것이다. "어머니도 아시겠지만, 아이가 주관이 되게 뚜렷한 편이잖아요" 또는 "아이가 굉장히 섬세하잖아요" 같은 말을.

둘째는 나를 많이 닮았다. 어릴 때는 그저 순하기만 한 줄 알았는데 본성을 숨기고 있었던 것인지, 너무 어릴 때는 아직 아무것도 모를 때라 그랬는지는 몰라도, 시간이 지날수록 색깔이 더 강하게 드러난다. 나는 그런 아이를 바라보며 이맘때의 나와, 그런 나를 기르던 엄마의 모습을 자주 상상한다. 아주 어린 나이부터 주관이 강하고, 취향이 확고하면서, 강요당하는 것을 싫어하고, 또한 굉장히 예민한 아이를. 그런 아이를 기르던, 지금의 내 나이였던 엄마는 그때 무슨 생각을 했을까.

나는 아이의 까탈스럽고 예민한 면을 대할 때마다 힘든 것 이상으로 걱정이 많아진다. 예민한 사람은 순하거나 무던한 이보다 다양하게 힘들기 때문이다. 예민한 사람은 다른 사람을 힘들게 하는 것도 있지만 다른 무엇보다 스스로를 괴롭힌다. 그 사실을 나는 어른이 되어서야 알게 되었다. 그러면서 나는 깨달았다. 엄마가 나를 두고 네가 너무 예민한 거야, 라고 버릇처럼 말하던 것은 나를 타박하거나 비난하기 위한 것이 아니라, 내 마음을 달래고 보듬기 위한 목적도 있었다는 것을. 따지고 보면 엄마가 말했던 예민하다는 말에는 오히려 아무런 가치판단이 없을 때가 많았다. 그 말을 듣고 엄마가 나를 미워한다고 생각했던 것은 오히려 당시에 내가 나를 미워하고 있었기 때문이라는 것을, 나는 뒤늦게 알게 된 것이다.

백수린의 《친애하고, 친애하는》을 읽으며 엄마에 대한 생각을 많이 했다. 엄마와 엄마의 엄마. (외)할머니와 엄마 그리고 '나'. 배우지 못해 남편에게 무시당하고 서러웠던 자신의 회한을 딸인 엄마를 통해 해소하려던 할머니, 그렇기 때문에 종종 엄마에게 무시를 당하기도 했던 할머니. 손녀인 '나'를 마냥 예뻐한 할머니와 다르게 기대에 못 미치는 자신을 한심한 시선으로 바라보던, 늘 냉정한 듯 보이던 엄마 그리고 아무것도 할 줄 모르고 무능력한 것 같기만 한 '나'. 삼대에 걸친 딸들의 이야기는 이리저리 얽히고설켜 서로 상처를 주고받았던 기억을 다정하고도 안온하게 풀어낸다.

주변에서 가족과의 관계로 힘들어하는 사람들의 이야기를 많이 듣는다. 여성 중에는 특히 엄마와의 갈등으로 힘겨워하는 사람이 많은 것 같다. 내가 앞서 언급한 사건은 힘든 축에도 못 낄 정도다. 모녀 관계란 본래 이런 것인지, 대부분의 여성이라면 누구나 조금씩 엄마와 미묘한 감정을 품고 있는 듯하다. 너무 부담스럽거나, 너무 쌀쌀맞아서 서운했거나, 원망스럽거나, 어떤 복잡한 감정들. 어쩌면 그럴 수밖에 없다는 생각도 든다. 엄마의 입장에서 딸이란 자신의 분신이자 자신이 갖지 못한 기회를 잡은 또 다른 자신처럼 느껴지기도 하는 것이다. 그렇기 때문에 자신보다 나은 인생을 살기를 당연히 바라면서도, 한편으로는 시기와 질투를 하게 되기도 하는가 보다.

다시 우리 엄마의 이야기로 돌아가서, 나는 오래도록 엄마가 할머니를 미워한다고, 미워하지 않을 리가 없다고 생각했지만, 그것 역시 실은 나의 생각일 뿐이었다. 막상 할머니가 돌아가셨을 때 눈물을 흘린 사람은 엄마 혼자였다. 96세의 고령으로 돌아가셨고 호상이라면 호상이었기 때문에, 다들 그러려니 하는 와중에 엄마만 홀로 며칠간 눈물을 흘렸다. 나는 그때 엄마에 대해 내가 아무것도 몰랐다는 것을 다시금 느꼈다.

오래전부터 나의 마음 한편에는 어떻게 시작되었는지도 모르게 엄마가 나를 싫어한다는 생각이 늘 자리하고 있었지만, 사실은 나는 너무 쓸모가 없다고, 성격도 나쁘고, 친구도 없고, 할 줄 아는 것도 없고, 사람들은 다 나를 싫어한다며 엉엉 울었을 때, 왜 그런 이야기를 하냐고, 우리 딸이 좀 까칠하기는 해도 얼마나 착한데 그러느냐고, 다른 사람에게 해코지도 안 하고 자기 일도 알아서 잘하고 너무나도 착하고 이쁜 딸이라고, 나는 우리 딸이 너무 좋다고, 존경하고 사랑한다고 말해주었던 것 역시 엄마였다.

2 부

너무도 고독한 우리는 :

욕망의 그늘

너무도 고독한 우리는

◆

〈보내는 이〉

"살구꽃이 피면 톡 하겠대."

나는 그 말을 듣자마자 눈물이 그렁그렁해진 채로 고개를 끄덕인다. 기약만 있다면 더 오래도 기다릴 수 있다고, 겨울이 다가온 창밖을 보면서 생각하고 생각한다. (45쪽)

_〈보내는 이〉, 《눈으로 만든 사람》, 최은미, 문학동네, 2021

◆ ◆ ◆

그날은 오전 8시부터 해가 중천에 떠 있었다. 그늘이 아닌 곳에 10분만 서 있어도 등줄기를 타고 땀이 흘러내렸다. 이러다 정수리가 타버릴 수도 있겠다는 생각이 드는 날씨였다. 여름휴가로 떠난 스페인-포르투갈 여행의 반환점이던 그날, 나는 아침부터 그라나다의 알람브라 궁전 입구에 서 있었다. 사전 예약을 해야 한다는 것을 미처 몰랐다가 아침 일찍부터 줄을 서면 입장이 가능하다는 말에 오픈 시간에 맞추어 찾아간 상황이었다.

한참을 기다린 끝에 힘겹게 들어간 알람브라 궁전은 감탄이 나올 정도로 아름다웠지만 그렇기에 더욱 아쉬운 순간도 많았다. 혼자서는 사진을 찍기가 마땅치 않았던 까닭이다. 언제 다시 올지 모르는 이토록 아름다운 장소를 배경으로 괜찮은 사진 한 장 건질 수 없다니. 안타까워 발을 동동 구르던 찰나, 저 멀리 구석에서 누군가를 발견했다. 나처럼 어떻게든 궁전을 배경으로 사진을 찍어보려 애쓰는 누군가를. 나와 비슷한 또래처럼 보이는, 혼자 다니는 한 여성을. 그녀에게 다가가서 머뭇거리다 말을 붙였다. "제가 한 장 찍어드릴까요?"

여성은 나와 많은 점에서 비슷했다. 나이, 여행을 하는 기간, 숙소의 위치와 동선, 여행의 목적 등. 성격이나 취향 또한 유사했다. 여행지라는 낯선 공간, 혼자인 것이 편해 내내 홀로 다녔지만, 그래서 더욱 커지는 고독감. 그런 와중에 마주친 나와 꼭 닮아 보이는 누군가. 우리는 같이 알람브라 궁전 곳곳을 산책하며 서로의 사진을 찍어주었다. 그런 와중에도 쉴 새 없이 이야기를 나누었고, 본래 알람브라 궁전에 있는 동안만 같이 다니기로 했던 계획을 바꿔 그날 하루를 함께 보내기로 했다.

그때부터 우리는 내내 함께였다. 알람브라 궁전을 나와 허름해 보이는 식당에서 태국식 볶음국수를 먹었던 때에도, 거기 뿌려진 향신료로 인해 내 몸에 갑자기 두드러기가 올라온 순간에도, 식당을 나와 시내에서 쇼핑을 할 때에도, 산꼭대기에 위치한 알바이신 지구에서 함께 플라멩코 공연을 보았을 때에도, 공연이 끝난 뒤 밤거리를 헤매던 때까지도. 공연이 끝나고 밖으로 나왔을 때는 어느덧 새벽 1시 무렵으로 막차가 끊긴 지 한참 지난 시점이었지만, 당혹스러울 법한 그 순간에도 우리는 웃으면서 그 깜깜한 골목 구석구석을 누비고 있었다.

그때의 감각이 지금도 생생하다. 생전 처음 와보는 낯선 지역, 그것도 치안이 좋지 않다는 알바이신 지구의 어두운 새벽. 평소라면 굉장히 무섭고 두려웠을 그 순간이, 패닉에 빠져도 이상하지 않을 그 순간이, 함께라는 사실만으로 두렵지 않았다. 두렵기는커녕 일종의 흥분까지 솟아올랐다. 가슴 깊은 곳에서 벅차오르는 듯한, 누군가와 아주 끈끈히 연결되어 있다고 느낄 때의 만족감. 지금도 내 사진첩 한곳에 존재하는, 반짝거리는 불빛을 배경으로 성곽에 기대 웃고 있는 사진은 그날 그녀가 찍어준 것이다. 사진을 보면 손에 잡힐 듯 느껴진다. 찍어준 사람과 찍힌 사람 사이의 행복감 같은 것이 사진 속에 둥둥 떠다닌다.

낯선 땅에서 맞이하는 밤늦은 시간이기도 했지만, 그 거리는 유난히 지나다니는 사람이 없었기에 마치 우리를 제외한 온 세상이 잠들어 있는 것처럼 느껴졌다. 오직 우리 둘만이 깨어 있는 것 같았다. 그러면서 나는 털어놓게 되었다. 여행지에서 가볍게 만난 누군가와 나누는 일회성 수다를 넘어서는 어떤 이야기들을. 내가 정말로 여행을 오게 된 까닭과 누구에게도 말할 수 없었던, 말해본 적 없었던 나의 비밀들에 대해서. 내가 무엇으로부터 도망쳐 왔는지, 무엇을 잊고 싶은지, 무엇을 기억하고 싶은지, 그럼에도 불구하고 무엇을 잊을 수 없는지, 무엇을 사랑하고 열망하고 간절히 바라는지, 또 그것을 얻지 못해 얼마나 괴로워하는지. 가로등 불빛에 의지하여, 변변치 않은 지도를 이리저리 돌려보며, 알바이신 지구의 아찔한 비탈길을 걸어서 내려오는 동안 그녀에게 그런 이야기를 했다.

그리고 나의 이야기를 묵묵히 듣던 그녀가 어느 순간 눈물을 글썽이며 고맙다고 말했다. 쉽지 않은 이야기인데, 처음 만난 누군가에게 하기 어려운 이야기인데, 자기에게 그런 부분을 선뜻 나누어주어 고맙다고. 나중에 서울에 돌아가서도 계속 연락하고 지내자고. 역시나 눈시울이 붉어진 내가 대답했다. 그러자고. 꼭 다시 만나자고. 다음 날 각자의 일정에 따라 갈라져야 하는 처지였던 우리는 알바이신 지구에서 내려와 헤어지기 직전에 서로를 꽉 끌어안으며 그러한 약속을 했다.

그런데 이상했다. 여행이 끝나고 한국에 돌아와 몇 달이 흐른 시점에 그녀로부터 잘 지내느냐며 만나자는 연락이 왔는데, 몹시 반가워야 마땅했을 나의 마음에 가장 먼저 떠오른 감정은 놀랍게도 당혹스러움이었다. 귀찮고, 거부감이 들었고, 보기 싫다는 마음이 앞섰다. 그런 자신이 스스로도 낯설고 놀라웠다.

결국 이런저런 핑계를 대며 약속을 미룬 결과 몇 번인가 만남이 흐지부지되었고, 오래지 않아 영영 연락이 끊어졌다. 그녀에게서도 연락이 없었고, 나 역시 먼저 연락하는 법은 없었다. 사실 여행지에서의 만남이라는 것이 워낙 특별한 성격이다 보니 대개 일회성으로 끝나기도 하지만 말이다. 이후로 가끔 그녀를 떠올렸다. 그녀가 찍어준 사진을 볼 때마다 그녀를 그리워하면서도 만나고 싶지 않았던 나의 마음에 대해 생각했다. 그토록 끈끈한 유대감을 주었던 사람을 나는 왜 만나고 싶지 않았을까. 함께 있는 동안 그렇게 즐거웠던, 누구에게도 말할 수 없었던 이야기를 털어놓은 사람으로부터 연락이 오자 왜 나도 모르게 꺼리는 마음을 갖게 되었을까.

이제 와 생각해보니 그것은 역설적으로 너무나도 끈끈한 유대감 때문이었다. 당시 그녀는 낯선 자신에게 깊은 속 이야기를 해줘서 고맙다며 나를 보고 대단하다고 말했지만, 그것은 그녀의 생각과는 다르게 오히려 낯선 사람이기에 할 수 있는 이야기이기도 했다. 다시 만나지 않을 사람에게만 보일 수 있는 아주 깊은 내면. 현실의 나와는 분리시키고 싶은, 숨기고 싶었던 나의 어떤 모습.

그렇기 때문에 그녀로부터 다시 연락이 오자 싫은 마음이 먼저 들었음을 시간이 흐른 뒤에야 나는 알게 된 것이다. 나는 이미 그때의 내가 아닌데. 이미 너에게 털어놓고, 너에게 다 이야기하고, 너를 통과하여 그때로부터 나는 다 지나왔는데. 그런데 여전히 그때의 나를 그대로 기억하는 누군가라니. 그녀 입장에서는 황당하고 기분 나빴을지 모른다. 나를 이상한 사람이라고, 또는 이중적인 사람이라고 생각했을지도 모른다. 몹시 다정하고 친밀하게 굴다 갑작스레 태도가 바뀐다면 나라도 그렇게 생각할 것이다. 아니, 어쩌면 모든 것이 나의 과잉반응이자 망상일 수도 있다. 여행지에서 만난 사이이니 그녀 역시 실은 대수롭지 않게 여기고 그러려니 넘겼을지 모른다.

비교적 최근에야 살면서 내가 겪었던 비슷한 사건들, 가까워졌다고 느꼈던 누군가로부터 문득 버려진 경험 혹은 누군가를 갑작스레 밀쳐내고 싶었던 경험 또한 이와 비슷한 것이 아니었을까, 하는 생각을 하게 되었다. 그 모든 것이 실은 나의 잘못도, 상대의 탓도 아닐지 모른다는 생각을. 그 안에 얽혀 있는 복잡한 감정의 타래, 인간의 고독과 결핍과 열망을. 소설 〈보내는 이〉를 읽으며, 그러는 동안 알람브라에서 만났던 그녀를 떠올리며 이제야 생각해보는 것이다.

최은미의 단편소설 〈보내는 이〉는 아이 엄마들 간의 특별한 우정과 묘한 애증을 다룬 작품이다. 주인공 영지는 딸의 같은 반 친구 엄마이면서 자신과 같은 아파트에 사는 진아와 많은 시간을 보내게 되고, 그러면서 그녀와 더욱 가까워지길 원한다. 하지만 진아는 영지가 원하는 만큼 곁을 내주지 않는다. 결국 시간이 흐를수록 진아를 원망하게 된 영지는 남몰래 진아를 스토킹하기에 이른다. 진아의 맘카페 아이디를 알아낸 뒤 카페에 남은 진아의 흔적을 일일이 확인하고, 자신에게 이야기해주지 않는 진아의 시시콜콜한 일상을 파악하며, 그것을 두고 이러저러한 추측을 하면서 시간을 보낸다.

소설은 오로지 영지의 시점으로만 전개되기에 이런 영지에 대해 진아가 무슨 생각을 하는지는 알 수 없다. 다만 원망과 집착을 반복하는 영지의 모습을 바라보는 독자의 심정과 비슷하지 않을까 짐작할 따름이다. 진아의 맘카페 아이디를 알아내어 스토커처럼 일거수일투족을 감시하는 영지를 지켜보고 있노라면 아무래도 불쾌한 감정을 품을 수밖에 없다. 얼핏 인터넷 익명 게시판에 자주 올라올 법한 흔한 막장 사연처럼 느껴지기도 한다. 혹여라도 진아가 인터넷 커뮤니티 활동을 했더라면 다음과 같은 글을 적었을지도 모른다.

"아니, 글쎄, 제 얘기 좀 들어보세요. 딸 같은 반 친구 엄마랑 같은 아파트 살아서 우연히 자주 보게 되었는데요, 그 엄마가 수시로 찾아오고 너무 집착해대는 통에 도저히 살 수가 없어요. 술은 또 얼마나 마셔대는지, 애들 있는데 그 꼴 보기가 너무 싫은 거 있죠. 그렇다고 오지 말라고 대놓고 말할 수도 없고. 그래서 살짝 거리를 뒀더니 이제는 제 맘카페 아이디까지 추적해서 저를 스토킹하는 것 같다니까요? 너무 무섭고 소름 끼쳐 죽겠어요. 대체 왜 이러는 걸까요? 이런 사람, 어떻게 해야 좋을까요?"

그리고 이런 사연 밑에는 아마도 뻔한 댓글이 달릴 것이다. "어휴, 그런 사람하고는 엮이지 않는 것이 상책이에요." "그냥 끊어내세요." "좀 이상한 사람 같은데 그런 사람은 받아주지 않으면 해코지할 수도 있으니 그냥 서서히 멀어지세요." "바쁘다고 하고 아예 다른 일정을 만들어버려요." 그러나 이 소설의 미덕은, 그러한 막장처럼 보이는 사연의 배경에 얼마나 많은 맥락이 있는지, 누가 봐도 이상해 보이는 인물의 뒤에 얼마나 복잡한 마음이 얽혀 있는지, 실제 우리가 그러한 막장 사건의 주인공과 얼마나 가까운 존재인지를 보여주는 데 있다.

우리는 참으로 고독한 까닭으로, 끈끈한 유대감 같은 것을 너무도 그리워하면서 산다. 그래서 때로는 낯선 이에게서 그것을 찾으려 애쓰기도 한다. 그러나 동시에 그토록 갈구하던 친밀감을 막상 느끼면 친밀감으로 인해 놀라고 당황하다 물러선다. 그러면서 낯선 이에게 기댄 것을 부끄러워하고 민망해한다. 그러한 감각을 너무나도 열망하는 동시에, 그것으로 인해 괴로워하고, 때로는 그것 때문에 누군가를 미워하기도 하고, 그리하여 그것으로부터 도망치기도 하는 것이다.

내가 오래전 여행지에서 만난 낯선 사람에게 세상 누구와도 느껴보지 못한 유대감을 느끼고 그리하여 그에게 누구에게도 말하지 못했던 마음을 털어놓았으면서도 그 사실로 인해 다시는 그를 만나지 못했던 일이나, 지역 카페를 통해 중고물품을 거래하다 가까워진 사람이 내가 생각한 거리 이상으로 다가오는 듯하자 도망쳤던 것은 모두 비슷한 마음이 작용한 결과였을 것이다. 같은 방식으로 또 다른 누군가에게 있는 힘껏 기대하고 그가 한 걸음 멀어지자 실망하고 분노했던 것 또한 마찬가지였을 것이다.

요즘 들어 나는 친밀감에 대해 자주 생각한다. 성욕이라는 것은 결국 부차적일 뿐이고, 그 욕구의 가장 밑바탕에는 누군가와 아주 깊숙이 친밀해지고 싶은 욕구가 있지 않은가에 대해서. 삶은 고독하고, 사는 것은 무섭다. 그리하여 우리는 열망을 가지게 된다. 누군가와 하나가 되고 싶은 열망. 나의 모든 것을 이해받고 싶은 열망. 이어서 상대의 모든 것을 모조리 알아내고 싶은 열망. 하지만 마음은 꺼내서 보여줄 수가 없기에 그나마 그 마음을 증명할 만한 수단으로, 보여줄 수 없는 마음을 보상하기 위한 수단으로서 섹스가 존재하는 것이 아닐까에 대해서. 친밀해지고 싶어서, 이해받고 싶어서, 이해하고 싶어서.

하지만 당연하게도 이러한 욕구는 채워질 수 없다. 나 아닌 다른 누군가와 하나가 되는 것은 불가능하며, 자칫 그리될 수 있다고 하더라도 그렇게 되면 원래의 나는 지워지고 만다. 누군가와 급격히 가까워질 때 우리가 느끼는 불안감이나 두려움은 대부분 거기에서 기인할 것이다. 한편으로는 그럼에도 불구하고 누군가와 친밀해지고 싶은 욕구를 느낄 만큼 우리는 외롭다. 여기에서 수많은 문제가 끊임없이 생겨나는 것인지도 모른다.

소설가 황정은은 이 책의 추천평에서 말했다. "최은미 작가를 보려고 사람 모인 자리에 나가서 최은미 작가가 있느냐고 여기와 있느냐고 묻고 다닌 적이 있다. 그를 만나 당신의 소설이 나를 어떻게 흔들었는지를 말하게 될까 봐 말할 기회가 영영 없을까 봐 초조했다. 나는 최은미 작가의 소설에 등장하는 찢어지고 쪼개지고 부러지고 뜯어지고 찢어지고 찢어지는, 뻔뻔하게도 찢는 이가 있어 찢어지는 여자들의 얼굴을 안다."

나는 이 문장을 읽자마자 무슨 뜻인지 알아챘다. 오래도록 최은미 작가를 좋아했지만, 그의 작품에 대해 공개적으로 평을 쓰거나 이야기한 적이 별로 없다. 그것은 너무나, 너무나 나의 이야기였고, 나 자신이었고, 나의 일그러진, 찢어진, 비틀린, 부서진, 망가지고 얼룩진 얼굴이었고, 너무나 나를 드러내는 이야기들이었기에, 내가 세상 앞에 발가벗겨지는 기분이었기에, 나는 차마 그 소설을 읽고 느낀 기분에 대해 말할 수 없었다.

〈보내는 이〉 또한 나를 흔들어놓는다. 누군가를 만나 가까워지고 싶은 나, 버림받는 것을 두려워하는 나, 그래서 먼저 버리는 나, 친밀함을 무서워하는 나, 집착하고 경계하고 의심하고 분노하고 사랑하는 나. 최은미의 소설을 읽으며 그런 나를 낱낱이 마주한다. 나의 지나간 얼굴을 돌아본다. "어디에도 말할 수가 없었던 마음, 너무 사랑해서 말할 수 없고, 사랑하지 않아서 말할 수 없고, 가까워서 말할 수 없고, 멀어서 말할 수 없고, 말하고 나면 별거 아닌 게 되어버리는 얘기들"을 이 소설집을 읽으며 다시 만난다. 그렇게 다시 만난 나의 얼굴들을 마주하며 나는 나를 미워하고, 경멸하고, 환멸하고, 무서워하고, 한심해하고, 가여워하다가… 용서한다.

멈출 수 없는

◆

《종이달》

───────────────────

　쏟아지는 빛과 소음 속을 무엇 하나 보지 않고, 무엇 하나 동요하지 않고 걷고 있으면, 리카는 때때로 소리를 지르고 싶은 흥분을 느꼈다. 억눌러도 억눌러도, 그것은 모공에서 분출되는 땀처럼 끊임없이 흘러넘쳤다. 자신은 무엇이든 할 수 있다. 어디로든 갈 수 있다. 갖고 싶은 것은 모두 손에 넣었다. 아니, 갖고 싶은 것은 이미 모두 이 손안에 있다. 커다란 자유를 얻은 듯한 기분이었다. 예전에 이른 아침 역의 플랫폼에서 느낀 행복감이 플라스틱 장난감으로 느껴질 만큼, 그 기분은 확고하고 강하고 거대했다. 나는 지금까지 무엇을 자유라고 생각하고 있었을까? 무엇을 손에 넣었다고 생각했던 걸까? 지금 내가 맛보고 있는 이 엄청나게 큰 자유는 스스로는 벌 수 없을 만큼의 큰 돈을 쓰고 난 뒤에 얻은 것일까, 아니면 돌아갈 곳도 예금통장도 모두 놓아버린 지금이어서 느낄 수 있는 것일까. (339쪽)

_《종이달》, 가쿠타 미쓰요/권남희, 위즈덤하우스, 2014

♦ ♦ ♦

초등학생 때 동네 어귀에 문구점 겸 서점이 있었다. 일반적인 초등학교 앞 문방구들에 비해 규모가 큰 편이었는데 1층에서는 문구용품을, 지하에서는 참고서를 비롯한 각종 책을 팔았다. 나는 학교가 끝나고 집으로 가는 길에 매일같이 그곳에 들러 책을 조금씩이라도 읽었고, 지하에 있는 서점으로 내려가기 전에는 1층에 있는 문구용품 및 각종 스티커를 구경했다.

그러던 어느 날인가 지하로 내려가는 길에 계단 입구에 주르륵 걸린 연예인 스티커를 보게 되었다. 당시 인기를 끌었던 〈사랑을 그대 품 안에〉라는 드라마의 주인공이었던 차인표 씨가 환한 미소를 띠고 여러 포즈를 취한 채 동그라미, 네모, 하트 그리고 별 모양의 스티커에 인쇄되어 1천 원에서 3천 원가량의 가격표를 달고 주르륵 걸려 있었다. 평소였다면 무심코 지나쳤을 텐데 그날따라 괜히 한번 꺼내서 만져본 것이 탈이었던가 보다.

그렇게 만지작거리다가 뒤를 돌아보고, 계산대에서 보이지 않는다는 것을 확인한 순간 나도 모르게 스티커를 옷 속으로 집어넣었다. 왜 그랬는지 지금까지도 잘 모르겠다. 사실 나는 그 드라마를 보지도 않았고, 그 배우를 좋아하지도 않았는데. 게다가 스티커는 전혀 갖고 싶었던 게 아니었는데. 그럼에도 불구하고 그때는 뭐라도 씌었는지 그렇게 집어 든 스티커를 옷 속에 감춘 다음 그대로 몸을 돌려 집으로 향했다. 돌아가는 내내 심장이 쿵쾅쿵쾅 뛰었다.

그날을 기점으로 시작된 도둑질은 이후로도 계속되었다. 처음이 어려웠을 뿐 한번 시작하니 멈출 수 없었다. 딱히 대단한 것을 훔치는 것도 아니었다. 대개 엽서, 편지지, 스티커 같은 자잘한 물품들. 꼭 필요하지도 않고 별다른 쓸모도 없으며 딱히 가지고 싶지도 않았던 것들. 그럼에도 불구하고 왠지 모르게 그만둘 수 없었다. 학교가 끝나고 집에 돌아오는 길이면 묘한 긴장감과 함께 가슴이 두근거리기 시작했고, 그러한 두근거림은 문구점에 들러 무언가를 품에 넣고 빠져나오는 순간에야 끝이 났다.

하지만 꼬리가 길면 잡히는 법. 초등학생의 수상쩍은 행동이야 빤한지라 얼마 되지 않아 결국 발각되고 말았다. 여느 때와 다름없이 훔친 물건과 함께 조용히 빠져나가려던 순간 문 앞에서 붙들린 뒤, 몇 시간을 구석에 무릎 꿇고 손을 든 채로 벌을 받았다. 간신히 풀려났지만 부모님께 연락하지 않는 조건으로 다음 날까지 반성문과 벌금을 가지고 와야만 했다.

벌금은 물건값의 열 배였다. 고로 3천 원짜리 편지지를 훔치다가 걸린 나는 다음 날까지 3만 원을 마련해야 했다. 부당하다는 생각이 들었지만 죄를 지은 범인으로서는 가타부타할 입장이 아니었다. 일단은 부모님께 알리지 않는 것이 우선이었으니까. 그러나 초등학생에게 3만 원이라는 큰돈이 갑자기 생길 리가 없다. 부모님에게 사실대로 털어놓을 수도 없고, 그렇다고 이유도 없이 거금을 달라고 할 수도 없는 노릇이었기에 속으로 끙끙 앓기만 했다. 고민 끝에 그날 새벽, 잠이 든 아빠의 지갑에서 몰래 1만 원짜리 지폐 세 장을 꺼냈다. 도둑질이 또 다른 도둑질을 불러온 순간이었다. 걸리면 어떡하지 싶어 밤새 잠을 이루지 못했으나 그날따라 아빠의 지갑이 두둑했던 까닭인지 들키지 않았다. 돌이켜보면 이게 사실은 더 큰 불행이었지만.

다음 날 벌금과 반성문을 제출하는 것으로 그 사건은 끝이 났고 그 뒤로는 부끄러움과 민망함으로 하굣길에 더 이상 그곳에 들르는 일이 없었다. 준비물은 멀리 떨어진 다른 문구점에서 샀고 책도 다른 곳에 가서 보았다. 하지만 아빠의 지갑에 돈이 들어 있으며 그것을 어느 타이밍에 어떻게 꺼낼 수 있는지를 깨우친 나는 이번에는 야금야금 아빠의 돈을 꺼내 쓰기 시작했다. 역시나 훔친 돈으로 별다른 일을 하는 것도 아니었다. 초콜릿을 사 먹거나 만화책을 빌려 보는 등 대단치 않은 곳에 사용했다. 문구점에서 자잘한 물건을 훔칠 때와 마찬가지로 언제 들킬지 몰라 불안했지만 매번 이번이 마지막이라고, 진짜 마지막이라고 다짐하면서 돈을 꺼냈다. 꺼내는 순간에는 다음 날이면 정말로 그만둘 수 있을 것 같았다. 하지만 그런 결심은 돌아서는 순간 물거

품처럼 사라져버렸다.

역시나 부모님은 얼마 지나지 않아 눈치를 챘다. 처음 한두 번이야 착각이라 생각하고 넘어갈 수 있지만 반복되면 누군가의 소행이 틀림없는 법이다. 더군다나 그럴 수 있는 대상은 당연히도 정해져 있으니 걸리지 않을 턱이 없다. 결국 부모님에게 발각되고, 정말로 엄청나게 혼이 났다. 그런데 그렇게 눈물이 쏙 빠지도록 혼날 때의 기분이 참으로 이상했다. 너무나도 창피하고 수치스럽고 민망한데, 한편으로는 안심이 되기도 했다. 아, 이젠 정말 멈출 수 있겠구나. 이제 도둑질을 그만둘 수 있겠구나, 하고 왠지 모르게 안도하는 신기한 마음이 들었다.

가쿠타 미쓰요의 《종이달》은 도둑질을 소재로 하는 소설이다. 주로 부유층 고객을 담당하는 계약직 은행원 우메자와 리카는 고객들의 집을 돌며 수금을 하거나 현금을 인출해 가져다주는 등의 간단한 업무를 한다. 간단하다고는 하지만 사람을 상대하는 모든 직업이 그렇듯 리카의 업무 역시 쉽지만은 않다. 성희롱은 예사에 별것도 아닌 일로 심한 모욕을 당하기도 한다. 본래 알뜰한 성품으로 신용카드조차 없었던 그녀는 고객에게 시달려 침체되어 있던 어느 날 백화점에서 충동적으로 5만 엔어치의 화장품을 사버린다. 문제는 그 순간 그녀의 지갑에는 3만 엔밖에 없었다는 것이다.

신용카드도 사용하지 않는 데다가 판매원에게 돈이 부족하단 말을 꺼낼 수도 없었던 리카는 자신도 모르게 핸드백을 열어 그날 수금한 고객의 예치금에서 부족한 금액을 꺼내 지불하기에 이른다. 곧 자신의 계좌에서 인출해서 되돌려놓겠다고 다짐하면서. 실제로 리카는 화장품이 든 쇼핑백을 들고 백화점을 나서자마자 다짐대로 하지만, 그날의 사소한 사건은 마치 나비효과처럼 리카의 삶에 엄청난 파장을 일으킨다.

그간 성실하게 일하면서도 계약직이라는 이유로 남편에게 무시당하며 줄곧 주눅 들어 지내던 리카에게 있어 그날의 경험은 매우 특별한 것이었다. 백화점에 들러 무언가를 사고, 큰 금액을 지불하는 과정에서 판매원에게 찬사를 듣고, 무언가 고급스러운 물건을 손에 쥐면서 일시적으로나마 기분이 나아지는 효과를 맛본 것이다. 이날을 기점으로 리카의 소비는 점점 더 과감해지고, 연하의 애인까지 만나게 되면서 걷잡을 수 없는 수준으로 나아간다. 문제는 그 모든 돈이 은행으로부터 나왔다는 사실이다. 그렇게 리카는 본격적인 횡령을 시작한다. 처음 백화점에서 화장품값을 지불하던 때와 다르게 이번에는 적극적으로, 그리고 의도적으로.

리카는 늘 이번이 마지막이라고, 차근차근 갚으면 된다고 다짐하며 횡령한 금액에 대한 장부까지 성실하게 기입하지만, 그런 다짐이 무색하게도 커진 소비 습관에 맞추어 돈은 썰물처럼 빠져나간다. 점점 더 많은 돈을 필요로 하던 리카는 마침내 치매 증상 때문에 기억이 깜빡깜빡하는 고객의 돈 5백만 엔을 빼돌린 뒤 특급 호텔의 스위트룸에서 흥청망청 써버리기까지 한다. 한국 돈 5천만 원 이상이 불과 일주일 사이에 사라진 것이다. 아무것도 남기지 않고, 너무나도 허무하게, 정말 거짓말같이.

어떤 이들에게는 리카의 이런 부나방 같은 행동이 쉽사리 이해가 가지 않을 것이다. 그렇게까지 멀리 가기 전 멈출 기회가 여러 번 있었는데. 그 돈으로 의미 있는 소비를 하는 것도 아니면서. 고작 호텔에서 와인을 마시고 젊은 애인을 깜짝 놀라게 할 목적으로 그 많은 돈을 쓰다니. 그 돈이면 그간 횡령한 돈도 갚을 수 있을 텐데. 그러나 사람은 절망이 너무 커지면, 모든 것을 돌이키기에 너무 늦었다는 생각을 하게 되면, 오히려 더 극단적으로 행동하기도 하는 모양이다. 그 절망감을 잠시라도 없애기 위해서. 언젠가 잡힐 것이 뻔한 범죄자로서의 암울한 미래는 모두 잊고 지금 당장 터지는 샴페인과 호화로운 서비스를 누리며 잠시 잠깐이라도 착각에 빠지고픈 욕구를 느끼는 것이다.

누가 봐도 바보 같고, 어리석고, 멍청하고, 비윤리적인 사람이 허영심에 눈이 멀어 범죄를 저지르는 이야기이지만 나로서는 리카를 쉽사리 비난할 수 없었다. 끝 간 데 없이 몰락하는 리카의 모습이 한심하게 느껴지는 한편으로 안타까움도 컸다. 어쩌면 리카의 마음을 조금은 이해할 수 있었기 때문인 것 같기도 하다. 안 된다는 것을 알면서도 어느 행위를 시작하고, 처음엔 너무도 어려웠던 그 일이 어느 틈에 습관이 되어버리고, 이후에는 마치 중독처럼 계속해서 빠져들게 되는 마음. 그러면서 차라리 누군가에게 강제로라도 발각되면 좋겠다 싶은 그런 마음. 스스로는 그만둘 수 없는 마음.

이는 사실 리카가 저지른 금융 범죄뿐 아니라 세간에서 말하는 비윤리적인 행위에 일반적으로 해당되는 이야기이기도 하다. 마약이나 도박 중독, 혹은 애인이나 배우자 몰래 바람을 피우는 행위 등. 그러한 경험들도 대부분 처음에 딱 한 번만을 되뇌며 시작되었을 것이다. 그러다 한 번이 두 번이 되고, 두 번이 세 번이 되고, 이번이 정말 마지막이라는 허무한 다짐이 소용없도록 계속해서 이어졌을 것이다.

그다지 윤리적인 사람이 되지 못함에도 사는 동안 흔히 말하는 불법적인 일을 저지른 적이 별로 없는데, 이러한 까닭은 아마도 어린 시절의 경험 때문일 것이다. 도둑질을 시작하고 발각되었던 경험을 통해 스스로가 중독에 매우 취약하며 무언가를 쉽게 끊을 수 없는 사람이라는 사실을 배웠기 때문에, 한번 시작하면 멈추지 못하는 사람임을 알고 있기 때문에. 스스로의 의지로 그만두지 못할까 봐 두려웠고, 그렇기 때문에 늘 이성의 끈을 가까스로 붙들며 살아왔다. 사실 대부분의 사람이 마찬가지 아닐까 싶기도 하다. 정말 반듯하고 이성적인 사람이어서라기보다는 모두 안간힘을 쓰며 억누르고 있는 것이다. 처음부터 멈출 수 없는 상태까지 가지 않도록. 그런 면에서 《종이달》은 인간의 나약함, 연약함을 다룬 이야기라고 생각한다.

인생이란 어떤 순간에 알 수 없는 이유로 내린, 무심결에 한 선택으로 완전히 망가질 수도 있다는 것을, 언덕에서 굴러떨어지기 시작한 돌멩이처럼 멈추지 못하고 계속해서 추락할 수도 있다는 것을, 그렇게 상황에 떠밀리고, 그러다가 파멸에 이를 수도 있다는 것을, 이 소설을 읽는 동안 새삼 떠올려본다. 인간이란, 그리고 인생이란 그렇게 나약하고 부서지기 쉽다는 것을.

욕망의 주인을 찾아서

✦

《비틀거리는 여인》

올해 들어 비로소 그녀가 알게 된 것은 질투의 고독감, 초조함, 지향 없는 분노를 잠재울 방법은 하나밖에 없다는 것이었다. 그것은 질투의 대상, 증오의 대상인 적에게 애원의 손길을 내미는 일이었다. 애초부터 유일하게 치유할 수 있는 사람은 그 당사자인 적 외에 없다는 것을 안 것이다. 자신에게 상처를 입힌 적의 검에 매달려 약을 요구할 수밖에 없었다. (120쪽)

_《비틀거리는 여인》, 미시마 유키오/송태욱, 서커스, 2007

＊＊＊

어린 시절 보고 들었던 여성들의 연애담은 어딘가 비슷한 구석이 있었다. 우선 별로 관심이 없는 남자가 자꾸만 쫓아다닌다. 처음에는 귀찮고 싫었는데 어쩌다 보니 사귀게 된다. 함께 시간을 보내는 동안 헌신적인 남자의 모습에 심드렁하던 여자의 마음이 조금씩 열린다. 그런데 어느 순간부터 관계가 역전된다. 남자는 시들해진 반면 이제는 여자 쪽에서 남자를 더 좋아하게 된 것이다. 여자가 점점 변해가는 남자의 태도에 불안과 불만을 느끼던 어느 날 남자가 떠나버리면서 관계가 끝난다.

예전엔 이런 사연이 참으로 많았다. 남들에게 전해 듣는 '카더라'는 대개 비슷하다 생각할 수도 있겠지만 실제로 주변에서 목격한 것도 여러 번이었다. 별로 좋아하지 않는 남자와 마지못해 사귄 뒤 전전긍긍하며 마음고생을 하다가 안 좋게 끝나는 경우를 적지 않게 보았다. 그 때문이었을까? 이러한 플롯은 클리셰라고 할 수 있을 정도로 대중문화에서 빈번히 사용되었다.

동시에 2000년대에 들어 여성들을 대상으로 온갖 연애 지침서가 유행하기도 했다. 대표적으로는 영화로도 만들어진《그는 당신에게 반하지 않았다》또는《화성에서 온 남자 금성에서 온 여자》같은 책을 꼽을 수 있을 것이다. "남자 때문에 괴롭다고요? 이 책들을 한번 읽어보세요!" 한편 당대를 뒤흔들었던, 여성들 사이에서 폭발적인 인기를 끌었던 미국 드라마〈섹스 앤 더 시티〉는 이런 고민에 빠진 여성들을 위한 교과서와도 같은 존재였다.

당시 그런 이야기를 들을 때마다 궁금했다. 왜 애초에 좋아하지도 않는 사람과 억지로 사귀는지에 대해서 말이다. 물론 서로 좋아서 만나다 헤어진 경우 미련을 갖는 건 이해할 만하다. 헤어졌다고 감정이 무 자르듯 싹 사라지진 않으므로. 다만 내가 궁금했던 부분은 연애의 시작이었다. 연애란 어디까지나 더 행복하고 즐겁기 위해서 하는 것인데 애초에 왜 좋아하지도 않는 사람과 억지로 사귀는지, 왜 굳이 즐겁지도 않은 상태에서 사귀고, 억지로 만나고, 불균형한 감정을 주고받다가, 관계가 역전된 뒤에야 거기에 끌려가며 괴로워하는지를 납득하기 힘들었다.

그런 이들을 비웃거나 폄하하려는 뜻이 아니다. 나 역시 유사한 경험이 있기에 더욱 의문이었다. 고등학생 때 인근 학교의 남학생과 억지로(?) 사귀었던 적이 있다. '억지로'라고 표현한 것은 누가 사귀지 않으면 큰일 난다고 협박한 것도 아니고, 모든 것이 나의 선택이었음에도 불구하고 지금까지도 그때의 결정에 나 자신의 진정한 의사가 별로 반영되지 않았다고 느끼기 때문이다.

그 남학생과는 가을에서 겨울로 넘어가던 쌀쌀한 어느 날, 친구의 소개로 집 근처의 카페에서 만나고 얼마 지나지 않아 사귀기로 했다. 사귄다고 해봤자 만나서 영화를 보거나 밥을 먹는 게 다였지만. 어쨌거나 그러는 동안에도 전혀 좋다는 생각이 들지 않았다. 볼 때마다 단점만 눈에 띄었고 만나면서도 내가 지금 뭘 하는 것인가 생각할 때가 많았다. 차라리 혼자 있는 게 더 낫다는 생각이 들 정도였다. 그럼에도 헤어지자거나 그만 만나자는 말을 하지 못한 채 어정쩡한 상태로 함께 시간을 보냈다.

놀라운 건 그랬던 내가 정신을 차려보니 어느 틈에 그 관계에 안주하다 못해 집착하고 있었다는 사실이다. 결국 마지막에는 앞서 언급한 클리셰처럼 내 쪽에서 먼저 차이고야 말았다. 그 일이 오랜 기간 의문으로 남았다. 스스로의 감정임에도 왜 그러는지를 알 수 없었다. 마음에도 들지 않는 그와의 만남을 결정했던 나 자신이나, 그다지 좋아하지 않는 남성을 마지못해 만나는 다른 여성들의 심리에 대해 궁금증을 가졌던 것은 이러한 까닭이다. 그렇지만 지금은 어렴풋하게나마 왜 이런 일이 벌어지는지 알 것 같기도 하다.

나는 평소 성별에 따른 태생적 차이를 그다지 믿지 않는다. 여자는 본래 이렇다거나, 혹은 남자는 어떠하다거나 하는 명제 역시 거의 신뢰하지 않는다. 성별이 다른 두 아이를 기르는 동안 이러한 생각은 더욱 확고해졌다. 하지만 사회화의 과정에서 '만들어지는' 성차는 어느 정도 존재한다고 여기는 편이다. 지금도 그렇지만 과거에는 사회가 여성과 남성에게 기대하는 성 역할이 보다 분명했고, 이러한 환경 아래에서는 그에 동의하느냐의 여부와 무관하게 잠재적으로 영향을 받을 수밖에 없었을 것이다. 예를 들어 '열 번 찍어 안 넘어가는 나무 없다' 또는 '잡은 고기에게는 먹이를 주지 않는다' 같은 속담들만 하더라도 그렇다.

'열 번 찍어 안 넘어가는 나무 없다'는 실제 그 문장에 동의하건 아니건, 남성들에게는 헛된 희망을 불러일으키는 동시에, 여성들에게는 자신에게 구애하는 대상을 언젠가는 허용해야 할 것만 같은 불안과 압박을 불러일으킨다. 원래 남녀관계는 이런 식으로 다 시작되는 것 아닌가 하면서 체념하게 만드는 경우도 있다. '잡은 고기에게 먹이를 주지 않는다'는 속담 역시 여성에게는 관계에 대한 불안감을 조성하며, 남성에게는 일단 고기는 잡기만 하면 된다고, 무조건 여성의 마음을 사로잡는 것이 우선이라고 생각하게 만든다.

이것이 과장이나 비약처럼 느껴질 수도 있을 것이다. 하지만 한때 인기를 끌었던 드라마나 영화를 살펴보면 이와 유사한 구조의 줄거리가 상당히 많다. 남자는 쫓고, 여자는 쫓기고, 그러다 여자가 잡히고, 다시 남자는 떠나고. 여성이 불안해하는 사이 떠났던 남성이 다시 돌아오거나 또 다른 남성이 등장하는 등 다소간의 차이는 존재하지만 그럼에도 많은 드라마에서 '쿨하고 싶었으나 그렇지 못한' 여성을 그려냈고, 이 모든 것들은 여성의 전형성을 강화하는 기재로 작용해왔다.

　한편 이러한 상황에서 남성에게 '욕망'당하는 것은 여성으로서의 매력을 입증하는 증거나 마찬가지였다. '욕망'당하지 않으면 자신의 존재 가치를 증명할 수 없다고 여겼던 여성들은 진정한 의사와 무관하게 자신을 '욕망'하는 남성을 저도 모르게 허용해왔는지도 모르겠다. 자신이 욕망하는 것보다 타인에게 욕망당하는 것에 더 중점을 두며 살아왔던 것이다. 그러한 가치를 저도 모르게 내면에 학습했던 것이다. 1950년대에 발표된 미시마 유키오의 소설 《비틀거리는 여인》 또한 앞서 언급한 여성의 흔한 연애담과 동일한 구조를 따라간다.

　《비틀거리는 여인》의 주인공인 세쓰코는 정숙하고 우아한 유부녀로 남편을 만나기 전에는 이렇다 할 연애를 해본 적이 없다. 젊은 시절 첫사랑과 가볍게 입맞춤을 했던 경험이 있긴 하지만 오로지 그것뿐이다. 그러던 어느 날 세쓰코 앞에 입맞춤의 상대였던 첫사랑 쓰치야가 나타난다. 그가 자꾸만 주변을 맴도는 것을 느낀 세쓰코는 고심 끝에 그와 '순결한 연애'를 해보기로 결심한다.

　처음에는 순전히 무료함을 달래기 위해 가볍게 시작한 관계였다. '순결한 연애'라는 다소 우스꽝스러운 표현처럼 그저 재미를 위해, 시험 삼아, 역할 놀이 하듯, 육체적 관계는 갖지 않는 친구와도 같은 순수한 사이. 요즘 말로 하면 '데이트 메이트' 정도 되려나. 말하자면 세쓰코는 노골적으로 구애하는 쓰치야를 이용하여 '연애 놀이'를 하기로 결심한 것이다. 결혼 전 별다른 연애를 해보지 못했다는 아쉬움에 더해 흘러간 젊은 날에 대한 미련이 뒤섞인 결정이었다.

하지만 그 속마음을 자세히 들여다보면 그와 같은 결정을 내리는 데 가장 큰 영향을 미친 것은 사실 세쓰코 자신도 모르고 있던 욕망이었다. 쓰치야를 통해 자신에게 여전히 '여성'으로서의 매력이 있다는 사실을 확인하려는 욕망. 결국 세쓰코는 '진짜로 좋아하는 것은 아니니까', '그냥 즐기는 것이니까' 정도로 생각하면서 쓰치야와의 교류를 지속한다. 그를 통해 자존감을 찾고 여성성을 입증할 목적으로.

그러나 '진짜로' 사랑하지는 않겠다는 굳은 결심이 무색하게도 세쓰코는 마치 클리셰처럼 쓰치야에게 빠져든다. 쓰치야를 통해 자신의 욕망을 충족시키려던 세쓰코가 이젠 그 욕망을 충족시켜줄 쓰치야에게 의도했던 이상으로 의존하게 된 것이다. 결국 세쓰코는 쓰치야를 잃지 않기 위해 그의 요구에 점점 더 순응하고, 처음의 결심과는 다르게 육체관계까지 맺게 된다. 결국 시간이 흐를수록 둘 사이의 불균형은 커지고 이에 비참함을 느낀 세쓰코는 몇 번이고 헤어져야겠다는 결심을 하지만, 이 역시 번번이 무너지다 마침내 쓰치야에 의해서야 건강하지 못한 관계를 억지로 끝내게 된다.

이 소설에는 별로 심각하게 여기지 않았던 상대를 점차 좋아하게 되고, 그러다가 관계가 균형을 잃고 그로 인한 굴욕감을 느끼면서도 쉽게 이별을 고하지 못하는 사람의 모습이, 부당한 대우에 분노하다가도 상대의 아주 사소한 행동에 헛된 희망을 품으며 합리화를 하는 등 매우 핍진하고도 구체적으로 그려져 있다. 그렇기 때문에 읽는 동안 학창 시절의 경험을 비롯하여 앞서 언급했던 다소 전형적이었던 여성들의 연애담 속 심리에 대해 보다 깊이 생각해보게 되었다.

그리고 바로 이러한 지점 때문에 나는 이성애 문제, 남성과의 감정적 교류로 힘들어하는 여성이 있다면, 어설픈 연애 지침서나 남자의 마음을 사로잡는 법을 알려준다는 '비법서' 대신 이 소설이야말로 유용한 조언서가 될 수 있을지 모른다고 생각한다. 자신의 내면에 집중하기보다는 타인에게서 인정 욕구를 채우려 들고, 그러다 망가지고, 내팽개쳐지고, 만신창이가 되면서도 끝내 미련을 버리지 못하는 인물이 등장하기 때문이다. 이를테면 현실을 자각하게 만들어주는 소설이랄까.

말은 이렇게 하지만 사실 쉽지 않은 일임을 알고 있다. 앞서 언급했던 고등학생 시절의 경험처럼 나 또한 '욕망당하고 싶은 욕망'에 시달려본 적이 있고, 그로 인해 쓴맛을 보고 괴로운 처지에 놓인 적이 많았기 때문이다. 어쩌면 그 시기를 지나쳤다는 것부터가 나의 착각인지도 모른다. 오랜 세월 내면화한 가치나 생활 습관, 사고방식은 하루아침에 바뀌지 않으므로. 이제껏 내면화한 욕망당하고 싶은 욕망이나 타인의 시선으로 자기 자신

을 평가하고 판단하는 습관은 사실 평생토록 분투하며 다루어
야 하는 부분일 것이다. 그렇기에 이런 소설을 읽는 것은 도움이
된다. 읽는 동안 고통스럽긴 하지만 그러한 욕망을 되새기며 살
필 수 있도록 해주기 때문이다.

진실의 윤리

✦

《나를 보내지 마》

─────────────

"그게 전부가 아니었어." 토미의 목소리는 이제 거의 속삭이듯 낮아졌다. "선생님이 그때 로이에게 한 말, 그런 말을 할 생각이 아니었겠지만, 그러니까 무심코 흘린 말이 무엇이었는지 혹시 기억나, 캐시? 선생님은 로이한테 그림이나 시 같은 건 '한 인간의 내면을 드러낸다'고 했어. '영혼을 드러낸다'고 말이야." (245쪽)

_《나를 보내지 마》, 가즈오 이시구로/김남주, 민음사, 2009

✦ ✦ ✦

어릴 적 영화 〈트루먼 쇼〉를 좋아해서 자주 돌려보곤 했다. 영화에서 내가 가장 좋아하던 장면은 주인공 트루먼이 후반부에 모든 진실을 깨닫고 TV 쇼를 위해 꾸며진 인공 세트장을 탈출하는 순간, 이야기의 클라이맥스인 바로 그 장면이었다.

영화에서 트루먼이라는 한 사람의 생활을 24시간 생중계하는 리얼리티 쇼인 〈트루먼 쇼〉의 제작자는 탈출하려는 트루먼을 저지하기 위해 온갖 방해 공작을 일삼는다. 다른 출연진을 통한 회유부터 트루먼이 항해 중인 바다에 태풍을 일으키는 것까지. 그럼에도 트루먼이 끝까지 포기하지 않고 마침내 세상의 끝(?)이라고 할 수 있는 세트장의 비상구에 도달하자 제작자는 직접 등판하여 말을 걸기에 이른다. 다시 한번 생각해보라고. 바깥은 네 생각보다 훨씬 거칠고 힘들다고. 그럼에도 트루먼은 눈 하나 깜짝 않고 빙긋 웃으며 작별을 선언하고, 나는 그 대목에서 언제나 통쾌하고 짜릿한 감정을 느꼈다. 정의가 구현된 참된 결말이라고 생각했다.

그로부터 오랜 시일이 지난 지금, 어릴 적 옛이야기의 마지막 장면이면 어김없이 등장하던 "그 뒤로 그들은 오래오래 행복하게 살았습니다"를 더 이상 믿지 않게 된 지금에 이르러 다시금 생각해본다. 그렇게 세트를 벗어난 트루먼은 그 뒤로 어떻게 지냈을까? 정말로 행복했을까? 평생을 살아온 익숙한 지역, 안락한 집, 완벽한 가족, 다정한 이웃, 안정적인 직업, 모든 것을 버리고 새로 시작한 뒤 과연 잘 적응했을까? 그에게 처음 '진실'을 알려준 로렌은 끝까지 트루먼 곁에 남았을까? 두 가지 버전의 세상을 살아본 트루먼은 생을 마감하는 순간 만족했을까? '진실'을 알게 된 것에 후회는 없었을까?

어쩌면 어른이 되어서인지도 모르겠다. 무엇이 진실이냐를 넘어서 진실의 윤리, 그러니까 진실이 늘 바람직한지에 대해 시간이 흐를수록 생각이 많아진다. 만약 내가 트루먼과 같은 처지였다면 어땠을까. 다정한 배우자, 안정적인 직장, 친절한 이웃, 고민거리라고는 전혀 없는 매일이라면 애당초 진실 따위에 별다른 관심이 없었을지도 모른다. 비단 나뿐만이 아니다. 모든 것이 완벽해 보이는 상황에서 가족, 직업, 친구, 자신의 삶을 둘러싼 모든 것이 가짜였다는 '진실'을 알고 싶어 할 사람이 과연 얼마나 될까.

한편 내가 당사자가 아닌 그의 주변인이었다면 어땠을지도 생각해본다. 로렌의 입장에서, 혹은 시청자들의 입장에서 트루먼의 삶을 그대로 보아 넘기는 것은 과연 윤리적이었을까? TV

를 통해 전 국민에게 삶의 일거수일투족이 노출되는 상황을, 완벽하게 기만당하는 걸 당사자만 모르는 상황을 그대로 방치해도 될까? 그가 안락함을 느낀다는 이유로, 행복해한다는 이유로 그냥 놔둬도 괜찮은 것일까? 실제로 영화 속에서 〈트루먼 쇼〉의 엑스트라였던 로렌은 이러한 기만적인 상황을 보아 넘기지 못하고 트루먼에게 진실을 알려주려 시도하다가 쇼에서 추방당한다.

20년도 더 된 영화를 새삼 떠올린 까닭은 가즈오 이시구로의 소설 《나를 보내지 마》를 읽었기 때문이다. 2017년 노벨상 수상자인 가즈오 이시구로의 이 소설은 간병사로 일하는 주인공 캐시가 환자와 대화를 나누다 학창 시절을 보낸 '헤일셤'을 회상하는 장면으로 시작한다. 헤일셤은 대여섯 살 무렵부터 스무 살이 되어 졸업하기 전까지 아이들이 모여서 생활하는 일종의 기숙학교다.

캐시는 헤일셤에서 자라는 동안 토미와 루스라는 동갑내기 소년 소녀와 단짝 친구가 된다. 차분하고 생각이 깊으며 관찰력이 뛰어난 캐시, 타고난 카리스마와 매력으로 좌중을 사로잡으며 욕망과 인정 욕구가 강한 루스, 다소 괴팍하고 돌출적이지만 통찰력을 지닌 토미. 각기 다른 개성의 세 사람은 서로 미워하고 사랑하고 싸우고 화해하면서 아슬아슬한 삼각관계를 형성해나간다. 우정이라는 이름 아래 감추어진 불균형한 권력 관계와 더불어 청소년기의 미묘한 감정들, 그리고 사소한 듯 결정적인 사건들이 차분하면서도 설득력 있게 그려진다.

여기까지만 보면 《나를 보내지 마》는 기숙학교를 무대로 하는 여느 청춘물이나 성장소설과 다름없는 듯하다. 그러다 후반부로 들어서며 이 작품의 비밀이 돌연 밝혀지는데, 그것은 바로 주인공 캐시를 포함하여 헤일셤에서 생활하던 학생들이 모두 장기기증을 목적으로 생산되고 길러진 클론이었다는 사실이다. 그러면서 독자는 비로소 알게 된다. 왜 재학생들의 부모나 원가족과의 교류가 전혀 등장하지 않았는지. 왜 헤일셤에는 예술품 교환이라는 미스터리한 전통이 존재했는지. 왜 마담이라는 정체불명의 인물은 주기적으로 학교를 방문하여 학생들의 창작품을 가져갔는지. 왜 마담이 학생들을 보며 혐오와 공포의 표정을 지었는지. 왜 루시라는 교사가 돌연 학교를 떠나게 되었는지. 왜 헤일셤 졸업생들은 비非헤일셤 출신의 부러움을 샀는지.

진실은 이러하다. 소설에서는 자세히 드러나지 않지만 사실 작품 속 배경이 되는 세상에서는 장기기증을 위해 클론을 생산하여 그들이 장기를 기증할 만큼 성숙해질 때까지 '기르던' 상황이었다. 다만 대다수의 사람들은 클론을 마치 가축처럼 아무렇게나 '사육'하고 있었던 반면, 에밀리와 마담만은 헤일셤이라는 특수 시설을 설립하여 클론을 마치 보통의 인간처럼 대우하며 키웠던 것이다. 마담이 학생들의 예술 작품을 수집했던 이유는 바로 이러한 맥락이다. 에밀리와 마담은 클론에게도 영혼이 존재한다고 믿었고, 그들에게 있어 예술품이란 바로 클론에게도 영혼이 있음을 증명하는 증거였다.

비유하자면 헤일셤은 일종의 '클론 복지 농장'이었던 셈이다. 클론을 기르는 궁극적인 목적은 동일하되 적어도 기르는 방법만큼은 다른 농장에 비해 윤리적인 곳. 장기를 써먹을 때는 써먹더라도 그들이 살아 있는 동안만큼은 행복을 누리게끔 해주는 곳. 에밀리가 훗날 자신들을 찾아온 캐시 일행을 위해 해줄 수 있는 조치가 별달리 없었던 이유는 바로 이 때문이다. 헤일셤의 교직원들은 클론들을 진심으로 아꼈지만, 그와는 별개로 그들이 보통의 인간들처럼 직업을 갖고 가정을 꾸리는 등 평범한 삶을 살도록 해줄 수 없었으며, 간병사나 기증 업무에서 배제되도록 도와줄 수도 없었다.

이걸 생각하면 소설 속에 그려진 마담의 이상한 행동이 자연스레 납득이 간다. 마담은 클론을 인간처럼 대우하는 것이 옳다고 여기면서도 마음 깊은 곳에 존재하는 혐오감을 끝내 지울 수는 없었던 것이다. 이상하게 행동했던 또 다른 인물인 루시 역시 마찬가지다. 헤일셤의 교사였던 루시는 〈트루먼 쇼〉의 로렌과도 같은 인물이다. 학생들을 보며 종종 알 수 없는 표정을 짓고, 그들에게 뭔가를 알려주려고 시도하다 쫓겨난 루시는 마치 로렌처럼 아이들에게 '진실'을 알리고자 했다. 그리고 이 소설이 흥미로운 지점은 바로 이러한 대목 때문이다. 마담이나 교장 에이미나 교사 루시나 모두 궁극적으로는 '나쁜' 인물이 아니었다는 것.

작품 속에서 모든 것을 배후에서 조종하는, 클론에 대한 지시를 내리고 그에 관한 세세한 규칙을 만들거나 법안을 제정하는 사람들은 등장하지 않는다. 그렇기에 장기기증을 목적으로 클론을 생산하는 행위 자체는 이미 논점이 아니라고 할 수 있다. 에이미나 마담, 루시는 모두 클론의 생산을 막을 수 없다는 전제 아래 클론의 복지를 추구하는 일종의 활동가들로서, 어떻게 하면 클론을 보다 '윤리적으로' 대할 수 있는지 고민하는 사람들이다. 다만 그처럼 동일한 목표를 가진 이들이라도 그 방법은 저마다 달랐는데, 마담과 에이미는 끝까지 진실을 감추는 것이 클론들을 더 행복하게 만드는 것이라 믿었고, 루시의 경우 클론들에게도 진실을 알 권리가 있다고 여겼던 것이다.

과연 어느 쪽이 더 윤리적이었을까? 끝이 정해져 있는 삶의 비밀을 감추고 최대한 살아 있는 순간에 몰입할 수 있도록 거짓말을 하는 것? 아니면 비밀을 밝혀 잔인하지만 '진실'을 알려주는 것? 애초에 인간과 동일하게 살아갈 수 없음에도 마치 동일하게 살 수 있을 듯한 희망을 주는 것? 혹은 처음부터 인간 이하의 존재로 취급하여 이러한 고민을 할 필요가 없도록 모든 여지와 가능성을 차단하는 것?

실제로 인간과 다를 바 없이 자란 이들 클론은 인간과 동일한 사고를 하며, 자연히 인간과 동일한 꿈과 희망을 품는다. 그러니 그러한 희망이 좌절되었을 때 그들이 입게 된 상처는 그야말로 어마어마한 것이었다. '가축' 취급을 받으며 형편없게 생활하던 다른 클론들과는 비교할 수조차 없는. 실제로 토미는 모든 '진실'을 알게 된 후 좌절하고 분노하며 고통으로 몸부림친다. 그런 모습을 지켜보다 보면, 어차피 인간으로 살아갈 수 없는 이들을 인간처럼 대우하는 것이 궁극적으로 어떤 결과를 낳는가에 대해 생각하게 된다. 물론 '인간 이하의 취급'을 받고 자란 클론들의 무미건조한 반응을 지켜보는 것 역시 고통스럽기는 마찬가지다. 마치 동물원에 가면 볼 수 있는, 모든 것을 체념하고 텅 빈 눈망울로 무기력하게 누워 있는 동물 같달까. 그렇기 때문에 소설을 끝까지 읽고 난 지금까지도 어느 쪽이 더 나은 선택이었는지 모르겠다. 아마 영원히 모를 것이다.

이 소설은 여러 면에서 로저 파우츠의 논픽션 에세이 《침팬지와의 대화》를 연상시킨다. 심리학자 로저 파우츠는 대학원 시절 침팬지의 수화 연구에 참여하게 되면서 침팬지가 인간처럼 감정을 느끼고 욕구를 표현할 수 있다는 사실을 알게 된다. 자연히 연구가 진행됨에 따라 로저와 침팬지 사이의 교감은 깊어진다. 하지만 그럴수록 로저가 느끼는 고통 또한 커지는데, 실험이 끝난 뒤 아무렇게나 다루어지고 '폐기'되기까지 하는 침팬지를 보며 죄책감에 시달린 것이다. 그로서는 그런 침팬지들을 구해줄 수도, 그렇다고 마냥 방치할 수도 없는 노릇이었기에. 훗날 로저는 한 연구소에서 어릴 적 길렀던 침팬지 한 마리와 마주치는데, 인간처럼 길러지다가 어느 순간부터 돌연 '인간 이하'의 취급을 당했을 것이 분명한 그 침팬지는 오랜만에 만난 로저를 알아본 것은 물론, 계속해서 그의 소매를 잡아끌며 말한다. "나가

자, 로저. 나가자, 로저." 그 순간 로저는 자신이 가진 언어로는 차마 표현할 수 없는 고통을 느꼈다고 한다. 그날 로저가 느꼈던 그 감정은 어쩌면 에밀리나 마담 그리고 루시가 헤일셤의 학생들을 보며 느꼈던 것과 유사하지 않을까.

실제로 소설 속에서 마담은 어느 날 방과 후의 텅 빈 교실에서 음악을 틀어놓고 아기를 안은 시늉을 하며 감상에 젖은 캐시의 모습을 보고 눈물을 터뜨린다. 마담이 울었던 이유는 끝내 밝혀지지 않지만, 독자인 나로서는 왠지 알 것 같다. 클론의 권익을 위한 활동을 하면서도 마음 깊은 곳에서는 그들을 향한 혐오와 거부감을 지울 수 없었던 마담은 바로 그 순간, 늘 외면하고자 하던 클론들의 '인간성'을 진정으로 발견했던 것이다. 내가 마담이었다면 그 순간 인간과 다름없는 클론을 거침없이 '사용'하는 인간의 야만성에 슬픔과 공포를 느꼈을 것 같다. 한편 임신을 하는 것도, 아이를 낳아 양육하는 것도 불가능하다는 그들의 '미래'를 아는 입장에서, 아무것도 모른 채 아기를 안은 동작을 하는 캐시의 모습은 무척이나 안타깝고 허망한 장면이었을 것이다.

책을 덮으며 삶의 진실에 대해 생각한다. 인간을 인간답게 만드는 것과 인간과 다른 생명체와의 차이점에 대해서. 또한 생명체를 대하는 윤리와 진실을 알게 된 이가 취해야 하는 행동과 진실의 윤리에 대해서도. 늘 그렇듯이 답은 알 수 없다. 그저 계속 생각만 할 뿐이다.

그건 정말 사랑이었을까

✦

《연인》

그는 떨고 있다. 처음에는 그녀를 바라보고만 있다. 마치 그녀가 말하기를 기다리는 것처럼. 그러나 그녀는 말하지 않는다. 그러자 그는 움직이지도 않는다. 그녀의 옷을 벗기지도 않는다. 다만 그녀를 사랑하고 있다고, 미친 사람처럼 사랑하고 있다고 말한다. 아주 낮은 소리로 그렇게 말한다. 그러고 나서 침묵한다. 그녀는 아무런 대답도 하지 않는다. 그녀로서는 그를 사랑하지 않는다고 말할 수도 있었다. 그녀는 아무 말도 하지 않는다. 불현듯 그녀는 알게 된다. 그는 자기를 알지 못하고, 앞으로도 결코 알 수 없을 것이며, 그토록 퇴폐적인 모습들을 인식할 능력이 없다는 것을. 그녀를 붙잡기 위해서는 너무나도 많은 우여곡절을 겪어내고 치러내야 하는데, 그로서는 결코 해낼 수 없을 것이다. 오직 그녀만이 알고 있을 뿐이다. 그녀는 알고 있다. 그에 대해 아는 바가 전혀 없다는 사실을 인식했을 때, 그녀는 갑자기 깨닫게 된다. 나룻배에서 이미 그가 그녀의 마음을 끌었다는 것을. 그가 마음에 든다. 이제 모든 것이 그녀에게 달려 있을 뿐이다. (47쪽)

_《연인》, 마르그리트 뒤라스/김인환, 민음사, 2007

◆ ◆ ◆

장 자크 아노 감독의 〈연인〉은 내 생애 최초의 '야한 영화'다. 내가 초등학생 무렵은 한창 비디오 대여점이 성황을 이루던 시기였는데, 우리 동네에도 그런 가게들이 우후죽순 생겨나면서 집에서 5분 거리에 비디오 가게가 하나 들어섰다. 사장은 부모님과 함께 자주 드나들던 내 얼굴을 알았기에 연소자 관람 불가의 비디오도 거리낌 없이 빌려주었다. 소위 '빨간 딱지'가 아니라면 등급이 뭐가 되었건 걱정할 만한 수위가 아니라고 생각했던 모양이다. 덕분에 나는 그때부터 비디오 가게가 문을 닫을 때까지 보고 싶은 영화를 실컷 볼 수 있었다.

　그러던 초등학교 6학년 때의 어느 날, 하루는 부모님이 외출하시고 집이 텅 비게 되었다. 어디에선가 〈연인〉이 속칭 '성인용 비디오'가 아님에도 불구하고 아주 야하다는 소문을 들었던지라 나는 여느 때처럼 아무렇지 않은 척 비디오를 빌려 온 뒤 같은 반 친구 두 명을 집으로 초대했다. 우리 셋은 비디오플레이어가 놓인 작은 방에서 몸을 웅크리고 그 영화를 보았다.

보아서는 안 될 것을 본 많은 이들의 경험이 유사하듯 당시의 우리도 비슷했다. 영화가 재생되고 시간이 흐를수록 처음의 두근거림과 설렘은 사라지고 방 안에는 불편한 공기가 흘렀다. 고요한 적막과 숨이 막힐 듯한 답답함, 어색한 침묵. 야한 영화를 본다는 기대감에 잔뜩 부풀어 모인 자리였지만 아직 사춘기도 제대로 맞이하지 않은 소녀들 입장에서 처음 만나는 '야함'이 과연 썩 편안하지만은 않았던 것이다.

그렇지만 마냥 불편하기만 한 것은 또 아니었다. 초등학생의 눈으로 보기에도 영화는 무척이나 인상적이었다. 인물들 간의 미묘한 공기와 성적 긴장감, 더불어 어떤 안타까움과 애틋함이 확실히 전달되었다. 금지된 것을 몰래 맛보았다는 달콤함이 더해졌겠지만 그렇게 〈연인〉은 내 영화 인생의 인상 깊은 한 페이지, 추억할 만한 작품으로 남았다.

그랬던 〈연인〉에 대한 생각이 180도 달라진 것은 비교적 최근이다. 나는 요즘 들어 성인과 미성년자의 사랑을 다루는 이야기를 도무지 고운 눈으로 바라보기 어렵다. 미성년자의 의사를 무시해서가 아니다. 그들의 감정을 인정하지 않기 때문도 아니다. 다만 미성년자를 보호하기 위해 법적으로 성인이 되기 전까지는 적정한 제한이 필요하다고 생각한다. 마치 술과 담배의 판매와 관련하여 연령 제한이 존재하는 것처럼.

이에 대해 동성애를 비롯하여 사회적으로 인정받지 못하는 사랑의 양태를 거론하며 미성년자와 성인의 관계 역시 이와 비슷하다고 항변하는 사람들이 있다. 세상의 기준으로는 인정받을 수 없지만 그 또한 사랑이라나 뭐라나. 하지만 전혀 동의할 수 없다. 미성년자인 상태가 영원히 지속되는 것도 아니고, 도무지 잊지 못할 세기의 사랑이라면 상대가 성인이 되기까지 고작 몇 년을 못 기다릴 이유가 없다고 생각한다. 그러므로 10대의 소녀가 성인 남성과 성애를 나누는 내용의 〈연인〉이 탐탁지 않게 느껴질 수밖에.

물론 현대의 기준으로 고전 작품을 모조리 폐기하거나 금지할 수는 없는 노릇이다. 당대는 당대만의 기준이 따로 있음을 인정한다. 그럼에도 어쨌거나 평소 그런 생각을 가지고 있던 탓에, 조금이라도 성인과 미성년 사이의 관계를 미화할 가능성이 있는 작품은 굳이 찾아서 볼 마음이 들지 않았던 것이다.

그럼에도 《연인》을 다시 찾아보게 된 이유는 그것이 마르그리트 뒤라스의 작품이기 때문이었다. 몇 해 전 출간된 《타키니아의 작은 말들》을 읽으면서 뒤라스의 인생과 사랑에 대한 사유에 나는 매료되었고, 그의 다른 작품들도 읽어보아야겠다고 결심했다. 그러면서 한때 사랑했고, 어느 순간 불편하게 여겼던 영화 〈연인〉의 원작 소설을 다시금 들추게 되었다.

그렇게 만난 《연인》은 어릴 때와는 꽤나 다른 의미로 다가왔다. 그간 한 번도 생각해보지 못했던 측면, 그러니까 성인과 사랑에 빠지거나 관계를 맺게 되는 미성년 여성들의 심리 상태를 엿본 듯한 느낌이 들었기 때문이다. 그들이 '왜' 그런 관계에 빠져드는지, 무엇 때문에 때로는 자발적으로 그런 상황에 걸어 들어가곤 하는지에 대해 아주 조금이나마 알 것 같았다.

소설 《연인》은 영화와 많은 부분에서 일치한다. 베트남에 거주하는 열다섯 살의 프랑스인 소녀가 우연히 배를 타고 등교하는 길에 마주친 중국인 재벌 2세와 사랑에 빠지는 내용이다. 그런데 이들의 관계는 사실 사랑이라고 말하기에는 다소 기형적이었다. 남자는 소녀에게 사랑을 고백하지만 소녀는 남자를 무자비하게 대한다. 의도적으로 깔보고 무시하고 모욕한다. 일부러 상처가 되는 말을 하고, 가족들과의 만남을 주선하여 그가 가진 재정 자원을 마음껏 이용하면서 다시금 모욕을 가하기도 한다. 남자는 이 모든 것을 사랑이라는 이름으로 묵묵히 감내한다. 그리고 남자와 헤어지고 오랜 시간이 흐른 뒤에야 소녀는 남자에 대한 마음이 사랑이었음을 깨닫는다.

이들의 관계는 권력적으로 상당히 불균형하면서도 묘하게 조화로운 측면이 있는데, 주인공인 소녀가 미성년 여성인 동시에 백인이며, 중국인 남자는 성인 남성인 동시에 동양인, 즉 '비非백인'이라는 점이 그러하다. 소녀는 동네에서 이웃들로부터 괄시를 받을 정도로 가난한 반면, 남자는 대단히 부유하다는 점도 대칭적이다. 이러한 차이가 두 사람의 기형적인 관계를 유지시킨다. 남자는 성인 남성으로서의 사회적 지위가 부각되거나 돈이 관계된 상황에서는 소녀에게 강자가 되지만, 소녀의 가족과 같은 다른 백인들 앞에서는 비백인이라는 약자가 된다. 가족들 앞에서, 혹은 다른 사람들 앞에서 강자가 된 소녀는 약자인 남자를 함부로 대하고, 두 사람만 있는 상황에서는 남자가 다시 강자가 되어 약자인 소녀의 성을 착취한다.

이 작품은 뒤라스의 어린 시절 경험을 모티브로 한 자전적 소설이다. 그래서인지는 몰라도 마지막 장면에서 뒤라스는 소녀가 훗날 성인이 되어 남자와의 통화를 마치면서 실은 그녀가 오래전에 남자를 사랑했다는 사실을 깨우친 것처럼 그려낸다. 그러나 솔직히 말하면 독자인 나의 입장에서는 전혀 그렇게 느껴지지 않았다. 내게는 이것이 제대로 된 권력을 한 번도 가져보지 못한 약한 사람들이 자신보다 더 밑에 있는 누군가를 대상으로 아주 미약한 권력을 휘두르는 일종의 폭력적인 상호작용처럼 읽혔다.

소설 속에서 소녀는 가족들로부터 정서적·육체적 학대를 당하는 입장이다. 아버지는 돌아가셨고, 어머니는 남편이 죽은 뒤로 큰아들에게만 의존하며 그의 모든 폭력을 묵인한다. 큰오빠는 집 안의 황제처럼 군림하며 소녀가 사랑하는 작은오빠에게는 신체적 폭력을, 소녀에게는 언어적 학대를 가한다. 소녀가 전형적인 빈민 백인이었던 자신의 가족을 경멸하며, 그 안에서 살아갈 수 없다고 느끼던 찰나에 우연히 마주친 상대가 다름 아닌 중국인 남자였다.

가난하고 무력한 미성년 여성이었던 소녀는 오로지 백인이라는 이유로 중국인이었던 남자를 상대로 우위를 차지한다. 사회적, 경제적 차이가 막강함에도 소녀의 가족은 중국인 남자를 거들떠보지 않으며 말 한마디 섞지 않는다. 소녀 또한 자신을 사랑한다고 고백하며 자신에게 헌신하는 남자가 자신의 가족에게 힘없이 당하는 모습을 그저 바라보기만 한다. 왜냐하면 소녀는 남자를 사랑하지 않기 때문이다. 물론 앞서 언급했듯 저자인 뒤라스는 사랑하지 않는다는 것은 소녀의 착각이었을 뿐, 실제로는 그를 사랑했음에도 그것을 깨닫지 못했던 것으로 뒤에서 그려내고 있지만.

그런데 이에 대해 내 생각은 조금 다르다. 나는 소녀가 남자를 사랑하고 있다는 사실을 깨닫지 못해서가 아니라, 오히려 남자에게 그러한 모욕을 가하기 위해 관계를 유지했다고 생각한다. 가족으로부터 학대당하고, 이웃으로부터 괄시당하고, 학교에서는 무시받는 소녀의 내면은 점점 황폐화되고 있었고, 그런 폭력성을 어떻게든 발현하고 싶은 와중에 찾아낸 적임자가 다름 아닌 중국인 남자였던 것이다. 그는 백인이 아니므로. 그렇기에 그와의 관계에서는 때로는 소녀에게도 권력적으로 우위에 설 기회가 주어지므로.

한편 소녀는 중국인 남자가 자신에게 목을 매듯 열광하는 모습에서도 묘한 쾌감을 느끼는데, 아마도 이것이 소녀가 유일하게 자신의 '효용감'을 느끼는 순간이 아니었을까 싶다. 그러니까 가정에서도, 사회에서도 인정받지 못하는 느낌이 들 때, 어딘가 마음 붙일 곳이 없을 때, 누군가가 나를 절대적으로 원하는 듯한 느낌, 그 필요성이 어쩌면 소녀가 가장 원했던 것인지도 모르겠다.

실제로 조건 만남 등에 임하는 아이들의 목적이 오로지 돈만은 아니라고 한다. 이전에 한 팟캐스트에서 '가출팸'에 대해 다룬 적이 있다. 가출팸은 가출한 아이들로 이루어지는 청소년 집단의 한 행태다. '팸'이라는 이름처럼 그 안에는 팸을 관리하고 책임지는 '아빠', 구성원을 돌보는 '엄마', '부모'의 지시에 맞추어서 돈을 벌어 와야 하는 '식구들'과 같은 각자의 역할이 존재한다. 팟캐스트에 따르면 이런 '가출팸'은 대개 새끼 성매매 조직처럼 굴러가는 경우가 많은데, 그 안의 위계는 때로는 원가족을 초월할 정도로 수직적이고 폭력적이라고 한다. 그럼에도 한번 그 안에 속하게 되면 이전으로는 거의 돌아가지 못한다고. 이전까지는 대체 왜 가출 청소년들이 집으로 돌아가지 않고 폭력적이기 짝이 없는 '바깥세상'에 머무르는지 의문이었다. 그런데 팟캐스트를 들어보니 생각보다 답은 간단했다. 달리 방법이 없기 때문이다.

집으로 돌아가봤자 아무것도 달라지지 않으니까. 돈을 벌 수도 없고, 아무도 인정해주지도 않으며 하다못해 자신이 무언가 쓸모 있다는 '효용감'조차 얻지 못하니까. 그러고 보면 영화 〈박화영〉의 주인공 '박화영' 역시 주변인들에게 끊임없이 착취를 당하면서도 주문을 외듯 반복해서 말하곤 했다. "니들 나 없으면 어쩔 뻔 봤냐"면서. 이용당하는 줄 알아도 쓸모 있고 싶었던 것이다.

이처럼 다시 펼친 《연인》은 내게 사랑 이야기라기보다는 소녀의 섹슈얼리티가 얼마나 취약한지에 대한 이야기로 읽혔다. 소녀가 자신의 효용감을 찾을 방편은 너무나 드물고, 그렇기 때문에 때로는 효용감이나 권력에 대한 욕망을 사랑으로 착각하는 경우도 생기는 것이다.

이것은 소녀뿐만 아니라 중국인 남자 역시 마찬가지다. 파리에서 자란 그는 부유했지만 백인이 아니라는 이유로 자주 무시를 당했고, 자신의 아버지로부터도 제대로 인정받은 적이 한 번도 없었다. 남성으로서도 그다지 매력을 발산하지 못하는 유형이었다. 그렇기 때문에 그가 소녀를 보고 사랑에 빠져든 것은 소녀가 '세기의 사랑'에 걸맞은 대상이어서라기보다는, 그의 내면의 결핍과 콤플렉스를 해소할 수 있는 '가난한 미성년 백인 여성'이었기 때문이라고 보아야 할 것이다. 비록 뒤라스의 문장은 아름다웠으나.

3부

나로 살기 위해 :
성장의 고통

그것이 우리의 최선이었다

✦

《최선의 삶》

나는 최선을 다했다. 소영도 그랬다. 아람도 그랬다. 엄마도 마찬가지다. 떠나거나 버려지거나 망가뜨리거나 망가지거나. 더 나아지기 위해서 우리는 기꺼이 더 나빠졌다. 이게 우리의 최선이었다. (174쪽)

_《최선의 삶》, 임솔아, 문학동네, 2015

♦ ♦ ♦

《공부가 가장 쉬웠어요》라는 책이 있다. 지금은 어느 법무법인의 대표 변호사가 된 장승수 씨가 쓴 책으로, 학창 시절에는 일진으로, 졸업 후에는 막노동꾼으로 살던 청년이 어느 날 문득 정신 차리고 공부를 시작해서 4수 끝에 서울대 법대에 수석 입학했다는 내용을 담았다. 그야말로 인생 역전의 대장정이 담긴 수기라 할 수 있다. 발간 당시 대단히 화제가 되었던 데다가 오래도록 베스트셀러 순위에 올라 있었으므로 내 또래의 사람들이라면 아마 읽어보지는 않았더라도 제목은 한두 번쯤 들어보았을 것이다.

내가 이 책을 처음 읽은 것은 중학교 1학년 때다. 부모님이 꼭 읽어보라며 갖다주셨는데, 아마도 '공부 열심히 하라'는 의미였을 테다. 꽤 재미있었지만 사실은 읽으면서 부모님의 의도대로 공부를 열심히 해야겠다고 결심하거나, 혹은 글쓴이의 노력과 열정에 동기를 부여받거나 하진 않았다. 당시 책을 읽은 뒤 내 머릿속에 남은 것은 오직 한 장면뿐이었다. 한 소년이 옆자리에 있던 다른 소년을 의자로 내리치는 바로 그 장면.

저자는 학창 시절 체구가 작고 집이 가난했던 탓에 같은 반의 불량 학생들로부터 괴롭힘을 당했다고 한다. 놀림을 당하고 몇 번인가 얻어맞기도 하면서 꽤나 시달렸다고. 그러던 어느 날, 도저히 이렇게는 못 살겠다는 생각을 하게 되었고, 결국 쉬는 시간에 의자를 높이 치켜들어 자신을 괴롭히던 아이의 등짝을 내리쳤다고 한다. 사실 읽은 지 너무나도 오래되어 가물가물하다. 실제로 내리쳤는지, 내리치려고 의자를 쳐들었는데 상대가 겁을 먹고 도망쳤는지. 하여간에 그 사건 이후로 괴롭힘은 사라졌고, 오히려 본인이 그 반에서 우두머리 취급을 받게 되었다는 에피소드가 책의 초반부에 등장한다.

책을 처음 읽을 당시 그 대목에서 의자를 치켜든 소년을 머릿속에서 그려보았다. 그리면서 생각했다. 나도 이렇게 해볼걸. 그때 그냥 있지 말고 옆에 있던 의자를 들고 찍어버릴걸. 혹은 주머니에 칼을 넣고 갔다가 꺼내서 그어버릴걸. 확 찔러버릴걸. 그랬으면 뭔가 좀 달라졌을지도 모르는데. 뭐 그런 생각들을 말이다.

중학교에 입학했던 첫날이 기억난다. 학급 배정표 속 낯선 이름 사이에서 내 이름을 찾아내어 낯선 건물에 있는 낯선 교실로 찾아가 낯선 책상 앞에 앉았던 첫날이. 주변에는 온통 모르는 얼굴뿐이었고 그렇기에 몹시 긴장이 되었는데, 마침 가까운 자리에 초등학교 5학년 때 같은 반이었던 하영이가 있었다. 서로를 알아본 우리는 반갑게 웃었고 그 뒤는 자연스러운 수순이었다. 같이 앉고, 말도 섞고, 도시락도 같이 먹고, 등하교도 같이 하고, 주말에도 놀러 가고. 그러면서 하영이와 친했던 또 다른 아이와도 자연스럽게 친해졌는데, 그 아이가 바로 하나였다. 하나는 소위 말하는 일진 그룹에 속한 아이였다.

하나에게서 많은 것을 배웠다. 세 명분의 버스 요금은 택시 기본 요금과 같기 때문에 인원만 맞으면 편하게 택시를 타고 등하교할 수 있다는 것, 소찬휘의 노래를 부를 때 목이 쉬지 않는 법, 잘나가는 아이들은 명동까지 나가서 머리를 한다는 것, 바닥에 침을 동그랗게 뱉는 법, 다른 아이들에게 돈을 뜯어내는 법 그리고 미성년자에게도 담배를 판매하는 가게의 위치 같은 것. 처음부터 나의 의지로 배우게 된 것은 아니었다. 같이 다니다 보면 자연스럽게 익히게 되는, 하지 않을 수 없는 일들이 있었다.

하지만 사실은 그런 일들이 싫었다. 예민하고 불안한 성향이었던 나에겐 그런 일련의 일들은 굉장한 스트레스였다. 반에서 좀 약해 보이는 아이에게 돈을 달라고 하는 것도 싫었고, 걸어 다녀도 되는 거리를 굳이 택시를 타고 다니는 것도 싫었고, 학교 끝나고 노래방에 가는 것도 싫었고, 매번 쓸데없이 시간을 때우면서 골목에 죽치고 앉아 있는 것도 싫었고, 다 같이 시험공부를 하지 말자는 이야기도 싫었다.

하지만 무엇보다도 싫었던 것은 실제로는 주종이 명확했던 우리 사이였다. 말로는 친구라고 하지만 하나와 하영이 그리고 나의 권력 관계는 명확했다. 나와 하영이는 하나의 말을 거스를 수 없었고, 우리의 관계는 매번 하나의 의사에 의해 움직였다. 불안하고 예민하며 소심한 한편 반항심 또한 강했던 내 안에는 슬슬 불만이 쌓여갔고, 결국 여름 방학 얼마 전부터 슬슬 반기를 들기 시작했다. 어울리는 시간을 점차 줄여나가다가 어느 순간부터 그냥 혼자 따로 다니겠다고 이야기했다.

친구에서 괴롭힘의 대상으로 떨어지는 것은 순식간이었다. 지나갈 때 일부러 밀치고, 교복 뒤에 침을 뱉고, 물건을 망가뜨리고, 다 들리는 곳에서 욕을 하고. 그것으로는 분이 안 풀렸는지 하루는 쉬는 시간에 하나가 교실 뒤로 나를 불러내 말했다.

"맞짱 뜰래, 아니면 한 대 맞고 끝낼래?"

나는 대답했다.

"내가 왜 그래야 하는데? 둘 다 싫다면 어쩔 건데?"

떨리는 손을 감추기 위해 주먹을 꽉 움켜쥐어야 했다. 그런 내게 하나가 다시 말했다.

"내가 친구들한테 말하면 너 이 학교 못 다니게 되는 거 순식간이야. 너 왕따라고 알지. 왕따보다 전따가 더 끔찍한 거 알아? 전따 한번 돼볼래? 그냥 한 대만 맞고 끝내자. 딱 한 대만. 그럼 더 안 건드릴게. 그다음부터 우리 그냥 쌩까고 살자."

하나는 아마도 나에게 모욕을 주고 싶었던 것 같다. 누가 더 센지 모두 앞에서 교훈 삼아 보여주려고 했던 것 같다. 한 대 때린다고 물리적인 변화가 생기는 것도 아니고, 사실 힘과 몸집이 우세하므로 마음만 먹으면 언제든 때릴 수 있는데도 굳이 그런 제안을 했던 것을 보면. 어쨌거나 그때 나는 나의 두 배 가까이 되는 그 애와 싸워 이길 자신이 없었다. 물론 '전따'가 되고 싶지도 않았다. 하나의 이야기를 듣는 동안 언젠가 방과 후 일진들에게 화장실로 끌려간 뒤 학교를 그만두었다는 한 아이에 관한 소문을 들었던 기억이 떠오르기도 했다.

그때 나는 도저히 탈출할 수 없는, 사방이 막힌 미로에 갇힌 느낌이었다. 하나와 한 학기 가까이 어울린 까닭에 이미 교사들에게는 나 역시 질이 안 좋은 아이로 찍힌 상태였고, 부모님에게는 죄송하고 두려워서 말할 수조차 없었다. 무엇보다 내가 괴롭힘의 대상이 되었다는 사실이 부끄럽고 창피했다. 그래서 결국 맞는 것을 택했다. 쉬는 시간, 교실 뒤에 서 있는 내게 '퍽' 하는 엄청난 소리와 함께 하나의 주먹이 날아왔고, 나는 넘어졌다. 같은 반 아이들이 그 모습을 지켜보고 있었다.

약속대로 하나는 나를 더 이상 건드리지 않았으며 이후 그 사실에 대해 언급하는 아이들도 없었다. 그러나 적어도 나는 그 순간을 잊을 수 없었다. 교실 한복판에 엎어진 나의 모습이 머릿속을 떠나지 않았다. 육체적 고통 이상으로 정신적인 수치심이 엄청났다. 굴종의 경험. 위협에 굴복하여 더 손쉬운 고통을 택하고 만 스스로에 대한 분노. 거기에 더해 당시 나를 지켜보던 아이들의 무신경하고 무관심한 얼굴 등이 잊을 만하면 떠올랐고, 그때마다 생각했다. 그냥 의자로 확 찍어버릴걸, 혹은 커터칼이라도 꺼내서 찔러버릴걸. 그랬더라면 이렇게 수치스럽고 괴롭지는 않았을 텐데.

　지금은 더 이상 그런 생각을 하진 않는다. 정말 그랬다면 당연히도 큰일이 났을 것이다. 하나가 크게 다쳤더라면 나는 소년원에 갔을 수도 있고, 다치지 않았더라도 내가 되려 그 이상으로 더 험한 꼴을 당했을 수도 있다. 어쩌면 그걸 계기로 그 세계에 더욱 깊숙이 발을 담가 삶의 방향 자체가 완전히 달라졌을지도 모른다. 영화 〈박화영〉이나 〈꿈의 제인〉, 〈릴리 슈슈의 모든 것〉 같은 청소년 폭력이 등장하는 서사를 즐겨보면서도 스스로가 왜 그런 것에 끌리는지 잘 몰랐는데, 아마도 그 시절의 경험에서 비롯된 것 같다. 그런 영화를 볼 때마다 나는 주인공들을 걱정스러워하고 동정하는 한편 그들을 미워한다. 그들의 약한 모습, 비굴한 모습, 어리석은 선택을 하는 모습이 과거의 나를 떠올리게 하는데, 그것이 안타까우면서도 괴롭다.

　임솔아의 《최선의 삶》 또한 청소년 폭력을 다루는 소설이다. 주인공 강이는 대전의 읍내동에 살지만 명문고에 보내겠다는 부모의 욕심으로 연구원 자녀들이 많이 다니는 전민중학교로 전학을 간다. 하지만 그곳에서 강이는 외부인일 따름이다. 읍내 중학교에서 가장 잘살고 공부도 잘하는 아이였던 강이는 전민 중학교에서는 가장 못살고 공부도 못하는 아이가 된다. 그러면서 강이는 선생님으로부터도, 친구들로부터도 이방인 취급을 받으며 서서히 제도 밖으로 밀려난다. 그 과정에서 강이는 전민중학교의 일진들과 가까워진다. 그렇게 어울리게 된 아이 중에는 소영도 있었다.

소영은 학교에서 가장 강한 아이다. 싸움뿐만 아니라 공부도 잘한다. 집도 부유하고, 외모 또한 지나가던 사람이 돌아볼 정도로 예쁘다. 이런 아이들은 자동적으로 야만적인 학창 시절의 먹이사슬에서 가장 높은 곳으로 올라선다. 역시나 소영도 학교의 중심이자 어디에서나 이목을 집중시키는 인물로 등장한다. 그렇게 모든 것을 갖추고도 소영은 다른 일진 아이들과 담배를 피우거나 술을 마시는 등 일탈 행위를 하는 데 거침이 없다. 그러나 이러한 모든 일들, 소위 비행 청소년으로서의 일탈은 소영에게 있어 자아를 찾기 위한 일종의 과정일 따름이다. 그리고 강이에게 이런 소영은 우상이자 롤 모델, 자신이 원하는 모든 것을 갖춘 절대적인 존재다.

그러던 어느 날 소영이 가출을 제안하면서 셋은 서울로 향한다. 그런 뒤 낯선 아파트의 옥상 소화전에 짐을 숨겨두고 거리를 떠돌며 시간을 보낸다. 남자들에게 돈을 뜯어내서 모텔에서 자기도 하고, 밤을 새워 술을 마시기도 한다. 지속되는 거리 생활에 지친 다음부터는 돈을 모아 청주에 방을 구하고 각각 술집, 카페, 횟집에서 일하며 살아간다. 이때도 셋의 권력 관계는 명백한데 늘 소영이 맨 위이며, 강이가 맨 아래다. 그러다가 돌아가자는 소영의 제안에 다시금 셋은 각자의 집으로 돌아간다. 하지만 돌아온 뒤 셋의 사이는 이전과는 명백하게 달라져 있다. 내내 어긋나던 셋의 관계는 어느 날 강이가 소영과 크게 다투다 심하게 얻어맞으면서 본격적으로 파국을 맞이한다. 그 뒤로 티셔츠에 칼을 싸서 가방에 넣고 다니던 강이가 어느 날 소영을 찌르면서 이야기는 끝이 난다.

제4회 문학동네 대학소설상 수상작인 이 작품의 저자 임솔아는 수상 소감에서 소설 속 많은 부분이 실제로 일어났던 일이라고 밝혔다. 평생을 악몽에 시달려왔기 때문에 그것을 어떤 방식으로든 털어내고 싶어서 썼다고, 쓸 수밖에 없었다고. 그리고 심사위원이었던 신형철 평론가는 그렇기 때문에 이 작가를 실제로는 만나고 싶지 않다고 이야기하기도 했다. 그만큼 소설 속에서 아이들에게 일어나는 일이 그 잔혹성과 잔인함에 있어 상상을 초월하기 때문이다.

많은 사람들이 청소년 폭력에 대해 이야기한다. 청소년기란 누구나 겪을 수밖에 없으며, 그 어느 때보다 야만적이고 폭력적인 시절이기 때문일까. 매해 청소년과 관련하여 가슴 아픈 일들이 일어나고, 그럴 때마다 사람들은 몹시 분노하여 가해자를 엄벌하라고 목청 높여 외친다. 이러한 이유로 청소년 폭력 문제는 많은 이들의 관심사와 주제가 되어왔으며, 관련 법령을 만들거나 제도를 개선하려는 노력도 함께 이루어져왔다. 그래서인지 요즘은 학교폭력대책심의위원회, 속칭 '학폭위'란 것도 생기고, 예전보다 청소년 폭력에 대한 처벌도 강해진 모양이다.

그럼에도 나는 우리 집 아이들을 바라볼 때마다 아슬아슬하고 조마조마한 마음을 지울 수가 없다. 각각 초등학교 저학년과 미취학 아동인 아이들은 아직 본격적으로 폭력의 세계에 노출되지는 않았지만, 조금 더 크면 필연적으로 그러한 세계를 마주해야 할 것이다. 내가 이미 겪어보아서 너무도 잘 아는 세계. 그러면서 나는 상상해보곤 한다. 혹 나의 아이들이 그러한 폭력의 피해자 또는 가해자가 된다면 나는 어떤 도움을 줄 수 있을까. 그러다 문득 섬뜩한 생각이 머리를 스치고 지나간다. 만약 그런 때가 정말로 온다면 내가 과연 아이들을 도울 수 있을까? 아니, 그런 상황에 처했다는 사실을 알아챌 수나 있을까? 나는 그 사실이 늘 불안하다.

아이들의 세계는 그 안의 질서와 위계가 너무나 확고하기에 어른이 개입하기 어려운 경우가 많다. 어른의 도움을 받아야만 하는 상황에도, 그것을 아이들 스스로 인지하면서도, 선뜻 어른에게 도움을 청할 수 없는 경우가 허다하다. 따라서 어른들이 개입할 수 있는 범위는 어디까지나 제한적이다. 아이들에게 있어 무엇보다 중요한 것은 또래 집단에 녹아드는 것이며 친구들로부터 인정받는 것이다. 그렇기에 아무리 부당하고 폭력적인 상황이라 할지라도 관계에서 벗어나기가 쉽지 않다. 그러기 위해서는 지구를 떠나 우주로 향하는 것만큼이나 큰 결심이 필요하다. 옆에서 지켜보는 어른들의 시선으로 보기에, 또는 지나고 나서 생각해보면 별것 아니지만, 그 순간을 사는 당사자들에게는 그렇다.

그래서 나는 이 소설을 읽는 동안 강이와 아이들을 보면서 학창 시절에 저런 꼴이 되지 않았음에 안도하고, 내가 그 기나긴 터널을 안전하게 빠져나왔음을 다행으로 여기는 한편, 그 이상으로 두려움을 느끼기도 했다. 소설 속 강이와 같은 상황에 실제로 처하게 되면 별다른 방법이 없다는 것을, 특별한 탈출구가 없다는 것을, 그 시절로 돌아가도 다시금 비슷한 선택을 할 확률이 높다는 것을, 그게 나의 최선이었다는 것을 이미 경험적으로 알고 있기 때문이다.

조명등 아래서 보낸 시간들

✦

〈그녀는 조명등 아래서 많은 시간을 보냈다〉

"진짜 별것도 아닌 게."

연수가 툭 말을 내뱉고는, 테이블 위에 있던 냅킨을 한 장 집어 사과 껍질을 깎듯이, 가에서부터 안쪽을 향해, 한 줄로 길게 이어지도록 냅킨을 찢어나가기 시작했다. 나는 연수의 동작이 마지막 한가운데 지점에 이르기까지 끊이지 않고 안전하게 도달하기를 응원하는 마음으로 그것을 잠자코 지켜봤다. 나는 연수를 사랑했던 것 같다. 나만의 방식으로. 그럴 수밖에 없었던 그때의 마음으로.

카페에서 나온 우리는 엄청난 파티에서 밤을 새운 사람들처럼 어깨를 축 늘어뜨리고 한동안 말없이 거리를 걸었다. 나는 나의 잃어버린 십 년에 대해 생각했다. 그게 무슨 뜻인지 정확히 알지 못하면서도 말이다. (53~54쪽)

_〈그녀는 조명등 아래서 많은 시간을 보냈다〉,
《2021 제12회 젊은작가상 수상작품집》, 전하영, 문학동네, 2021

◆ ◆ ◆

위계에 의한 성폭력 사건이 벌어질 때마다 피해자를 비난하는 목소리가 들려온다. 가령 "여자가 먼저 꼬리를 쳤다"와 같은 말들. 많은 경우 나는 이 말에 분노하지만, 가끔은, 아주 가끔은 멈칫하기도 한다. 저 말이 완전히 틀렸다고 확신에 차서 외칠 수 없는 마음이 내 안에 남아 있기 때문이다. 인정받고 싶은 마음, 사랑받고 싶은 마음, 특별해지고 싶은 마음, 우위에 서고 싶은 마음. 그런 마음들이 나를 그곳으로 몰아넣지는 않았는지 끊임없이 의심하던 순간들이 나에게도 존재하기 때문이다.

몇 년 전 문단 내 성폭력이 이슈가 되었을 때 많은 이들이 말했다. 성폭력은 엄연히 비난받아 마땅하나 이런 경우는 그게 아니지 않냐고. 피해자들이 먼저 "선생님, 선생님" 하면서 가해자를 따르고 좋아했던 것 아니냐고. 그럴 때 남자 입장에서 오해하는 것은 당연하지 않냐고. 그걸 무작정 성폭력으로만 몰아붙일 수 있냐고. 그런 질문들 앞에서 나는 깊은 상념으로 빠져든다.

나는 여자고등학교를 졸업했다. 내가 학교에 입학한 첫해, 대학 졸업 후 남고에서 첫 근무를 마쳤다는 남자 교사 한 명이 부임해 왔다. 지금의 나보다도 훨씬 더 어렸던 스물여덟 살의 젊은 남자. 편의상 지금부터 그를 'A'라고 부르겠다. A가 처음 자기소개를 했을 당시, 그를 두고 여학생들 사이에서는 난리가 났다. A가 멋있었는가? 글쎄. 키는 중간쯤이었고 곱슬머리에 안경을 낀, 단체 사진에서 눈에 잘 띄지 않을 법한, 그저 평범한 사람이었다. 그렇다면 그런 A를 두고 난리가 난 이유는 무엇이었을까? 그야 간단하다. 달리 남자가 없었으니까. 사춘기 여학생들이 득실거리는 공간에 존재하는 몇 안 되는 남자, 그것도 싱글의 젊은 남자였으니까.

청소년들은 쉽게 사랑에 빠진다. 그 대상이 실제 사람이든, 게임 속 가상의 캐릭터든, 화면 속 아이돌이든. 이를 역할 놀이나 어설픈 감정놀음으로 치부하는 사람들도 있고, 그런 경향이 분명 없다고는 할 수 없지만, 어쨌든 이들에게는 내면에서 솟아나는 에너지나 감정을 어떤 식으로든 해소하기 위하여 끊임없이 몰두할 만한 무언가가 필요한 것 같다. 사실 청소년뿐만 아니라 누구나 그렇다. 하지만 청소년들은 성인에 비해 이러한 에너지를 해소할 수 있는 방법이 매우 제한적이기에 연예인에게 열중하기도 하고, 아주 사소한 계기로 누군가를 좋아하게도 되는 것 같다. 좋아한다는 감정 자체에 심취해 다시금 에너지를 얻기도 하면서.

당시 나와 친구들 또한 다르지 않았다. 이성 친구를 사귀는 아이들이 드물게 있었지만 대개는 아이돌을 좋아했고, 어떤 아이들은 학교의 교사에게서 그 가능성을 찾기도 했다. 당시 학교에 근무하던 미혼 남자 교사 주변에는 죄다 팬클럽 같은 것이 있었다. 아마 직접 만날 수도 없고 대화를 나눌 수도 없는 아이돌과 다르게 교사는 눈앞에 실재하기 때문이었을 것이다. 하지만 아이돌에 대한 것과 마찬가지로 그 열정에는 어딘가 비현실적인 구석이 있었다. 그리고 대부분의 교사들은 이 사실을 알았기에 아이들의 애정을 대수롭지 않게 넘기곤 했다.

나는 A를 보자마자 호감을 느꼈다. 내가 좋아하는 국어 담당 교사라는 것도 마음에 들었고, 무게감 있는 목소리도 좋았으며, 내가 좋아하는 소설을 좋아한다는 사실도 좋았다. 이런 A를 좋아한 것은 과연 나뿐만이 아니었다. A의 인기는 참으로 대단했고, 머지않아 A를 좋아하는 아이들 사이에는 모종의 경쟁 구도가 형성되었다. 지금 생각해보면 A가 암묵적으로 그런 분위기를 조장한 것 같기도 하다. A는 수업 시간에 출석을 부를 때 자신이 좋아하는 아이의 이름은 뜸을 들여 나직이 부르곤 했는데, 그렇게 부르는 아이가 매일 달랐다. 때로는 밤늦게까지 야근을 하다가 야간자율학습을 마친 아이들을 차에 태워 집에까지 데려다주기도 했는데, 그런 아이 역시 매일 달랐다.

그러니 특별해지고자 하는 열망으로 온갖 수를 쓰고 난리법석을 피우며 방황하던 그 나이대의 아이들에게 A의 행동이 얼마나 각별하게 다가왔을지. 아이들은 매일매일 달라지는 A의 행동에 부초처럼 휩쓸렸다. 설레기도 하고, 낙담하기도 하면서. 나역시 다르지 않았다. A에게 선택받은 날은 뭔가 특별해진 기분이었고, A에게 무시당한 날은 하찮아진 느낌이었다.

처음에는 그저 막연한 호감에 불과했던 감정은 A의 태도로 인해 시간이 흐를수록 점점 더 강렬해졌다. A가 나의 이름을 불러준 날, 수업 끝나고 나를 교무실로 불러내어 따로 문제집을 챙겨준 날, 나에게 이메일을 보내준 날, 나를 집까지 데려다준 날. 그런 날은 날아갈 듯이 기뻤고, 내가 아닌 다른 아이에게 문제집을 챙겨준 날은 잠을 이룰 수 없었다. 그런 날 나는 밤새 잠을 이루지 못한 채 온갖 상념에 빠져들었다. 어떻게 하면 그 관심과 호감을 되찾아올 수 있을지에 대해 생각했다.

나는 점점 더 A의 눈에 들고자 필사적으로 노력했다. A가 하는 말을 하나라도 놓칠세라 모두 귀 기울여 들었다. 물론 A를 좋아하는 다른 아이들 역시 마찬가지였다. 고작 스물여덟 살짜리가 하는 인생에 대한 수많은 조언들, 그리고 그것을 귀담아듣는 열일곱 살들. 그런 와중에 나의 노력이 효과가 있었는지 A가 나를 특별하게 대하는 순간이 늘었고, 우리는 가까워졌으며, 어느새 정신을 차려보니 나는 A와 마주 앉아 밥을 먹고 있었다.

어느 휴일, A가 자신이 타고 다니던 작은 승합차를 끌고 내가 살던 동네로 찾아왔다. 우리는 차를 타고 이동하여 우리를 알아볼 사람이 없을 만한 작은 식당에 들어갔다. 지금은 있는지 없는지 모르는 일식 패스트푸드 체인점. 그곳에서 벽을 보고 앉는 테이블에 나란히 앉아 우동을 한 그릇씩 먹었다. 늘 만나던 학교가 아닌 다른 장소라서였을까. 밥을 먹는 내내 침묵이 이어졌다. 그러다 문득 A가 내게 기타를 치며 노래를 불러주고 싶지만 여기선 그럴 수 없어 아쉽다는 이야기를 했는데, 순간 이상한 기분이 들었다. 현실과 너무나도 동떨어진 듯한 미묘한 기분.

그건 마치 판타지 영화에 가끔 나오는 육체와 영혼이 분리되는 순간 같았다. 내가 거기에서 뭘 하고 있는 건지에 대한 혼란이 밀어닥쳤다. 요즘 말로 '현실 자각 타임' 같은 것이 왔달까. 특별해지고자, 더 우월해지고자, '경쟁자'들을 물리치고 앞서나가고자 노력한 결과물이 무엇인지를 확인한 순간의 당혹스러움. 분명 즐겁고 기뻤어야 할 그 순간에 살갗 위로 벌레가 기어가는 듯 이상한 기분이 들었다.

열일곱 살의 나는 A를 좋아했지만, A에게 분명 호감이 있었지만, 그건 내가 원하던 것이 아니었다. 휴일에, 아무도 모르게, 왠지 떳떳하지 못한 기분으로, A의 차를 타고, 외진 식당에 들어가 우동을 먹는, 그러면서 A로부터 언젠가 기타를 치며 노래를 불러주겠다는 이야기를 듣는 건 내가 원하던 그림이 아니었다는 걸 그 순간 깨달았다. 내가 그토록 간절히 바랐던 것이 얼마나 형편없는지, 별것도 아닌 것에 얼마나 큰 열망을 쏟았는지를 그때 알았다. 그로 인해 전전긍긍한 나 자신과 그렇게 흘러간 시간과 다른 아이들에게 가졌던 경쟁심과 이기고자 하는 욕망이 얼마나 헛된 것인지 그 순간 깨달았다.

그날 이후 나는 A와의 사적 연락을 끊어버렸다. 더 이상 그에게 잘 보이려 애쓰지도 않았다. 내가 더 이상 교무실로 찾아오지 않자 A는 이메일로 자신에게 서운한 것이 있느냐며 물었고, 요즘은 왜 자신을 보고 웃어주지 않느냐고도 물었다. 답장을 하지 않으니 자신이 야간자율학습 감독으로 들어온 날 일부러 나를 교무실로 불러내기도 했다. 나는 A의 말이 끝날 때까지 가만히 그 앞에 서 있어야 했다.

그로부터 얼마 지나지 않아 A가 학생 중 누군가와 사귄다는 소문이 학교에 돌기 시작했다. 놀랍게도 소문의 주인공은 평소 A의 레이더에 들어 있지 않았을 것 같았던 의외의 인물이었다. 나도, 평소 A를 좋아한다고 알려진 다른 아이들도 아닌 제삼의 인물. 그 아이와 A가 징계위원회에 불려 가 여러 가지 해명을 했다는 이야기가 떠돌았고, A를 둘러싼 진실이 수면 위로 떠올랐다. 그러니까 A가 사적으로 시간을 보낸 학생들이 실은 나 말고도 많았던 것이다. A가 문제집을 골라준다거나, 영화를 보여준다거나, 집에 데려다준다거나, 그 밖에 다른 많은 이유로 여러 아이들을 만나고 다녔다는 사실을 아주 오랜 시간이 흐른 후에야 알게 되었다.

한동안 '미투' 관련으로 시끄러웠을 때 내 머릿속에 가장 먼저 떠오른 것은 이 시기의 일이다. A가 나에게 한 말과 행동, 내가 A에게 보인 호감과 열망을 생각할 때마다 답을 찾을 수 없었다. 이것이 성폭력이냐고 누군가 묻는다면, 분명 그렇게 말하기에는 모호한 부분이 있었다. A가 나를 협박했는가? 아니오. A가 나에게 무언가를 강요했는가? 아니오. A가 나를 만졌는가? 아니오. 그렇다면 A가 나를 존중해주었는가? 아니오. A의 행동이 정당했는가? 아니오. A와의 만남에 어떠한 문제도 없는가? 역시나 아니오. 이때의 상황에 대해 누군가 윤리적이냐고 묻는다면 분명 그렇지 않은 것 같았다.

그렇기 때문에 A를 떠올릴 때마다 오래도록 화가 났다. 마주치면 욕을 퍼붓고 싶을 정도로 분노가 치밀었다. 하지만 더욱 싫은 것은 나 자신이었다. 내가 나 자신을 그런 상황에 처하게끔 만들었다는 사실이, 내가 나를 취약하게 만들었다는 것이, 내가 나를 너무도 무방비한 상태로 놔두었다는 것이 정말이지 참을 수가 없었다. 설명할 수 없게 되어버린 나. 인정을 받고 싶은 마음과 특별해지고 싶은 열망과 관심을 받고 싶은 욕구를 조절하지 못해 내가 나를 '낭비했다'는 사실을 참기가 버거웠다. 어쩌면 그 상황을 설명할 언어를 찾을 수 없기에 더욱 화가 났는지도 모른다.

〈그녀는 조명등 아래서 많은 시간을 보냈다〉를 읽는 동안 이때의 기억이 생생하게 되살아났다. 이러한 경험이 나만의 것이 아니라 여성들 사이에서 꽤나 보편적이었음을 깨달았다. 비난받을까 봐 두려워 누구에게도 떳떳이 말할 수 없었던, 하지만 무언가 부당하게 이용당한 느낌에 화가 나던 상황들. 인정 욕구와 갈 망을 바라는 여성은 자신의 내면이 아닌 외부에 기준을 두기 마련이며, 그런고로 아주 쉽게 취약한 상태에 놓이게 된다. 그것을 갈취하려는 자들은 그런 상태에 놓인 이들을 귀신같이 알아보고 접근하기 때문이다. 비단 학교에서만 일어나는 일은 아니다.

《2021 제12회 젊은작가상 수상작품집》에 실린 전하영 작가의 이 작품은 연구소 직원인 주인공이 같은 연구소에 근무하는 연구원 한 명을 통해 오래전 알았던 한 인물을 떠올리고 회상하는 내용이다. 연구소의 말단 행정직인 주인공과 종종 담배를 나눠 피우는 연구원 '그'는 그 나이대의 남성치고는 드물게 젠틀하고 댄디한 분위기를 풍기는 인물이다. 그런 그가 어느 날 담배를 피우다 말고 무심히 이런 말을 한다. "스물한 살짜리를 유혹하는 건 정말 쉬운 일이에요." 그 말을 들은 주인공은 연구소 내에서 그가 여대생과 사귄다는 소문이 떠돌았던 사실을 상기하고, 대학 시절 알았던 장 피에르를 떠올린다.

유학파 운동권 출신으로 항상 우수에 차 있던, 대학 시절 여학생들의 인기를 독차지했던, 우상과도 같았던 서른여덟 살의 시간강사 장 피에르. 주인공으로 하여금 관심과 애정을 받고자 몹시 애쓰게 만들었던, 동시에 주인공이 가장 동경하고 좋아하던 친구 연수와 관계를 맺었던, 어느 술자리에서 연수의 허벅지를 쓰다듬던, 연수가 없는 장소에서 주인공과 연수를 비교하며 주인공의 미숙함을 비웃던, 세상을 다 아는 듯 충고와 조언을 아끼지 않았던 장 피에르. 훗날 정교수가 되었고, 여전히 수많은 여학생과 관계를 맺었고, 어느 날인가는 그중 한 명의 집 앞까지 찾아갔다 고발을 당했고, 그러자 주변 지인들이 앞다퉈 변호를 해주었고, 고발을 한 이가 오히려 진위를 의심받았으며 배후 세력이 있을 것이라 비난받았고, 그런 와중에 여전히 아내와 아이와 함께 꿋꿋하게 자신의 자리를 지키며 살아갔던 장 피에르.

시간이 흐른 뒤 연수와 다시 만난 주인공은 오랜만에 장 피에르의 이야기를 하게 된다. 그러면서 둘은 그때 너무나도 높아 보이던 장 피에르가 사실은 얼마나 어렸는지, 완벽해 보였던 그가 얼마나 시시한 인물이었는지, 당시 다 컸다고 생각하던 자신들, 20대 초반의 자신들이 얼마나 어리고 미숙하며 취약했는지를 떠올린다. 장 피에르의 눈에 들기 위하여 얼마나 헛된 노력을 기울였는지를 회상한다. 그러면서 주인공은 종종 담배를 나눠 피우는 연구원, 자신이 꽤나 호감을 품고 있던 '그'가 했던 말을 다시금 떠올린다. "스물한 살짜리를 유혹하는 건 정말 쉬운 일이에요"라는 말.

실은 정말로 그렇다. 세간에는 어린 사람과 사귀는 것을 대단한 업적으로 여기는 분위기가 있다. 그래서 커플 사이에 나이 차이가 클수록, 특히 여성이 어릴수록 '능력자'라는 표현으로 남성을 추앙하곤 한다. 하지만 사실 어린 여성을 유혹하는 건 그리 어렵지 않다. 아직 불완전한 자아, 섹슈얼리티를 통해 존재 가치를 인정받으려는 욕망, 타인의 시선에 전전긍긍하고, 그것으로 자기 존재의 의미를 찾는 시기의 어린 여성을 말이다. 경쟁심과 인정 욕구와 사랑받고자 하는 갈망으로 우리는 스스로를 취약한 상황에 몰아넣은 적이 얼마나 많았던가. 그렇게 취약한 상태의 이들을 스스럼없이, 어떠한 죄책감도 없이 이용한 이들은 또 얼마나 많았던가.

문학의 의의를 '말로 설명할 수 없는 것을 찾기 위한 시도'라고 한다면, 이 소설은 그런 부분에서 분명한 의의를 지닌다. 모두가 겪었으나 차마 설명할 수 없었던 것, 무엇인지 알 수 없었던 것, 존재가 불분명했던 것의 실체를 이 작품을 읽고 나서야 비로소 알게 되었기 때문이다. 읽는 동안 나는 그때 당시 내가 A에게 원했던 것이 무엇이었는지, 무엇으로 인해 그토록 혼란스러웠는지, 무엇 때문에 그토록 불쾌했는지, 그때 느낀 부당하고 불쾌한 감정에 왜 '질투'라는 단순한 이름을 붙일 수 없는지에 대해서 깨달았다. 사회가, 커뮤니티가, 문화가, 그리고 우리 자신이 우리를 얼마나 취약한 방향으로 내모는지에 대해서도. 조명등 앞에서 보낸 길고 긴 밤들에 대해서도.

한편 이 소설은 결말 부분에서 또 한 번 독자를 놀라게 한다. 한동안 장 피에르에 대한 기억을 떨쳐낼 수 없었던 주인공은 어느 날 연구소 앞에서 꽃다발을 들고 누군가를 기다리는 순진해 보이는 어린 여성을 발견하고선 연구원 '그'의 대학생 애인일 것이라 짐작한다. 이에 과거의 자신과 연수를 떠올리며 초조함을 느끼던 주인공은 어떻게든 돕고자 하는 생각으로 주변을 맴돌지만 그럴수록 어린 여성은 경계와 불신의 눈초리를 할 뿐이다. 하지만 모두의 예상을 뛰어넘는 반전이 펼쳐졌으니, 잠시 후 그들 앞에 등장한 인물이 연구원 '그'가 아니라 또 다른 어린 여성이었던 것이다.

두 여성은 팔짱을 끼고 행복한 미소를 지은 채 주인공으로부터 점점 멀어져 간다. 결국 주인공이 여성들을 생각한다고 하면서도 전형적인 사고와 과거의 패턴에서 벗어나지 못한 행동을 답습할 때, 먼저 산 자신이 나서서 '구해줘야겠다'는 생각을 할 때, "나이 많은 남자들의 개소리에 당하지 말라"는 말을 하려고 할 때, 고작 그런 정도의 상상밖에 하지 못할 때, 정작 당사자인 어린 여성들은 이미 새로운 길을 걷고 있었던 것이다. 그들 스스로 찾아낸 길을.

떠도는 마음들

◆

〈시간의 궤적〉

어느 주말에는 브리스의 친구들이, 다른 주말에는 브리스의 부모님이 커다란 꽃다발과 초콜릿, 알자스 지방의 와인이나 뮝스테르 치즈 따위를 사 가지고 집으로 놀러 왔는데, 그들은 모두 좋은 사람들이었고 잡채나 불고기 같은 난생처음 맛보는 음식들을 모두 맛있게 먹었다. 하지만 그들이 나의 친구도 나의 부모도 아니었기 때문에, 나는 일주일에 세 번씩 운동화를 신고 나가 파리를 걸었고, 이따금씩 길을 잃었다는 느낌에 사로잡히면 거리에 서서 조용히 울었다. (28쪽)

_〈시간의 궤적〉,《여름의 빌라》, 백수린, 문학동네, 2020

♦ ♦ ♦

대학생 때 나의 목표 중 하나는 장차 일본에서 취직하여 거주하는 것이었다. 우연히 교양 외국어 수업을 통해 접했던 일본어에 대한 흥미는 일본 문화를 접하면서 본격적으로 커지기 시작했고, 학교의 언어교육원에 한국어를 배우러 온 일본인 유학생을 대상으로 봉사 활동을 하면서 보다 진지해졌다가, 다양한 일본인 친구를 사귀며 더욱 극대화되었다. 뭐든 한번 좋아하면 푹 빠져들고 마는 나는 이번에는 '일본'과 사랑에 빠졌고, 시간이 흐를수록 점점 더 심취했다. 자연히 나중에는 일상의 모든 부분이 일본에 관한 것으로 채워졌다. 좋아하는 드라마, 좋아하는 음악, 좋아하는 친구들, 모든 것이 일본과 연관되어 있었다.

그러니 대학생이던 내가 일본에 취직하여 그곳에 거주하기를 꿈꾼 것은 어찌 보면 자연스러웠다. 남들에게는 우습게 보일지 몰라도 당사자인 내게는 너무나도 진지한 목표였다. 당시의 나에게 일본은 그야말로 모든 것이었다. 지루하고 뻔한 일상으로부터의 해방이자 탈출구이며 일종의 이상향. 결국 학기 중에 아르바이트로 열심히 돈을 모아 방학 때마다 일본 여행을 가는 것이 일종의 '패턴'으로 자리 잡기에 이르렀다. 하지만 여행은 일본에 대한 갈증을 덜어주기는커녕 점점 더 부추겼다. 졸업 후 취직까지는 아직 한참의 시일이 남은 상황이었기에 결국 나는 고심 끝에 워킹 홀리데이를 준비해서 일본에 갈 결심을 하게 되었다. 그렇게라도 일본에서 살고 싶었다.

부모님은 밑도 끝도 없이 일본에 가서 살겠다는 딸의 계획을 듣고 몹시 어이없어하셨다. 그러나 결국 이 모든 것이 경험이자 내 삶의 밑거름이 될 것이라는, 스스로 독립적인 삶을 한번 꾸려보고 싶다는, 일본어 실력이 향상되어 나중에 취직을 위한 스펙 쌓기에도 도움이 될 것이라는 주장에 설득되어 승낙하셨다. 실은 그냥 적당히 둘러댄 말이었을 뿐, 마음속에서는 당장이라도 일본에 가서 살고 싶다는 생각밖에 없었지만 말이다. 그렇게 떠난 워킹 홀리데이의 시작이 얼마나 신났을지. 인생 처음으로 (나름) 장기간의 프로젝트를 준비하여 실행에 옮기게 된 그때의 기분은 그야말로 구름 위를 걷는 것 같았다.

하지만 일본에 도착한 지 채 한 달도 지나지 않아 나는 당황했다. 모든 것이 예상과 어긋났기 때문이다. 돌이켜보면 출발점부터 글러먹었다고 할 수 있겠다. 외국에서 일을 하며 돈을 버는 것에 '낭만'을 기대하다니. 돈과 낭만은 애초에 어울리지 않는 조합이다. 더군다나 한국에서 대학생으로서 내가 할 수 있었던 것들, 혹은 이제껏 글을 쓰고 생각하며 익혀왔던 것들이 일본에서는 아무런 소용이 없었다. 한국에서 특기이자 장점이었던 일본어 실력은 일본인으로 치면 초등학생만도 못한, 내세울 만한 장기라기보다는 극복해야 할 약점이었다. 몇 년간 아르바이트로 해왔던 영어 과외를 할 수도 없었다. 수많은 일본인을 놔두고 굳이 한국인에게 영어를 배우려는 사람은 없었기에.

한편 태어나서 처음 혼자 살아보는 내게는 살림 또한 만만치 않은 과업이었다. 나는 집안일이 그렇게 손이 많이 가는지, 한 사람이 자신의 의식주를 건사하는 데 그렇게 많은 노동이 필요한지, 생활하는 데 그렇게 많은 돈이 필요한지를 그때 처음 깨달았다. 수도세, 전기세, 가스비, 전화비, 각종 고지서와 공과금. 아무것도 하지 않아도 돈이 줄줄 새어 나갔다. 그 모든 돈을 내가 직접 벌어 해결해야 했는데, 아주 부유하게 자라진 않았더라도 부모님의 집에서 안락하게 지내며 부모님께 받은 학비로 학교에 다니고, 부모님께 받은 용돈으로 생활하던 나에게는 그야말로 모든 것이 새롭고 버거운 변화였다. 그러나 온갖 어려움 가운데에서도 무엇보다 힘들었던 것은 다름 아닌 외로움이었다.

그곳에도 사람들이 있었고 대개는 친절했다. 의사소통에 큰 문제가 없었기에 처음에는 별다른 문제를 느끼지 못했다. 같이 일하던 직장 동료들과도 시간이 흐르며 자연스레 가까워졌고, 함께 어울려 노는 경우 또한 늘었다. 웃으며 좋은 시간을 보내기도 하였다. 그러나 그들과 나 사이에는 늘 넘어설 수 없는 어떤 벽 같은 것이 있었다. 살아온 역사와 문화가 다르다는, 끝내 없어질 수 없는 커다란 벽. 그들에게 나는 어디까지나 외국인이자 이방인이었다. 그런 순간이면 벗어나고 싶어서 견딜 수 없었던 한국이 그리워졌다. 그토록 꿈꿔왔던 일본 땅이 너무도 낯설게 느껴졌다.

당시 내가 살던 집은 주택가 골목길의 아주 깊숙한 안쪽에 위치해 있었는데, 밤 10시에 아르바이트를 하던 카페를 마감하면서 이런저런 뒷정리를 하고, 10시 40분쯤 마지막 전차를 타고 집 근처의 정류장에 내리면 11시쯤 되었다. 시간이 시간인지라 음식점이나 세탁소 등도 모두 문을 닫은 상태였고, 불빛이라고는 골목 초입에 있는 가로등과 거기에서 멀지 않은 곳에 오도카니 서 있는 담배 자판기가 뿜어내는 하얀 빛이 전부였다.

아직도 생각나는 것은 그 골목길의 풍경이다. 전차를 타고 있을 때만 하더라도 아무렇지 않았던 마음은 정류장에 내리는 순간부터 조금씩 가라앉다가 가로등 불빛을 마주하면서부터 걷잡을 수 없이 무너지고는 했다. 그러다 담배 자판기를 지나칠 무렵이면 그야말로 땅속 깊은 곳으로 곤두박질치는 것 같았다. 그러면서 나는 자주 울고 싶어졌다. 집에 이르는 얼마 안 되는 그 시간이 한없이 길게 느껴지는 한편, 끝도 없이 이어졌으면 하는 이상한 마음이 동시에 들기도 했다. 아무도 없는 골목에 서서 아무도 없는 캄캄한 집에 가고 싶지 않다는 생각을 자주 떠올리곤 하던 나날이었다.

일본을 생각하면 눈앞에 가장 먼저 떠오르는 장면이 바로 그

캄캄한 골목길의 풍경이라는 것은 조금은 놀라운 일이다. 일본에 살았던 길지 않은 기간 동안 좋은 추억도 많았고 좋은 사람을 많이 만났음에도 불구하고. 아르바이트가 끝난 뒤 자전거를 타고 언덕에 오르면 이마에 느껴지던 상쾌한 바람을 아직까지 기억한다. 아이들의 샌드위치를 만들며 식빵의 가장자리를 잘라내다 말고, 식빵의 가장자리만 따로 모아 떨이로 파는 빵집에 일부러 찾아가곤 했던 일이 떠올라 웃음 짓기도 한다. 나처럼 그걸 사러 오는 '경쟁자'가 있었기에 그보다 먼저 가기 위해 땀을 뻘뻘 흘리며 자전거 페달을 얼마나 열심히 밟았던지.

그럼에도 불구하고 일본을 떠올리면 가장 먼저 생각나는 것이 담배 자판기에서 뿜어져 나오는 하얀 불빛이라는 사실에 대해 나는 종종 당황한다. 왜 하필이면 그때인지에 대해. 좋았던 일도 많았음에도 불구하고 왜 그 순간인지에 대해. 아마도 당시의 어떤 정서가 나에게 그만큼 깊은 영향을 미쳤던 모양이다. 그러니까 일본에 사는 동안 모두와 함께 있으면서도 혼자인 것만 같은, 다 같이 웃고 있지만 섞여들지 못하는 듯한, 어디에서도 나의 자리를 찾지 못하는 것 같은 그런 느낌들이 나에게 그만큼 강렬한 흔적을 남겼고, 그렇기에 여태껏 잊을 수 없게 된 것인지도 모른다.

그때 무엇이 그렇게 힘들었을까. 돌이켜보면 단순히 혼자 살았기 때문만은 아니었다는 생각이 든다. 누구와 함께 있든, 어디에 있든, 삶은 본래 죽는 그 순간까지 외로운 것이므로. 다만 한국에 머무는 상황이었다면 비록 낯선 지방에 혼자 살더라도 그 정도까지 힘들지는 않았으리라고 자주 생각한다. 어디까지나 짐작일 뿐이기에 실제 어땠을지는 알 수 없지만. 일본에서 무엇보다 어렵고 막막했던 것은 평생 그들의 일원이 될 수 없다는, 나는 그들을 온전히 이해할 수 없고, 그들 역시 나를 온전히 이해할 수 없으리라는, 그대로 계속 이방인으로 남을 것 같다는 두려움이었다. 평소 입버릇처럼 혼자 있는 게 세상에서 가장 편하고 좋다고 말했지만, 나 자신이 그런 외로움을 견딜 수 없는 종류의 사람이라는 것을 그때 뼈저리게 느꼈다.

그리고 그때의 경험으로 내 삶은 근본적인 부분에서 크게 달라졌다. 이후 항상 곁에 있을 누군가를 찾아, 어딘가를 떠돌기보다는 정착하기를 꿈꾸며 살아왔으니 말이다. 결혼을 하여 아이들을 낳고 난 뒤에야 가슴속의 빈 구멍 같은 것이 간신히 메꾸어진 기분이었다. 하지만 나만의 가족이 생긴 지금도, 많은 친구들과 함께하는 자리에서도 여전히 이방인이 된 것 같은 느낌을 받을 때가 있다. 몸을 크게 다치면 상처가 다 아물어도 흉터가 남듯, 마음 역시 생채기가 나면 그것이 아물고 난 뒤에도 어떤 흔적 같은 것이 남게 되는 모양이다.

백수린의 단편 〈시간의 궤적〉을 읽자마자 빠져들었던 것은 바로 그 때문이었다. 처음 몇 페이지를 넘기기도 전에 내가 이미 이 이야기를 알고 있다는 사실을 깨달았다. 소설 속에 묘사된 상황은 내가 겪은 것과 다르지만 같은 일이었고, 소설 속 인물 역시 나와 다른 사람이지만 그가 겪은 감정은 내가 지나온 것과 같은 결이라는 걸 읽으면서 알 수 있었다.

〈시간의 궤적〉에서, 직장을 그만두고 프랑스로 떠난 뒤 내내 한국인을 피해 다니던 주인공은 우연히 어학원에서 알게 된 연상의 한국인 여성과 가까워진다. 의지할 곳 없는 타지에서 두 사람은 매우 조심스럽고 천천히, 그러면서도 깊게 마음을 나눈다. 하지만 진로와 인생의 방향이 달랐고, 근본적인 삶의 태도가 달랐기에 결국 사소한 갈등을 계기로, 혹은 핑계로 서서히 멀어진다. 이후 프랑스인과 결혼하여 프랑스에 남게 된 주인공은 종종 견딜 수 없는 기분이 될 때마다 도시를 걸으며 과거에 알고 지내던 한국인 여성인 '언니'에 대해 생각한다. 그들이 나누었던 것과 나눌 수 없었던 것. 그들의 공통점과 차이점. 그녀에게 바랐던 것과 바라지 않았던 것을 곱씹으면서.

나는 주인공의 모든 생각과 감정, 그리고 그로 인한 선택을 이해할 수 있었다. 그렇기에 소설 속에 그려진 상황이 그 선택의 결과라는 사실에 안도하는 한편 슬프기도 했다. 내가 갈 수 있었지만 가지 않았던 길. 내가 가고 싶었지만 가지 못했던 길. 어떤 이들은 그렇게 불안하고 힘들고 쓸쓸할 바에야 왜 굳이 외국에서 그러고 사느냐는 의문을 품을지도 모른다. 언제든 고향으로 돌아가려면 돌아갈 수 있고, 힘들면 돌아가면 그만인데 왜 멀리서 그렇게 힘들어하느냐고. 그런데 사실은 일정 기간 이상 이방인으로 계속 생활하다 보면, 한 사람의 내면에 자리한 자아나 정체성은 이전과는 아주 달라져버리는 것 같다.

그렇게 되면 돌아가고 싶은 마음이 있다고 언제든 돌아갈 수 있는 게 아니고, 정착하고 싶은 마음이 들어도 더 이상은 정착할 수 없는 사람이 되어버리는 것이다. 아예 체질적으로 말이다. 고향에 돌아가면 이전에 떠돌던 공간을 그리워하게 되고, 떠도는 곳에서는 내 집 같지 않은 느낌을 받게 되고, 그렇게 마음의 어딘가가 늘 갈 곳을 잃고 헤매는 사람이 되어버리는 것. 비단 이들뿐만이 아니라 이방인으로 살아가는 사람들 대다수가 그러할 것이다.

이러한 경험은 단 한 번이라도 하게 되면 쉽게 잊히지 않는다. 기억 속에 낙인처럼 남아 예상치 못한 순간에 덮쳐 오듯 떠오른다. 담배 자판기의 불빛에 의지해 그 옆에 쭈그리고 앉아 무릎 사이에 머리를 묻고 있었던, 어차피 골목에 있는 것이나 집에 있는 것이나 아무도 없는 것은 마찬가지임에도 집에 들어가고 싶지 않던, 누군가 나를 발견해주기를 애타게 기다리면서도 결코 그런 일은 일어나지 않는다는 사실을 새삼 깨우치던 순간들. 그런 순간들이 마음이 힘들 때면 여전히 엊그제 겪은 일처럼 생생히 떠오르는 것은 아마도 그 때문일 것이다.

이 소설을 읽는 동안 마음 깊숙한 곳에 아무도 모르게 숨겨둔 감정을 들킨 것 같은 순간이 많았다. 조금 과장되게 이야기하면, 어쩌면 평행 우주에 존재하는 내가 경험했을지 모르는 장면이 묘사된 게 아닐까 하고 깜짝 놀라기도 여러 번이었다. 그래서인지 이런 소설을 읽다 보면 나도 모르게 울고 싶어진다. 나와 같은 괴로움을 지닌 누군가를 발견했다는 위안과 안심이려나. 아마도 이러한 지점이 내게 있어 끊임없이 소설을 읽게 만들고 새로운 소설을 찾아 헤매게 만드는 원동력인 것 같다. 소설의 마지막 문장을 읽은 후 기억 속 차갑게 빛나던 담배 자판기의 불빛이 왠지 모르게 조금 따스하게 느껴졌다.

과거에 두고 온 것들

◆

〈빛과 물질에 관한 이론〉

다른 사람이 당신을 채워줄 수 있다거나 당신을 구원해줄 수 있다고—이 두 가지가 사실상 다른 것인지는 모르겠지만— 추정하는 것은 순진한 생각이다. 나는 콜린과의 관계에서 그런 식의 느낌을 받아본 적이 없다. 나는 다만 그가 나의 일부, 나의 중요한 일부를 채워주고 있고, 로버트 역시 똑같이 나의 중요한 또 다른 일부를 채워주었다고 믿을 뿐이다. 로버트가 채워준 나의 일부는, 내 생각에, 지금도 콜린은 그 존재를 모르는 부분이다. 그것은 무언가를, 혹은 누군가를 사랑하는 만큼 쉽게 파괴도 시킬 수 있는 나의 일부다. 그것은 닫힌 문 뒤에 있을 때, 어두운 침실에 있을 때 가장 안전하고 제일 편안하다고 느끼는, 유일한 진실은 우리가 서로 숨기는 비밀에 있다고 믿는 나의 일부다. (125쪽)

_〈빛과 물질에 관한 이론〉,《빛과 물질에 관한 이론》,
앤드루 포터/김이선, 문학동네, 2019

♦ ♦ ♦

사람들은 왜 소설을 읽을까? 한때는 아무것도 생각하고 싶지 않은 순간에 소설을 읽는다고 생각했다. 자신을 잊어버리고 싶을 때, 현실에서 벗어나고 싶을 때, 자극적이고 신기한 재미를 느끼고 싶을 때. 실제로 대부분의 사람들은 이런 목적으로 소설을 읽는다. 심심하니까. 시간을 때우려고. 어떤 자극과 흥미를 찾아서. 나에게는 일어날 수 없는 일들, 내가 결코 경험할 수 없는 세계를 소설을 통해 만나며 대리 만족을 얻기 위해서.

그리고 시간이 조금 더 지난 후에, 사람들은 자신을 잊기 위해서뿐 아니라 기억하기 위해서도 역시 소설을 읽는다는 걸 알게 되었다. 자신이 경험했던 어떤 순간들, 감각들, 그 당시 느꼈던 감정을 되살리고 싶거나 잊고 싶지 않아서, 혹은 잊고 지나쳤던 것을 다시 떠올리기 위해서, 과거에 두고 온 것을 잠깐이나마 다시 만나기 위해서 소설을 읽는다는 것을 말이다.

하루는 잠들기 전 마지막 일과로 여느 때와 다름없이 책을 한 권 집어 들었다가 새벽 늦게까지 잠을 이루지 못했다. 훌륭한 소설을 읽을 때면 어느 순간 소설 속 주인공이 아닌 나를 생각하게 된다. 시간, 장소, 상황, 모든 것이 다름에도 불구하고 소설 속으로 들어가 어느새 주인공의 자리에 서게 되는 것이다. 주인공이 겪는 일들은 나의 경험으로 치환되어 과거에 내가 겪었던 어느 순간과 겹쳐진다. 나의 시간, 나의 과거, 나의 추억, 나의 감정. 그날 밤 뜬눈으로 어두운 천장을 응시하며 그렇게 한참을 책의 여운에 잠겨 있었다. 그때 내가 집어 들었던 것은 앤드루 포터의 《빛과 물질에 관한 이론》이었다.

단편소설집인 이 책에는 표지의 제목과 일치하는 〈빛과 물질에 관한 이론〉이라는 작품도 실려 있다. 마치 과학 교과서 속 한 챕터를 연상시키는 이 소설은 사실 줄거리 측면에서는 그리 특별하다고 할 수 없다. 그럼에도 이 소설의 무엇인가가 그만 나를 흔들어놓고 말았다.

소설의 주인공은 물리학도로, 그는 황당하리만큼 어려운 전공 시험 문제에 기가 질린 다른 수강생들이 모두 떠난 뒤에도 홀로 남아 끝까지 문제를 풀다가 그것을 계기로 담당 교수였던 로버트에게 따로 초대를 받는다. 매일같이 함께 차를 마시며 대화를 나누는 동안 둘 사이에는 기묘한 친밀감이 쌓인다. 사랑이라고도 칭하기 어렵고, 단순한 우정으로 보기도 어려운, 어떻게 보면 존경하는 선생과 아끼는 제자 사이에 자연스레 생겨날 법한 유대감 같기도 한 복잡미묘한 감정들.

동시에 주인공은 뛰어난 운동선수이자 전도가 유망한 의대생, 그러면서 학교의 인기 스타이기도 한 콜린이라는 남자 친구를 사귀게 된다. 주인공은 콜린을 사랑하면서도 로버트와 함께 하던 정기적인 만남을 지속하고, 이때 두 사람에게 각기 느끼는 감정으로 인해 혼란을 겪는다. 소설은 이처럼 콜린과 로버트 사이에서 갈등하는 주인공의 감정선을 따라 진행된다. 훗날 남자 친구인 콜린과 결혼한 뒤에도 주인공은 여전히 로버트를 가끔 떠올린다. 그 감정의 정체를 본인조차도 정의 내리지 못한 채.

대체 이 소설의 무엇이 나를 그토록 건드렸는지 처음에는 알지 못했다. 요약된 줄거리만 보면 전혀 매력적이지 않을 것 같은, 얼핏 평범하고 흔한 이야기인 듯한 이 소설의 무엇이 나를 흔들었을까. 내 안의 무엇이 소설 속 이야기에 공명했을까. 그러다 얼마 지나지 않아 나조차 명확히 알기 어려웠던 감정의 실체를 어렴풋이나마 깨닫는 일이 생겼다.

지금으로부터 5년 전, 그러니까 회사를 그만둔 지 5년쯤 되던 무렵이었다. 회사를 다닐 때 매일같이 확인하던 이메일을 퇴사한 뒤로는 거의 열어보지 않았다. 당연한 말이지만 나에게 메일을 쓸 만한 사람도 없고, 내가 누군가에게 메일을 보낼 일도 없었기 때문이다. 더군다나 요즘은 편지로 소식을 주고받거나 우정을 쌓는 시대도 아니니, 간혹 오는 것이라곤 각종 쇼핑몰의 광고와 스팸메일뿐이었다. 그렇게 오랜 시간 메일함을 방치한 탓에 가끔 들어가면 광고만 수천 통씩 쌓여 있기 일쑤였고, 간혹 메일함을 열었다가도 어마어마한 스팸메일의 양에 몸서리치며 도로 인터넷 창을 닫곤 했다.

그러다 본격적으로 작가로서 일하기 시작하면서부터 다시금 메일을 사용하게 되었다. 업무로 외부와 연락할 일이 늘었고, 강연이나 원고 청탁이 들어올 때도 있어 주기적으로 확인을 해야만 했다. 낯선 주소는 간혹 스팸메일로 걸러져 잘 도달하지 않는 경우도 생기기에(실제로 어느 도서관의 강연 요청이 스팸함에 들어가 있었던 적이 있다) 스팸함까지 꼼꼼히 살펴보았는데, 그때마다 몇 년간 그대로 방치해두었던 각종 광고 메일이 신경을 자극했다. 도무지 정리할 엄두가 나질 않아 그간은 삭제도 무엇도 하지 않은 채 그대로 쌓아두고만 있었던 메일 몇만 통을 보고 있자니 머리가 지끈거렸다.

그러기를 몇 년, 어느 하루는 도저히 안 되겠다 싶어 날을 잡고 싹 정리하기로 마음먹었다. 가장 옛날 페이지부터 시작하여 광고 메일과 오래되어 쓸모없어진 내용을 전부 삭제하고, 그 와중에 명세서 등 중요한 정보들은 발견하는 대로 따로 분류해서 한쪽에 몰아넣었다. 단순노동이지만 하루가 꼬박 걸리는 만만치 않은 작업이었다. 안 하자니 신경 쓰이고, 하자니 지금 내가 하루 종일 뭐 하나 싶은 생각이 드는 귀찮고 번잡스러운 일. 그리고 그러던 와중에 발견하게 된 것이다. 광고 메일 사이에 와 있던, 메일함 정리 작업을 한 날짜를 기점으로 무려 3년 전에 도착한 메일 한 통을. 아주 오래전 연인이었던 사람이 보낸 것이었다.

눈을 비비고 발신인의 이름과 메일이 도착한 날짜를 몇 번씩 확인했다. 그만큼 놀랐기 때문이다. 아주 오래전 알고 지내던, 더 이상은 연락할 일이 없을 것이라 여겼던 사람으로부터 도달한 메일이라니. 용건은 사실 별거 없었다. 그저 잘 지내느냐는 안부 인사가 전부였다. 메일에는 다음과 같은 내용이 적혀 있었다. 나는 잘 지낸다고. 고향으로 돌아와 일하고 있다고. 답장을 해도 좋고 하지 않아도 좋지만, 그저 메일 주소가 아직 사용되는지만 확인해보고 싶었다고. TV에서 네가 좋아하는 드라마나 영화가 방영될 때면 가끔 네 생각을 한다고. 그때의 우리가 생각난다고. 늘 행복하기를 바란다고.

헤어진 지 20여 년 가까이 지난, 아주 어릴 때 만났던 사람이 보낸 별 내용도 없는 메일을 읽는 동안 만감이 교차했다. 기쁨, 반가움, 그리움, 아쉬움, 안타까움, 슬픔. 오랜 세월이 흘렀음에도 마치 어제의 일처럼 그 시절이 생생하게 되살아났다. 순수한 마음. 직진하던 감정. 어리석은 욕망. 치기와 욕심. 이제껏 헤어진 다른 연인과 다르게 그에 대해서만은 간간이 추억에 잠기곤 했던 이유는 아마도 그 때문이었을 것이다. 그를 유난히 더 사랑했거나 함께한 추억이 많다거나 감정이 유달리 깊었다거나 해서가 아니라 그 시절이 너무나도 특별했기 때문에. 가장 빛나던 그때의 그 시절을 함께한 사람이었기 때문에.

그립다는 말이 오해를 불러일으킬지 모르겠다. 하지만 여기에는 사실 그때 그 시절로 돌아가고 싶다거나, 시간을 돌이켜 그때의 그 사람과 다시 무언가를 해보고 싶다거나 하는 의미는 전혀 없다. 나는 현재의 삶을 사랑하고, 지금의 일상은 그때와는 견줄 수도 없을 만치 소중하다. 남편과 아이들에 대한 사랑의 감정은 연애 시절에는 경험해본 적 없는 단단하고 깊이 있는 것이다.

그럼에도 불구하고 과거의 어느 순간을 우연히 마주한 뒤 이토록 아련하고 아쉬운 기분이 드는 것은, 지금의 내가 그때의 그 시절을 거쳐 여기까지 도달했기 때문일 것이다. 또한 그 사실을 나 자신이 알고 있기 때문에. 돌이킬 수도 되돌릴 수도 없고, 돌이키고 싶다거나 되돌리고 싶은 마음 또한 전혀 없지만, 그 당시 느꼈던 감정과 기억을 통해 지금의 내가 만들어졌다는 사실을 다른 사람은 몰라도 나는 분명히 알고 있기 때문에.

이것이 일종의 욕심임을 알고 있다. 현재의 삶을 만끽하면서, 과거의 어느 추억이나 아련함조차 잃고 싶어 하지 않는 마음이란 것을. 애틋함, 연민, 우정 같은 모든 것을 놓치고 싶지 않은 마음. 과거의 나와 지금의 나는 다른 사람이라는 것을 알면서, 달라지고 싶어 했고 달라졌다고 생각하면서 여전히 일부는 과거와 통하고 싶은 마음.

〈빛과 물질에 관한 이론〉을 읽으며, 사실은 얼핏 우유부단하고 이기적일 수도 있는, 남자 친구인 콜린과도 헤어지지 못하고 동시에 로버트에 대한 알 수 없는 감정도 정리하지 못한 채 종종 그를 그리워하는 주인공을 쉽게 비난할 수 없었던 것은, 실은 이해할 수 있다고 생각했던 것은 이러한 이유 때문이었다. 나에게도 역시 그런 마음이 있기에. 현재를 잃고 싶어 하지 않으면서 과거에 놓고 온 것도 잊지 않으려 하는 욕심이 있기 때문에. 이 소설이 수많은 사람에게 이토록 사랑을 받았던 것을 보면, 어쩌면 이러한 욕심은 우리 모두에게 있는지도 모르겠다.

그날 3년 늦게 도달한 메일에 회신을 보냈다. 나는 잘 지낸다고. 뒤늦게야 확인했다고. 믿을지 모르겠지만 이 메일을 읽기까지 무려 3년이란 시간이 걸렸다고. 나 역시 우리가 함께했던 시간을 기억한다고. 그때는 정말이지 행복했다고. 자주는 아니어도 드문드문 네 생각을 한다고. 행복하길 바란다고. 마찬가지로 답장을 해도 좋고, 하지 않아도 좋다고. 건강하라고. 그런 말을 적어서 보냈다. 수신인은 옛 연인이었지만 돌이켜 생각해보니 나 자신에게 하는 이야기처럼 느껴지기도 한다.

이후 한참의 시일이 지났고 회신은 없었다. 이러다 다시금 3년쯤 뒤에 올는지도 모를 일이다. 물론 영영 오지 않을 수도 있겠다. 어느 쪽이든 그것은 그것대로 좋을 일이다.

너보다 너를 더 좋아해

◆

《나의 새를 너에게》

"하느님도 용서하지 않을 심술을 부렸는데, 왜 나를 용서해
주는 거야?"
"나보다 내 그림을 더 좋아해주었으니까."
그녀가 청년의 이마에 살며시 키스했습니다.
"지금은 너보다 너를 더 좋아해."
청년이 말했습니다.
"막 태어났을 때 같은 기분이야."
그녀는 청년의 이마에 다시 한번 키스를 했습니다. (82~83쪽)
_《나의 새를 너에게》, 사노 요코, 히로세 겐 / 김난주, 샘터사, 2020

◆ ◆ ◆

몇 년 전, J가 지방 출장길에 우리 집에 들러 자고 갔다. 낮에는 첫째를 데리고 셋이서 집 뒷산에 다녀왔고, 저녁에는 아이들과 다 같이 치킨을 시켜 먹었다. 남편은 집에 손님이 왔다는 핑계로 오랜만에 친구들을 만나러 외출했다. 밤이 되어 아이들을 재운 뒤에는 거실에 누워 J가 보고 싶어 하던 영화 〈셰이프 오브 워터〉를 같이 보았다. 그러다 갑자기 '쌔근쌔근' 하는 소리가 들려 쳐다보았더니 옆에 있던 J가 어느새 잠이 들어 있었다. 하기야, 하루 종일 애들이랑 어울리는 게 쉬운 일은 아니었을 것이다. 그런 J를 가만히 바라보고 있는데 마음속에 따스한 무언가가 차오르는 기분이었다. 행복이라든가 평화라든가 하는 것들이 그리 멀리 있지 않음을 새삼 깨달았던 날.

고작 하루뿐이었지만 J가 있는 동안은 평소 중독적으로 접속하던 SNS에도 거의 들어가지 않았다. 남들이 무슨 생각을 하는지, 나에 대해 어떻게 생각하는지, 그야말로 다른 세상사가 전혀 궁금하지 않았다. 그저 그 순간만큼은 부족한 것이 없었다. 그러면서 깨달았다. 내가 그토록 SNS를 열심히 하는 데에는 실은 외로움도 한몫한다는 걸. 이야기하고 싶은 것이 많지만 털어놓을 사람이 없을 때, 마음이 공허할 때, 심심하고 외롭고 쓸쓸할 때 SNS를 하게 된다는 걸. 나를 깊이 알고, 내가 깊이 알고, 무언가에 대해 마음 편하게 털어놓을 수 있고, 생각을 나눌 수 있는 사람이 바로 옆에 있으니 딱히 인터넷 세계에 무언가를 적어야겠다는 욕구가 들지 않았던 것 같다.

J로 말할 것 같으면 가족을 제외하고 나의 모난 점까지 좋아해주었던 최초의 사람이다. 아니 사실은 가족은 어떤 측면에서 서로의 단점에 더 냉정하고 날카로워지기도 하니까, 그야말로 최초의 사람이라고 할 수 있겠다. 나를 왜곡하지도, 과장하지도, 질시하지도, 경멸하지도, 미워하지도, 귀찮아하지도, 불편해하지도 않았던 최초의 사람. 그렇다고 내가 부담을 느끼고 도망갈 만큼, 과하고 과분할 만큼의 애정을 퍼부어준 것도 아닌, 그야말로 나를 있는 그대로 좋아해주었던 최초의 사람.

J와 처음 만난 것은 대학교 1학년 때였다. 2학기 개강 후 얼마되지 않아 원대한 포부를 안고 동아리에 들어갔는데, 같이 들어온 새내기 중에 좀 이상한 아이가 한 명 끼어 있었다. 누구에게나 허물없이 굴고, 아주 큰 소리로 웃고, 처음 만나는 사람들이 모인 자리에서 하기 마련인 분위기를 파악한다든가, 상대를 은근슬쩍 견제하고 경계하는 등의 행동을 전혀 하지 않아 오히려 더 이상하게 느껴지던 사람. 그때나 지금이나 사람을 많이 가리

고 경계심이 많았던 나는 그런 J를 보자마자 부담스럽다 느끼고 피해 다녀야겠다는 결심을 했다. 하지만 그런 나의 의지와 다짐이 무색하게 2인 1조로 다녀야 하는 과제가 주어졌고, 그 와중에 하필이면 J와 짝이 된 것이다.

당연히 탐탁지 않았다. 하필이면 왜 나에게 이런 일이 생겼는지 하늘을 원망하며 운이 지지리도 없다고 여겼다. 그러나 막상 말을 섞고 같이 지내다 보니 예상외로 굉장히 잘 맞았고, 그러면서 내내 같이 다니는 사이가 되었다. 돌이켜보면 J가 나에게 많은 부분을 맞춰주었기에 가능했던 일 같지만, 어쨌거나 나에게 있어서는 J를 만나게 된 것이 정말 다행이었다. 그 뒤로는 졸업 때까지 내리 붙어 다녔다. 과장이 아니라 정말로 1년 365일 중 360일 정도를 같이 지냈던 것 같다. 학기 중은 물론 방학 때도 거의 매일 만나다시피 했다. 동아리 일이 있을 때도 만났고 없을 때도 만났다. 대개는 같이 멍하니 있는 게 다였으니 만나서 특별히 할 것도, 한 것도 별로 없었음에도.

무수히 많은 에피소드 중에는 크리스마스이브 때 뜬금없이 상암동 월드컵 경기장에 갔던 것도 있다. 평소처럼 별생각 없이 만나기로 했다가 그래도 나름 크리스마스 전날인데 뭐 특별한 걸 해야 하지 않을까 하는 생각으로 월드컵 경기장으로 향했다. 축구도 별로 좋아하지 않으면서 왜 하필 월드컵 경기장이었을까. 당시는 월드컵 경기장에 하늘공원이 생긴 지 얼마 되지 않은 때였는데, 아마도 나름 공원이 있으니 낭만적이지 않을까 싶은 생각을 했던 모양이다. 도착한 뒤 경기장 내의 대형 마트에서 개당 250원짜리 초밥 스무 개와 역시나 한 병에 3천 원가량 하던 과일맛 주류 한 병 그리고 치즈 케이크 한 조각을 사서는 그 옆의 공원 정자에 앉아 오들오들 떨면서 먹었다. 그러고 나서 다음 날 둘 다 감기에 걸렸는데, 돌이켜보면 왜 사서 그런 고생을 했는지 모를 일이다.

그 언젠가 고깃집에서의 풍경도 떠오른다. 당시 힘들어하던 일을 토로하던 내가 감정이 복받쳐 울음을 터뜨리자 J 또한 덩달아 눈물을 흘리기 시작했다. 누군가가 함께 흘려주는 눈물에는 어설픈 위로의 말보다 훨씬 더 강력한 힘이 있었다. 그렇게 우리는 고기도 먹지 않고 서로 마주 본 채 엉엉 울기 시작했고, 보다 못한 여자 직원이 두루마리 휴지를 통째로 가져다주었다. 그날 어찌나 많이 울었던지 테이블 위에 휴지가 산처럼 높이 쌓였다. 이제는 모두 추억이다.

J가 없었으면 나는 지금의 나하고는 조금 다른 사람이 되지 않았을까 하는 생각을 자주 한다. 물론 타고난 성정이 있으므로 아주 크게 차이가 나지는 않았을 것이다. 하지만 정서적으로는 지금보다 훨씬 더 취약하고 흔들리는 상태였을 것이다. 그런 작은 변화가 결과적으로 아주 큰 차이를 만들어내기도 하므로 J라는 존재는 역시나 내 삶에 상당한 영향을 끼친 것이 틀림없다.

사노 요코의 《나의 새를 너에게》를 읽는 동안 J의 생각을 많이 했고, 나 자신에 대해서도 많이 생각했고, 결국은 읽다가 울음을 터뜨렸다. 퇴근해서 돌아온 남편이 깜짝 놀라 무슨 일이냐고 물을 정도였다. 책을 읽고 울었다고 대답하니 조금 어이없어했는데, 아마 그 책이 실은 동화책이라는 것을 알았다면 더욱 황당해했을 것이다. 이 책은 살면서 마주한 소설적 순간을 모은 기록이기에 본래는 소설을 다루어야 마땅하지만, 동화 역시 '이야기'라는 점에서는 소설과 매한가지이므로 이 글만 예외로 할까 한다.

《나의 새를 너에게》는 정확히 말하자면 어른을 위한 동화책이다. 지금은 작고한 에세이스트이자 동화 작가인 사노 요코가 쓰고, 그녀의 아들이 그렸다. 장르가 장르인 만큼 이야기의 구조는 꽤나 단순하다. 어느 날 신기하고 특이한 글자와 함께 아름다운 새가 그려진 우표를 이마에 붙인 한 아이가 태어난다. 아이의 출산을 담당한 의사는 우표의 아름다움에 반해 그걸 떼어서 소중히 간직한다. 하지만 우표는 그 뒤로 여러 사람의 손을 거쳐 세상 곳곳을 떠돌게 된다. 의사에게서 의사의 아내에게로, 의사의 아내에게서 소매치기에게로, 소매치기에게서 가난한 청년에게로, 이후 하숙집 주인에게로, 주정뱅이 남편에게로….

그러다 우표는 어느 심술궂고 외로운 여자아이의 손으로 들어간다. 욕심은 많으나 그 욕심을 채우기엔 능력이 부족해서 남을 쉽게 미워하곤 했던 아이. 그래서 늘 외로웠던 아이. 자기 자신을 사랑하고 싶었지만 용서할 수 없어 괴로워하던 그런 아이. 그리고 그 아이는 우연한 계기로 자신이 가진 우표의 문양과 똑같은 그림을 발견한다. 처음에는 그림을 그린 청년을 괴롭히고 심술을 부리던 여자아이는 어느 순간 마음을 열고 청년과 교감하게 된다.

대체 나는 왜 이 별것도 아닌 이야기를 읽고 눈물을 흘렸을까? 그건 아마도 책 속에서 청년에게 용서를 비는 여자아이에게 청년이 해준 말 때문이었을 것이다. 여자아이는 자신이 가진 우표와 똑같은 그림을 그린 청년을 보고 설명할 수 없는 시기심, 한편으로는 두려움과 독점욕 등을 느끼고 그의 성공을 방해한다. 하지만 죄책감으로 괴로워하다 결국 자신의 잘못을 고백하는데, 그때 청년이 이렇게 말해준 것이다. "지금은 너보다 너를 더 좋아해"라고. 그리고 그 말을 들은 여자아이는 대답한다. "막 태어났을 때 같은 기분이야."

20대의 나, 그러니까 J와 함께하던 시절의 나는 동화책 속 여자아이와 비슷했다. 욕심이 많았으나 그 욕심을 채울 만한 능력이 부족했고, 그래서 쉽게 남을 시기하고 미워했다. 결과적으로는 그런 스스로가 한심하고 부끄러워 스스로를 더욱 미워하고, 그런 만큼 타인 역시 미워하는 악순환이 이어졌다. 당시 나는 나 자신이 너무나도 싫었다. 능력이 부족한 것은 물론, 심술궂고 욕심이 많고 이기적이기까지 한 스스로가 견딜 수 없었다. 하지만 그렇게 내가 자괴감을 느끼고 괴로워하던 시기에 내 옆에는 J가 있었다. J 역시 언젠가 나에게 청년과 비슷한 말을 했다. 내가 나를 너무 미워하는 것 같다고. 미워하지 말라고. 너는 너무 멋진 사람이라고. 누가 뭐래도 나는 너를 좋아한다고.

　많은 사람이 자신의 모든 것을 사랑해줄 누군가를 꿈꾸곤 한다. 그런 말을 들을 때마다 사실 마음속으로 말도 안 된다고 생각했다. 나 자신조차 나의 모든 것이 마음에 안 드는데, 세상에 그런 사람이 대체 어디 있단 말인가. 그렇지만 생각해보니 내게도 그런 사람이 있었다. 20대의 내 곁에 J가 있었다.

　'있었다'고 적는 이유는 J와 더 이상 그때만큼 자주 만나거나 연락을 하지 않기 때문이다. 심정적으로 소원해진 것은 아니다. 그러나 더 이상 20대처럼 친구하고만 붙어 지낼 수 없으니 용건도 없이 누군가와 연락을 하는 일 자체가 줄어들고, 더군다나 취미 활동이나 행동 반경이 서로 달라지고, 사는 곳도, 하는 일도, 자주 만나고 함께 생활하는 사람들도 달라지다 보니 자연스레 J와도 점점 연락이 줄었다. 마음속으로는 늘 안녕과 행복을 바라고는 있지만 실제로 연락을 취하고 만나는 것은 그렇게 거의 연중행사가 되다시피 했다.

　그럼에도 불구하고 J와 함께했던 경험이 나를 아주 조금은 바꾸어놓은 것 같다. 한 번이라도 그런 경험을 하고 나면 사람은 어떤 식으로든 변화한다. 결과적으로 이후에도 J에게 받았던 것과 같은 전폭적인 사랑을 드물지만 몇 번인가 받아보았다. 그런 존재를 만난다는 것은 살면서 더없이 소중한 경험이다. 대부분의 사람들이 자신의 이익을 좇아 움직이고, 겉으로는 웃고 있어도 마음속으로는 타인을 평가하고 판단한다고 하더라도, 그게 인간의 어쩔 수 없는 속성이라고 하더라도, 그렇지 않은 사람도 있다는 사실을 알게 되는 것. 그러한 단 한 명의 존재를 만나는 것. 어떤 상황에서도 흔들림 없이 나를 사랑해주는 단 한 명.

때로는 그 한 사람으로 인해 사람은 변하기도 하고, 용기를 얻으며, 살아갈 힘을 낼 수 있는 것 같다. 그렇기 때문에 인간에게는 늘 그런 존재에 대한 갈망이 있는 듯하다. 같은 이유에서 아주 가끔 그런 존재 혹은 그런 존재로 생각되는 사람을 만나면 어느 순간 마음이 무장해제 되어버리기도 하는 것이다. 청년을 만난 소녀가 다시 태어난 기분을 느낀 것처럼. 20대 내내 나를 미워하고 경멸하고 업신여기던 내가 그나마 조금쯤 나아질 수 있었던 것이 J가 있어서였던 것처럼. 물론 쉽지 않은 일이다. 그게 쉬운 일이었다면 아마도 사람들이 사랑 이야기에 그토록 열광하는 일 역시 없었을 것이다. 조금 바보 같지만 나는 그런 사람을 가끔은 꿈꾸고 기대한다. 어른이 된 지금까지도.

나로 살기 위해*

✦

《내가 되는 꿈》

누가 대신 살아주지 않았다. 내가 살았다. 그런데도 어떻게 살아야 하는지 모르겠다. 과거는 꿈이 아니다. 나의 미래는 나. 어디로 가야 할지 모르겠고 모르겠다는 말은 지겹다. 이런 편지를 왜 쓰고 있는지도 모르겠고 모르겠다는 말은 정말 그만하자.

내가 여기서 잘 버티면 너는 그곳에서 평안할까.

네가 거기 잘 있다고 상상하면 이곳의 나는 조금 용기가 난다. (97~98쪽)

_《내가 되는 꿈》, 최진영, 현대문학, 2021

* 제목인 '나로 살기 위해'는 최진영 작가가
《내가 되는 꿈》 안쪽에 서명하면서 적은 문구다.

◆ ◆ ◆

예전에 글쓰기에 관해 이야기하면서 이런 말을 했다. 글을 쓰다 보면 안 좋은 일을 잊어버릴 수가 있다고. 그래서 슬프면 글을 쓰게 된다고. 고통, 불안, 우울과 같은 부정적인 감정들이 텍스트로 옮겨지는 과정에서 구체화되어 드러나고, 그러다 보면 그런 감정이 조금은 휘발되는 것 같다고. 그러자 누군가가 물었다. "그렇지만 그런 글을 쓸 힘조차 없을 때는 어떡하나요?" 내가 대답했다. "그래도 힘내서 써야 해요. 쓰면 나아지거든요. 더 좋아지거든요."

하지만 나 역시 알고 있다. 때로는, 정말 때로는 아무것도 쓸 수 없을 만큼 안 좋은 상황이 있다는 것을. 더 나아지려는 용기조차 낼 수 없을 만큼의 바닥이 존재한다는 사실을. 과거에 쓴 일기를 들여다보면 가끔 구멍이 숭숭 뚫려 있는 시기가 있다. 일기에는 여러 가지 이야기를 쓴다. 그날 있었던 일, 그날 한 생각, 그날 먹은 음식, 그날 만난 사람. 슬플 때도 쓰고 기쁠 때도 쓴다. 이처럼 보통 매일 쓰거나, 못해도 사흘 이상 빼먹지 않는 일기가 2주, 혹은 3주씩 뭉텅이로 빠져 있는 시기가 있는데, 그건 내가 당시에 무척이나 안 좋았다는 뜻이다. 아무것도 적지 못할 만큼. 하다못해 "오늘 하루는 슬펐다"는 단 한 줄조차 쓸 수 없을 만큼.

지난해 3월의 일기장은 상당히 많은 날이 비어 있다. 글로 쓰고 나면 더 나아진다는 것을 머리로는 알면서도 쓸 수 없었다. 지저분한 감정의 찌꺼기를 돌이켜 생각하는 것도 힘들었고, 그것을 눈앞에 꺼내서 다시 적는 것은 상상만으로도 끔찍했다. 그래서 그냥 외면했다. 밤이 되면 일기를 쓰는 대신 눈을 감고 잠을 청했다. 감정이 하수구 오물처럼 느껴졌다. 그래서 아무런 생각을 안 하려고 애썼다. 생각을 안 하려고 하면 할수록 기분이 가라앉는다는 것을 알면서도 그랬다.

이럴 때는 세상 모든 것이 못마땅하다. 모든 사람이 밉고, 모든 사람이 의심스럽다. 모든 선의는 가짜 같고, 모든 말은 나를 겨냥하고 공격하는 것처럼 느껴진다. 사람들은 모두 본심을 감춘 채 이상한 역할극을 하는 것처럼 보인다. 그렇지만 한편으로는 알고 있다. 원인은 전부 나라는 것을. 전부 나 자신이 너무나 싫고 마음에 안 들기 때문이다. 남이 미운 것도 그 때문. 무언가를 비웃고 싶어지는 것도 그 때문. 내가 너무 미운 나머지 다른 것을 사랑할 힘과 용기가 없는 것이다.

가끔 신기하다. 사람들은 어떻게 사랑을 할까? 내면의 깊은 어둠과 나쁘고 못된 생각들, 그런 생각을 간직한 채로, 그것을 인지한 채로 어떻게 자신을 사랑할 수 있는 걸까? 그리고 또 타인은 어떻게 사랑할 수 있는 걸까? 밝고 아름다운 것만 바라보면서? 타인을 연민하고 사랑하는 마음으로? 아니면 처음부터 그런 어둠이 없나? 이런 생각을 하는 것은 나처럼 형편없는 인간뿐인가? 남들은 그렇지 않은가? 노력하면 달라지나? 만약 노력해도 그런 마음이 안 생기면?

3월의 나는 도무지 나란 사람을 견디기가 어려웠다. 너무 성급한 나. 조급한 나. 나약한 나. 연약한 나. 친절한 사람에게 나 자신의 순간적인 기분을 이기지 못하고 함부로 대해버린 나. 어떻게든 관심을 얻고 싶은 마음에 비굴하게 행동해버린 나. 무엇도 믿지 못하고 끊임없이 의심하는 나. 한편으로는 너무 쉽게 마음을 주는 나. 너무 쉽게 타인을 깎아내리는 나. 그래서는 안 된다는 것을 알면서도 해버리는 나. 충동적인 나. 너무 많은 말. 너무 성급한 행동. 작은 호의를 큰 마음으로 오해한 것. 타인에게 지나치게 기대려 한 것. 너무 많은 것을 멋대로 기대하고 서둘러 실망한 것. 그 밖에 수없이 많은 한심한 나.

과거에 알고 지내던 누군가가 나에게 말한 적이 있다. "넌 싫어하는 게 왜 그렇게 많아?" 그 말을 한 그 사람을 용서할 수 없었고, 결국 삶에서 밀어내버리고 말았다. 하지만 마음속으로는 그의 말이 맞다는 걸 알고 있었다. 알고 있어서 용서할 수 없었다. 3월은 마치 그때로 돌아간 것만 같았다. 노력하면 할수록 내가 얼마나 엉망인지를 깨닫는 기분이었다. 연기에 무척이나 서

툰 배우가 된 느낌. 실수를 연발하고 헛발질을 하고 누가 봐도 진실되어 보이지 않는 가짜 연기를 하는 사람. 어떨 때는 마냥 형편없는 사람 같았고, 또 다른 때는 나의 어설픔과 경박함을 남들이 꿰뚫어 볼까 두려웠다. 때로는 나도 내가 누구인지 알 수 없었다.

이럴 때는 사는 것이 힘들어진다. 막막한 기분이 든다. 시간이 과거로 돌아간 것만 같다. 캄캄한 밤에 강가에 혼자 서 있을 때, 몇 시간 동안 시내를 홀로 걷던 때, 내가 나를 어쩌지 못해서 견딜 수 없던 그때에서 조금도 달라지지 않은 듯한 기분이 든다. 그때는 시간이 지나면 다른 사람이 될 수 있을 줄 알았다. 다른 사람이 될 수 있을 것 같았다. 노력하면 달라질 수 있을 것 같았다. 나를 덜 미워할 수 있을 것 같았다. 실제로 덜 미워한 적도 있다. 달라졌다고 느낀 적도 있다. 하지만 이런 순간이면 다시 과거로 돌아간 기분이 들고, 그러면 견디기가 어려워진다. 그토록 달라지고자 했으나 전혀 달라지지 못한 나. 아무것도 변한 게 없는 나.

다시 책으로 숨는다. 나를 사랑할 수 없을 때. 내가 나라는 사실이 견디기 힘들 때. 3월의 어둠 속에서 읽은 책은 최진영의 《내가 되는 꿈》이었다. 최진영의 소설에는 늘 자신을 견딜 수 없어서 어쩔 줄 몰라 하는 사람들이 등장하는데, 이번 작품 역시 그랬다. 제목만 들으면 마치 간절히 바라는 '되고 싶은 나'가 존재하는 것만 같지만, 실제는 그렇지 않다. 너무나도 마음에 들지 않는 나. 한심한 나. 달라지고 싶지만 달라질 수 없는 나. 어떻게 발버둥을 쳐도 고작 나밖에 될 수 없는 나. 이 소설은 과연 그런 순간에 어떻게 할 것인지에 대한 이야기다.

《내가 되는 꿈》은 청소년 태희와 성인 태희, 두 사람의 이야기로 이루어진다. 청소년 태희와 성인 태희는 삶의 막다른 골목에서 누구에게도 털어놓을 수 없을 것 같은 이야기를 각각 편지로 써서 부치는데, 공교롭게도 서로가 쓴 편지를 우연히 읽게 된다. 우편함에 들어 있는, 자신과 똑같은 이름을 가진 사람이 보낸 편지 한 통. 하지만 서로의 삶에 대해 아무런 정보가 없는 두 사람에게 각자의 편지는 그저 알아들을 수 없는 독백일 뿐이다. 청소년 태희는 성인 태희의 어둠, 직장에서의 번민, 연인과 헤어지지 못하는 괴로움, 자기혐오 등을 도무지 이해하지 못하고, 이는 성인 태희 역시 마찬가지다. 성인 태희는 청소년 태희가 무엇 때문에 그토록 괴로워하는지 모른다. 놀라운 지점은 책 속의 동명이인처럼 보이던 두 태희가 실은 동일 인물이란 사실이다.

그러니까 두 사람이 특정한 수신인도 없이 쓴 편지가 현재에서 과거로, 과거에서 미래로 날아가 어린 시절의 자신에게, 그리고 성인이 된 자신에게 각각 도달한 셈이다. 영화 〈시월애〉 혹은 〈백투더퓨처〉와 같은 SF적 설정을 떠올려보면 이해가 갈 것이다. 물론 이 작품의 장르는 SF가 아니며, 소설 속에서 그러한 설정에 대한 설명은 일언반구 없다. 그러나 과학적으로 이런 일이

가능한지 여부를 따질 필요는 없다. 실은 그런 부분은 중요하지 않기 때문이다. 이 작품에서 중요한 건 '과거의 나'와 '미래의 나'가 같은 사람이라는 사실뿐.

여기에서 이 소설의 주제 의식과 연관된 중요한 질문이 탄생한다. 과거의 나와 현재의 나는 온전히 같은 사람인가? 현재의 나는 미래에도 여전히 똑같은 모습일까? 두 사람은 과연 얼마나 같고, 얼마나 다른가? 청소년 태희는 커서 얼마나 다른 사람이 되었을까? 답을 먼저 말하자면, 과거의 태희와 미래의 태희는 같은 사람이되 다른 사람이다. 성인 태희는 청소년 태희의 어떤 지점은 그대로 간직했고, 어떤 지점에서는 달라졌다.

부모의 불화로 괴로워하던, 친구를 질시하던, 할머니 집에 얹혀살며 눈치를 보던, 자신을 혐오하던 어린 태희는 바닷가에 서서 앞으로는 다른 사람이 될 것이라고 결심했지만, 그러면서 다시는 이런 일로 눈물을 흘리지 않겠다고 다짐했지만, 실제로는 직장 상사 때문에 스트레스를 받고, 바람을 피운 애인과 헤어지지도, 그를 용서하지도 못하며, 내면에서 일어나는 온갖 짜증을 타인에게 풀어내고, 그런 스스로를 원망하며 괴로워하는 어른으로 자라났다. 여전히 삶의 많은 측면에서 비굴하고, 그런 자신을 견디지 못해 어쩔 줄 몰라 하는 어린이 같은 어른. 다소 달라졌되 본질적으로는 다르지 않은 사람. 앞으로는 달라질 것이라는 굳은 결심을 담아 수신인도 없는 편지를 열심히 쓰던 청소년 태희가 먼 훗날 마주하게 될 자신의 미래가 편지에 등장하는 성인 태희라는 걸 알게 되면 영영 웃지 못할지 모른다.

한편 성인 태희는 어떤 측면에서는 청소년 태희의 그대로이기도 하다. 특히나 청소년 태희의 좋은 지점은 변치 않은 채 성인 태희에게 그대로 이어졌다. 잘못을 저지르고 실수도 하되 그 사실에 괴로워하는 사람. 타인을 함부로 대한 것에 스스로 상처를 받고 괴로워하는 사람. 자신에게 상처를 준 사람이라 할지라도 그가 힘들어하는 순간엔 곁에 있어주는 사람. 설령 마음 깊은 곳에서는 용서하지 못했을지라도 고통을 겪는 사람 곁을 묵묵히 지키는 사람. 자신에게 함부로 대하는 사람을 그냥 두고 보지 않는 사람.

소설 속 두 명의 태희는 많은 부분에서 다른 것 같지만 자기 자신이라는 사실을 괴로워한다는 점에서 여전히 같은 사람이다. 그런 스스로를 받아들이려고 애쓰는 부분 또한 같다. 그런 의미에서 제목인 《내가 되는 꿈》은 매우 역설적이다. 내가 너무 좋고 사랑스러워서 되고 싶은 것이 아니라, 나는 어떻게 해도 결국 나일 수밖에 없다는 것, 그 사실을 받아들이는 것을 꿈꾸는 사람을 의미하기 때문이다. 그 사실이 소설을 읽는 동안 무척 위로가 되었다. 내내 사랑하기 어려웠고 지금도 그러하나, 그럼에도 불구하고 언젠가는 그런 나 자신을 사랑하고 싶다는 꿈에 관한 이야기. 이런 소설을 어떻게 사랑하지 않을 수 있을까.

문득 과거의 나를 떠올려본다. 어금니를 꽉 깨물고 울지 않으려 애쓰던 나. 상처받았지만 아무렇지 않은 척 애써 표정을 관리하던 나. 그때의 내가 지금의 내게 편지를 쓴다면 무슨 말을 할까. 만약 지금 내가 그때의 나에게 편지를 쓴다면 무슨 말을 해줄 수 있을까. 달라지고 싶었지만 고작 이 정도밖에 되지 못해 미안하다는 말? 사실 미래는 그다지 희망적이지 않다는 말? 그럼에도 안 좋은 때보다는 좋은 순간이 많으니 용기를 내야 한다는 말? 사실은 모르겠다. 소설을 읽고 난 지금도 말이다. 어쨌거나 청소년 태희가 미래의 자신을 향해 한 말이 현재의 나에게도 위로가 되었다.

소설 속에서 어른이 된 태희는 "또 울겠지만 절대 같은 이유로 울지는 않을 것"이라 다짐한다. 하지만 아마 멀지 않은 시기에 미래의 나는 다시 한번 울 것이고, 소설 속 태희의 결심과는 다르게 그때의 나는 지금의 나와 같은 이유로 울고 있을 확률이 높다. 그럼에도 어쨌거나 이 소설을 읽고 난 뒤의 나는, 훗날 이 사실을 잊게 되더라도 잠시 잠깐이나마 그 사실을 후회하거나 과거의 나를 원망하지 않을 것이라고 다짐해본다. 미래의 나는 과거의 나, 현재의 나와 다른 사람이되 같은 사람, 그리고 여전히 내가 되기를 꿈꾸는 사람일 것이기에. 어쨌든 나는 어떻게 해도 나일 수밖에 없기 때문에, 오늘의 나는 내일도 나로 살기 위해 용기를 낼 것이다.

그렇게 3월의 어둠이 지나갔다.

4 부

당신은 어떤 사람인가요 :

인간의 비밀

당신은 어떤 사람인가요

◆

《너라는 생활》

너는 길고양이를 끔찍이 생각하는 사람이고 요령 있게 집을 사고팔며 차익을 남길 줄 아는 사람이고 내게 아무런 경계심 없이 사적인 이야기를 늘어놓는 사람이고, 누구나 관심 있어 하고 궁금해할 정보를 대가 없이 공유하는 사람이고 낡고 오래된 것들은 말끔히 부수어야 한다고 믿는 사람이고, 몇 날 며칠씩 오지 않는 고양이를 기다리는 사람이고.

그러므로 결코 내가 다 알 수 없는 사람이라는 생각이 들었다.

어떻게 해도 너라는 사람을 다 알 수는 없겠구나. 너에 대해 무엇을 상상하고 기대하든 그것은 어김없이 비껴나고 어긋나고 말겠구나. 집 안 구석구석을 살피며 필사적으로 고양이를 찾아다니는 너를 지켜보는 동안 나를 사로잡은 건 그런 예감이었다. (34~35쪽)

_〈3구역, 1구역〉,《너라는 생활》, 김혜진, 문학동네, 2020

♦ ♦ ♦

몇 해 전 인터넷을 돌아다니며 이런저런 게시물을 하릴없이 구경하다 문득 한 페이지에서 마우스가 멈추었다. 오래전 노동운동을 했던 사람이 운영하는 블로그였는데 두서없는 글이 장기간에 걸쳐 드문드문 적혀 있었다. 방문자도 거의 없고 조회수도 낮은, 댓글도 전혀 달리지 않은, 그리하여 일기나 혼잣말처럼 오래도록 써왔을 블로그. 그곳에 있는 게시물은 다음과 같은 푸념이 대부분이었다.

남편은 한때 같이 노동운동을 하던 동지였다고. 지금은 결혼하여 아이 둘을 낳은 본인 대신 남편 혼자 운동을 하고 있지만, 이제 그에게서 자신의 존재는 지워진 것 같다고. 결혼 이후 남편과 대화를 해본 게 손에 꼽을 정도라고. 그는 집에서는 하루 종일 휴대폰만 본다고. 그런 까닭에 남편이 무엇을 하는지, 무슨 생각을 하고 누구를 만나는지 알려면 차라리 그의 페이스북을 들여다보는 것이 빠르다고. 자신은 남편에게 휴대폰보다 못한 존재 같으며, 그저 집에서 아이를 돌보는 기계처럼 느껴진다고. 요즘은 삶이 늘 힘들고 허무하게만 느껴진다는 그런 이야기들이 가득 적혀 있었다.

당시 아이를 낳은 지 얼마 되지 않아 밤잠을 거의 자지 못하던 나는 그 글을 읽고 몹시 분노했다. 이름도 얼굴도 모르는 블로그 주인의 삶이 안타까웠고, 그의 배우자란 사람에게 무척 화가 났다. 얼마나 대단한 일을 하는지는 모르겠으나 같이 사는 가족과 대화할 만큼의 짬도 내지 못할 정도의 운동이라면 그런 게 다 무슨 소용인가 싶었다. 정작 곁에 있는 중요한 사람도 제대로 챙기지 못하는 인물이 다른 이들의 삶은 어떻게 돌볼 수 있는지 의문이 들었다.

아마 그때까지 숱하게 보고 듣고 경험했던 사례들, 툭하면 '대의' 운운하며 정작 사소한 일에는 신경을 쓰지 않던 사람들이 생각나면서 더욱 화가 치솟지 않았나 싶다. 블로그에 있는 글들을 훑어보면서, '저러고선 스스로는 좋은 사람이라고 생각하고 있겠지? 어디 가서는 정의니 인권이니 진보니 올바름이니 하는 이야기들을 고고한 척 떠들고 있겠지? 정작 집에서는 자기 자식 기저귀조차 갈지 않는 주제에!' 하고 분노에 차 씩씩거렸다. 그렇게 성이 잔뜩 난 채로 인터넷 창을 닫는데 문득 어떤 질문 하나가 메아리처럼 남겨졌다.

그렇다면 그는 어떤 사람인가. 남들이 사회적 성공에 매진할 때 평생 노동운동에 헌신한 그는 누구인가. 가정까지 희생하며 낯선 타인을 위해 일하는 그는, 남들이 쉽사리 하고자 하지 않는 일에 발 벗고 나선 그는, 아내에게 원망을 듣고 장차 아이들에게도 좋은 아빠로 남기 어려울 것처럼 보이는 그는… 나쁜 사람인가?

기억 저편으로 잊힌 줄 알았던 그날의 일이 다시금 떠오른 것은 김혜진의 소설집 《너라는 생활》을 읽으면서부터다. 이 책의 첫머리에 수록된 단편 〈3구역, 1구역〉을 읽자 불현듯 오래전 보았던 블로그의 주인과 그가 쓴 글 속의 남편을 떠올리게 된 것이다. 〈3구역, 1구역〉은 제목에서 보여주듯 노후 지역 재개발을 둘러싼 갈등을 다루는 이야기다.

이 작품에는 길고양이들에게 몹시도 헌신적인 '너'가 등장한다. 버려진 교회 앞에서 밥을 주기 위해 길고양이 '태비'를 기다리던 '나'는 우연히 그 동네 길고양이들을 돌보며 지내던 '너'와 안면을 트게 된다. 부동산에서 일한다는 '너'는 살던 집의 계약 기간이 만료되어 새로운 집을 알아보아야 하는 '나'의 사정을 알게 되자 선뜻 집을 구하는 일을 도와주겠다고 나선다. 그렇게 '너'와 '나' 두 사람은 가까워진다.

그런데 가까워진 뒤 '너'의 모습이 참으로 혼란스럽다. '너'는 재개발에 항거하는 지역 주민들을 바라보면서 곁에 있던 '나'에게 말한다. 사람들이 참 이기적이라고. 어떻게 일일이 다 사정을 봐주느냐고. 살던 지역을 떠나겠다는 결단이 결코 쉽지만은 않겠으나 결과적으로는 재개발을 함으로써 모두에게 좋은 결과가 되는 것 아니겠냐고. 그런 걸 저렇게 악착같이 버티고 민폐를 끼치는 이유가 무엇이냐고. 그런 '너'에게 졸지에 터전에서 내쫓겨야 하는 상가 사람들이나 돌연 새로 살 집을 구해야 하는 세입자들은 고려의 대상이 아니다. 이럴 때의 '너'는 드라마나 영화에 자주 나오는, 자본의 논리에 충실한 악덕한 인물을 꼭 닮았다. '나'는 '너'의 이런 모습을 마주할 때마다 놀라고 당황한다.

그런데 재개발을 둘러싼 경제적 이익에 몹시도 민감한 '너'는 동시에 길고양이를 위해서라면 금전과 시간과 마음을 아끼지 않는 사람이기도 하다. 1백만 원을 훌쩍 넘어서는 병원비를 아낌없이 결제하고, 빈 저택을 구해 집 전체를 길고양이들의 터전으로 삼는 사람. 경제적으로 아무런 가치가 없어 보이는, 누구의 관심도 받지 못하는 하찮은 생명의 고통에도 진심으로 가슴 아파하는 사람. 이럴 때의 '너'는 사랑이 흘러넘친다.

그리고 그런 '너'를 바라보며 화자인 '나'는 혼란에 빠진다. 길고양이를 대하는 모습을 보고 따뜻한 사람으로 여겼다가, 재개발 문제 앞에서 피도 눈물도 없는 모습을 마주하고 아주 낯선 사람처럼 느끼기도 한다. 그러면서 '나'는 끊임없이 질문을 던진다. '너'는 누구인가. '너'는 좋은 사람인가, 아니면 나쁜 사람인가. 이러한 질문들은 '너'를 넘어 '나'에게까지 이어진다.

그렇다면 '나'는 과연 누구인가. 그런 '너'에게 반감을 느끼면서도 끝내 거부하지 못하고 조금씩 빠져드는 '나'. '나'는 좋은 사람인가, 아니면 나쁜 사람인가. '나'는 정의로운 사람인가, 혹은 위선적인 사람인가. '나'는 착한 사람인가, 아니면 나약한 사람인가. '나'는 반듯한 사람인가, 또는 세상 물정을 모르는 순진한 사람인가. '나'는 '너'를 좋아하는가, 싫어하는가. '나'는 '너'를 선망하는가, 경멸하는가. '나'는 '너'를 떠나고 싶어하는가, 곁에 남기를 원하는가.

〈3구역, 1구역〉에서 시작된 이러한 질문들은 《너라는 생활》에 실린 다른 작품들에서도 반복된다. 가까운 사람을 대상으로 입체적인 시각을 담아낸 여덟 편의 단편소설 속 '너'와 '나'는 모두 다른 인물이지만 한결같이 모순적이고 복합적인 존재라는 지점에서 무척 닮아 있다. 표제작인 〈너라는 생활〉에 등장하는 '너' 역시 그렇다.

이 작품에서 '너'는 일상에서 사소한 것 하나 놓치지 않을 만큼 섬세하게 마음을 쓰지만, 동시에 마음을 지나치게 쓰는 까닭에 공과 사, 일과 생활의 경계를 흐트러뜨리는 사람이기도 하다. 한편 다른 사람을 배려하느라 그런 '너'를 지켜보는 '나'의 마음이 망가지는 것에는 무심한 사람이며, 환경과 인간을 고려한 '윤리적'으로 생산된 제품만을 고집하느라 정작 그것을 사 오는 과정에 수반되는 나의 수고와 피로에는 무신경한 사람이기도 하다. 모든 사람의 말을 귀 기울여 들으면서도 정작 가장 가까이에 있는 나의 목소리는 무시하는 너라는 존재.

이처럼 소설집 《너라는 생활》에 실린 작품들은 인간이 얼마나 복합적이고 입체적인지를 그려냈다는 공통점을 지녔다. 나와 가장 가깝지만 여전히 타자일 수밖에 없는 '너'가 가진 여러 가지 얼굴들. 동시에 이 작품들은 결코 완전히 동등해질 수는 없는 관계의 본질적인 모순을 보여준다는 점에서도 인상적이다. 친구나 연인 사이의 관계에서도 어김없이 적용되고 마는 힘의 격차, 권력 관계. '너'라는 인물의 온갖 모순, 그리고 머리로는 그런 '너'를 거부하는 것이 옳다고 생각하면서도 결국 본능적으로 이끌리고 마는 '나'. 하지만 소설 속에서 끊임없이 갈등하고 번민하는 '나'의 말처럼, 결국 모든 관계는 본질적으로 그런 것이 아닌가 싶다. 모순으로 시작하여 모순으로 끝나는, 어쩌면 모순과 차등한 권력이 아니었더라면 애초에 시작조차 되지 않았을 그런 관계들.

"그러니까 그 밤에 내가 실감한 건 너와의 간극이었고 격차였다." "그러나 네가 그런 사람이 아니었다면 우리는 어떻게 우리가 될 수 있었을까." 〈3구역, 1구역〉에서, 그리고 〈너라는 생활〉에서, 공통적으로 '너'를 낯설게 느끼던 '나'가 이렇게 말한 것은 아마도 이와 같은 맥락이었을 것이다. '너'가 그토록 모순적인 사람이 아니었더라면, '너'가 그토록 '나'와 다르지 않았더라면, '나'는 '너'와 만날 일도, '너'에게 끌릴 일도 없었을 것이다. 그렇게 '우리'는 처음부터 성립하지 못했을지 모른다. '나'는 '너'의 어떤 특성으로 인해 상처받고 고통받지만, 실상 '너'에게 이끌리고 사로잡힌 것 또한 따지고 보면 같은 이유였다.

책을 읽는 동안 머릿속에 '너'와 '나'에 대응할 만한 수많은 이들의 얼굴이 스쳐 지나갔다. 나에게 성희롱으로 오해할 만한 발언을 하고도 변명과 거짓말을 늘어놓으며 나를 기만했던, 한편으로는 기나긴 투병 생활로 정신적 고통을 겪었던 사람. 인간적으로 동정심을 느끼게 만들었던 사람. 가까운 친구들에게는 좋은 사람이라던 그 사람. 신입 사원이던 내게 모욕적인 발언을 수없이 하고 여성 혐오적인 모습을 드러냈지만, 한편으로는 업무적으로 나를 많이 도와주었던 또 다른 사람. 그 밖에 개인적으로는 몹시 안 좋은 관계로 끝났지만, 사회적으로는 혁혁하게 공을 세운 특정 인물들.

책장을 덮고 그들에 대해 생각해본다. 그들은 어떤 사람인가. 좋은 사람인가, 나쁜 사람인가. 과연 나에게 그것을 판단할 자격이 있을까? 아니, 애초에 정답이 존재하는 질문이던가. 그러다 거울 앞에 서본다. 혼란스러운 눈빛을 지닌 한 사람이 우두커니 서 있다. 거울 속의 그 사람에게 가만히 묻는다. 당신은 어떤 사람인가요?

이런 사람을 알고 있나요

◆

《아일린》

　나는 사람들과 관계를 맺는 방법, 더욱이 자신을 변호하는 방법은 배운 적이 없었다. 차라리 가만히 앉아서 조용히 분개하는 편이 나았다. 어렸을 때도 말 없는 아이였고, 앞니가 돌출될 정도로 오래 엄지손가락을 빠는 그런 유형이었다. (41쪽)

_《아일린》, 오테사 모시페그/민은영, 문학동네, 2019

✦ ✦ ✦

많은 사람이 직접 읽어보지는 않았어도 한 번쯤 들어보았을 톨스토이의 그 유명한 작품 《안나 카레니나》의 첫 문장은 이렇게 시작한다. "행복한 가정은 서로 닮았지만, 불행한 가정은 모두 저마다의 이유로 불행하다." 나는 이 문장을 조금 바꾸어서 이렇게 말해보고 싶다. "사랑받는 사람들은 다들 저마다의 매력으로 호감을 사지만, 사랑받지 못하는 이들은 서로 닮아 있다." 문자 그대로 남들의 사랑을 받는 이들은 비슷한 듯하면서도 각기 다른 매력을 뽐내는 반면, 그렇지 못한 사람들은 놀랄 만큼 유사한 모습을 보인다는 뜻이다.

영화 〈조커〉를 기억하는가? 주인공이었던 조커가 바로 그런 인물의 전형이라고 할 수 있다. 소심하고, 내성적이며, 열등감과 피해 의식이 심한 동시에 센스가 없고 눈치가 부족하여 인간관계에 미숙한 사람. 왠지 모르게 괴상한 행동을 하며, 부자연스럽거나 극단적인 태도를 보이고, 침착함과 안정감이 부족하며 설명할 수 없는 '이상한' 느낌을 주는 사람. 가만히 있는데도 음침하고 음울한 분위기를 자아내는 사람. 같이 있으면 기분이 즐거워지기는커녕 불편함을 느끼게 만드는 사람. 개인적인 호오와 무관하게 많은 사람이 부정적으로 여기고 기피하는 특징이다. 물론 인간이라면 누구나 일정 부분 마음 깊은 곳에 감춰두기 마련인 어두운 면들이기도 하다.

학창 시절을 떠올려보면 대부분 한두 명쯤 생각나는 인물이 있을 것이다. 반에서, 혹은 학교에서 늘 혼자 다니던 아이들. 드러내놓고 따돌림이나 괴롭힘을 당하지는 않았지만, 실은 그런 저열한 의욕조차 불러일으키지 못할 정도로 아무런 관심조차 끌지 못했던 아이들. 워낙 눈에 띄지 않았던 탓에 그런 존재가 있었다는 사실만 기억날 뿐, 이름과 얼굴은 아마도 희미해졌을 확률이 높다. 이들은 미움조차 사지 못하고 마치 길가에 굴러다니는 돌멩이나 공기와 같은 취급을 받았기 때문이다. 지저분하고, 촌스럽고, 주눅 들어 쭈뼛거리고, 무엇을 하든 서툴고, 늘 교실 한구석에 오도카니 앉아 있던 아이들. 무엇을 좋아하고 무엇을 싫어하며, 어떤 생각을 하고 무슨 꿈을 꾸는지 아무도 물어본 적 없이 그렇게 잊힌 아이들.

공교롭게도 오테사 모시페그의 소설 《아일린》은 이러한 특징을 지닌 인물이 주인공이다. 모두가 자라면서 한두 번쯤 스쳐 지나갔을 법한, 그러나 결코 눈여겨보거나 깊게 생각한 적이 없기에 기억하지 못하는 그런 사람에 관한 이야기. 눈을 감고 떠올리면 이목구비를 지우개로 지운 것처럼 희미한 윤곽밖에 기억이

나지 않는 사람. 소설의 주인공으로서는 굉장히 예외적인 경우라 할 수 있는 그런 사람.

보스턴 외곽의 소년원에서 일하는 아일린은 겉으론 조용하고 얌전해 보이지만 그 내면은 사회에 대한 불신과 혐오로 똘똘 뭉쳐 있다. 이는 세상을 향한 악의에 젖어 있는 인물들이 흔히 그렇듯 스스로에 대해서도 예외가 아니다. 유일한 가족인 아버지는 자는 시간을 제외하곤 항상 술에 취해 있으며 가장으로서 해야 할 역할은 전혀 하지 않는다. 온종일 하는 일이라곤 딸을 무시하고 모욕하는 것뿐. 두 식구는 서로를 제외하고는 누구와도 교류가 없다. 아일린은 살면서 단 한 명의 친구도 가져본 적 없으며 아버지 역시 크게 다르지 않은 처지다. 이웃들 역시 아일린의 가정을 마을의 골칫거리로 여기고 기피한다. 그렇게 아무런 희망도 없이 교도소에서 다람쥐 쳇바퀴 돌듯 매일 똑같은 일을 하며 무력하게 시간을 보내는 아일린이 유일하게 기쁨을 느끼는 순간은 바로 아버지를 버리고 탈출하는 공상을 할 때다. 그러나 이마저도 매번 상상으로만 끝날 뿐이다. 그녀는 아버지를 죽일 만큼 혐오하면서도 용기가 없어 끝내 도망치지는 못한다.

고백하자면 이제껏 많은 소설을 읽는 동안 아일린처럼 음침하고 어두운 주인공은 거의 보지 못했다. 물론 소설의 주인공이 모두 영웅일 필요는 없다. 더군다나 대부분의 픽션 속 인물, 특히 주인공들은 사실 인기인이라기보다는 태생적으로 외톨이와 이단아의 성격을 띠고 있을 때가 더 많기도 하다. 하지만 이단아라 할지라도 글의 첫머리에 언급한 것처럼 저마다의 매력을 갖추고 있는 경우가 많다. 반항적이지만 마음은 따뜻하다든지, 가난하지만 정의롭다든지, 평소에는 냉정하고 차갑지만 자신이 사랑하는 사람에게는 한없이 희생적이고 너그럽다든지.

그리고 이것이야말로 픽션을 이끌어나가는 주된 힘 중 하나다. 주인공의 흠과 결함을 드러내면서도 그 이상으로 주인공을 좋아하게끔 만드는 것. 그리하여 독자로 하여금 응원하고 지켜보도록 만드는 것. 영화나 소설 속 악역에 대해 악역이라는 것을 알면서도 응원하게 되는 것은 이 때문이다. 모든 단점에도 불구하고 그것을 뛰어넘을 정도로 매력적인 인물은 보는 이를 사로잡는다. 그러나 아일린의 경우는 그렇지 않다. 주인공임에도 불구하고 불쾌함을 불러일으킨다. 단순히 소심하다거나 내성적이라거나 하는 것을 넘어 사람들이 싫어할 만한 비호감의 모든 요소를 갖추었다.

그녀는 못생겼고, 더럽고, 냄새가 나고, 기분 나쁘다. 그녀는 사타구니가 가렵다고 근무 시간에 속옷 안쪽을 손톱으로 긁은 뒤 남몰래 냄새를 맡는 사람이다. 그 자체만으로도 비위생적이고 불쾌한데, 일부러 그 손을 씻지 않은 채로 남들과 악수를 할 정도로 내면까지 자잘하게 섬찟하고 악의적이다. 상점에서 립스틱이나 스타킹을 서슴없이 훔치는 등의 비도덕적인 행동을 보란 듯이 하는 동시에, 근무지인 소년원에 수감된 미성년 아이들을 대상으로 성적인 망상을 하기도 하고, 짝사랑 상대인 동료 교도관에 대해서는 집요하게 스토킹을 한다. 한마디로 소름 끼치는 온갖 행동을 골라서 하는 사람인 것이다. 이런 사람이 실제로 곁에 있다면 어떨까? 굳이 상상해보지 않아도 대부분 어떻게 반응할지 뻔하다.

그렇기 때문에 솔직히 이 책을 읽는 일이 결코 쉽지만은 않았다. 대개의 소설은 읽는 동안 인물을 사랑하게 됨으로써 인물의 내면에 깊이 공감하게 되고, 그럼으로써 작품에 대해 더 깊이 몰입하게 마련이다. 그런데 이 작품 《아일린》에 대해서는 그러기가 쉽지 않았던 것이다. 이토록 혐오스럽고 기분 나쁜 여자가 잘살든 말든, 소설 속에서 갈등 상황에 놓이든 말든, 세상으로부터 외면당해 고통스러워하든 말든, 고민거리를 안고 있든 말든 나와 무슨 상관인가 싶은 그런 마음이라고나 할까.

아일린은 한마디로 존재 자체가 불쾌하여 응원하고 싶은 마음조차 들지 않는, 사람들 내면의 부정적인 요소만을 모아 극단화시킨 캐릭터라고 할 수 있다. 작가인 오테사 모시페그는 무자비하게도 독자가 달아날 여지를 조금도 주지 않는다. 비슷한 캐릭터를 주인공으로 내세운 영화 〈조커〉는 그나마 초반부에 조커의 고독한 내면을 보여줌으로써 지켜보던 이들이 일말의 연민이라도 느끼게 만드는데, 《아일린》은 그런 설정조차 없다. 《아일린》에서는 그런 생각조차 할 겨를이 없도록 작가가 인물을 혐오스러운 방향으로 몰아간다. 따라서 읽는 내내 어째서 이렇게까지 기분 나쁜 여자를 주인공으로 만든 걸까, 대체 이런 소설을 쓴 의도는 무엇일까 하는 의문이 들 정도였는데, 마지막 장을 덮은 지금에 와서는 아주 조금쯤 짐작할 수 있을 것 같기도 하다.

그러니까 작가는 어쩌면 타협하고 싶지 않았던 것 같다. 앞서 언급한 것처럼 대부분의 사람들은 아일린과 같은 인물을 직접 만나면 선뜻 너그러운 마음을 가지기 어려울 것이다. 나를 포함하여 정의라든지, 선의라든지, 신뢰와 믿음과 사랑 같은 '올바른' 가치를 주장하는 사람들 역시 마찬가지다. 비호감의 전형인 인물을 실제로 만나게 되면 평소 주장해온 가치관에 따라 겉으로는 내색하지 않으려 노력할 것이지만, 그럼에도 불구하고 마음속으로는 혐오하는 감정을 가질 것이다. 그들을 이해한다고 말하지만 그것은 어디까지나 머릿속에서일 뿐, 마음 깊이 진심으로 포용하고 알고 싶어 하는 일은 없을 것이다. 비참하지만 매력적인, 가난하지만 용감한, 불행하지만 아름다운 소설 속 캐릭터들과 다르게 현실의 인간은 절대 상반된 요소로 결합되어 있지 않으니까.

부자는 사악하며 가난한 이는 선량하다는 것은 사실 환상이다. 영화 〈기생충〉에서도 그런 대사가 나오지 않던가. 돈이 다리미라고. 모든 주름을 싹 펴준다고. 자신을 사랑하는 사람은 타인을 미워하지 않는다. 그리고 이런 여유는 사회적 인정과 대중적 인기, 그리고 경제적 안정감으로부터 나온다. 평생 양지에서 따뜻한 햇볕을 쬐며 자란 사람에게는 그늘이 없다. 자신을 둘러싼 호의와 사랑이 넘쳐나는데 굳이 세상을 부정적으로 바라볼 까닭이 있겠는가.

어쩌면 그렇기 때문에 작가는 보여주고 싶었던 것이 아닐까. 일부러 아일린과 같은 극단적이면서도 현실적인 인물을 만들어 눈앞에 들이댐으로써 사실은 말하고 싶었던 것이다, '진짜' 이야기를. 흔히 문자로 쉽게 떠드는 것과 다르게 현실은 냉혹하다는 메시지를. 사회적으로 약자의 위치에 놓여 있는 누군가가 지저분하고, 음침하고, 괴상하고 부자연스러운 행동을 하며, 악의로 똘똘 뭉쳐 있고, 애정 결핍에 시달리고, 정서적으로 의존적이며, 과한 감정을 표현하는 모습을 보면서도 여전히 같은 주장을 할 수 있느냐고. 이런 인물까지도 당신들은 사랑할 수 있느냐고 말이다.

그리 생각하면 소설 속의 불쾌한 설정이나 다소 극단적이고 혐오스럽게 느껴졌던 인물 묘사가 어느 정도 납득된다. 작가는 어쩌면 우리가 잊고 지나갔을 법한, 실은 알고 싶지도 않았고 관심조차 없었던 그런 사람들의 진짜 생각과 목소리를 전달하고 싶었던 것은 아닐까. 그들은 왜 그토록 쭈뼛거리는지, 왜 그토록 이상하게 행동하는지, 왜 그렇게 기분 나쁘게 구는지, 왜 그렇게 지저분하고 불쾌한 행동을 하는지.

이런 글을 쓰고 있는 나 역시 다르지 않다. 이제껏 소설을 읽으며 소설 속 인물들을 이해하려 애쓰고 그들에게 공감했지만, 이는 언제나 소설 속의 인물에 대해 그러는 것으로 끝나고 말았을 뿐이다. 정말 솔직하게 말하자면 나는 현실에서 아일린 같은 사람을 만났을 때 사랑할 자신이 없다. 대놓고 괴롭히거나 혐오하지는 않을 테지만, 아마 마음속 깊이 거부감을 느끼며 애초에 엮일 일이 없도록 피해 다닐 확률이 높다. 솔직한 심정으로 그에게 가장 필요한 것이 '사랑'이라는 것을 알면서도 내게는 그것을 줄 자신도, 의사도 없다.

이런 지점에서 소설을 읽는 것은 참으로 슬픈 일이기도 하다. 현실은 언제나 소설을 뛰어넘는다. 소설을 읽다 보면 현실과 맞닿아 있는 많은 접점을 만나고, 그 과정에서 현실을 이해하게 되고, 많은 것을 용서하고 받아들이는 체험도 하지만, 여전히 뛰어넘을 수 없는 단단한 벽을 느끼고, 인간으로서의 한계를 뼈저리게 실감하는 경험 역시 하게 된다. 《아일린》을 읽고 난 지금처럼. 물론 이 역시 나 자신의 위선과 본심을 직시하게 된다는 측면에서 나름대로 의미가 있을 것이다.

때로는 순진함이 이긴다

◆

《흰 개》

"나도 미안하네. 이 나라에는 정말 미안해하는 사람들이 수백만이나 있지. 그런데도 달라지는 건 없어. 자네 개를 재교육할 수는 없어. 그건 명명백백한 일이야. 저 개를 위해서도 그렇고 모두를 위해서도 자네가 할 수 있는 최선의 일은 녀석에게 주사를 놓는 것이야. 저 녀석은 완전히 망가졌어. 내 말 무슨 뜻인지 알지?" (38쪽)

_《흰 개》, 로맹 가리/백선희, 마음산책, 2012

◆ ◆ ◆

가끔 몇몇 정치인을 보면서 생각했다. 저들은 어쩌다 저 지경이
됐을까, 그래도 젊은 시절에는 다들 '멀쩡한' 사람이었을 텐데.
그냥 하는 말이 아니라 정말로 이해가 가지 않았다. 한때는 노동
운동, 민주화운동 등에 헌신했던 그들이 어느 순간 180도 달라
진 까닭을 납득하기 어려웠다. 실제로 보수 혹은 극우 정당에 소
속된 정치인 중에는 청년 시절 진보적인 활동에 헌신한 이력을
가진 사람들이 여럿 있다. 그들을 볼 때마다 이해할 수 없었다.
사람이 저토록 돌변할 수 있을까. 불의에 항거하기 위해 고문도
불사하고 온갖 고초를 견디며 힘겨운 시절을 헤쳐온 사람이 저
렇게 쉽게 무너질 수 있나.

물론 이제는 안다. 그들도 사람이라는 것을. 그러니까 민주화
운동을 하건, 노동운동을 하건, 환경 운동을 하건, 성차별에 저
항하건, 전쟁에 반대하건, 기본적으로 우리 모두의 바탕은 인간
이며, 인간으로서의 한계를 지닌다는 사실을 말이다.

대학 때 글을 쓰고 책을 만드는 일을 하는 동안, 정치적 활동

을 하거나 혹은 시민운동에 참여하는 사람들을 몸소 겪을 일이 꽤 많았다. 그런데 그렇게 알게 된 활동가 중에 푼돈을 자주 빌려 가서 갚지 않는 사람이 있었다. 나는 그와 마주칠 때마다 불쾌감을 느끼며 속으로 중얼거렸다. '대의를 운운하기 전에 우선 빌려 간 남의 돈부터 갚는 게 어때?'

평소 빈부 격차와 노동운동에 대해 부르짖던 선배가 방학 때 가족과 함께 이탈리아의 명품 아울렛으로 쇼핑을 다녀왔다는, 그곳에서 본래 2백만 원대의 코트를 60만 원선에 구할 수 있었다고 자랑하는 것을 들으면서는 속으로 그를 경멸했다. '그러니까 네가 하겠다는 운동은 어차피 허영일 뿐이었네. 할 것은 다 하고 누릴 것은 전부 누리는 와중에 나는 이렇게 올바르고 반듯한 생각까지 갖춘 사람이라는 걸 남들에게 보여주고 싶을 뿐이잖아. 아니야?'

노동운동과 민주화운동에 강력한 열의를 보이며 정의로운 가치를 목청껏 외치던 사람의 그다지 떳떳하다고 할 수 없는 사생활 문제를 알게 되었을 때 역시 마찬가지였다. '제 앞가림이나 잘할 일이지, 운동에 열의를 쏟는 것도 결국은 누군가를 유혹하기 위한 수단일 뿐이었군. 정말 싫다.'

이러한 경험들은 어떤 가치에 대해 지나치게 큰소리로 외치는 이들을 한껏 경계하게 만든 계기가 되기도 했다. 사람들의 진심을 믿을 수 없었다. 설령 지금 이 순간에는 진심이라 한들 그것이 얼마나 쉽게 변질되는지, 사람이 눈앞의 이익에 얼마나 쉽게 흔들리는지를 알기에 어쩌면 올바름을 이야기하는 사람일수록 더 믿을 수 없다고도 생각했다. 인간의 위선과 가식에 환멸을 느꼈다.

한때 지향하던 가치를 정반대로 뒤집고 깜짝 놀랄 만큼 돌변한 정치인들 역시 생각해보면 이와 같았을지도 모르겠다. 그들 또한 당시의 나와 유사한, 혹은 더한 경험을 했을지 누가 알겠는가. 글을 쓰는 과정에서 잠깐씩 부딪혔던 나와 다르게 본격적으로 몸을 담았던 사람들은 훨씬 많은 사람을 만나며 더욱 다양한 일을 겪었을 테고, 그런 만큼 환멸 또한 컸을지 모른다. 사람은 크게 실망하거나 배신감을 느끼고 나면 아예 돌아서는 경우도 생기기 마련이다. 사랑은 때로 증오가 되고, 사랑이 컸던 만큼 미움의 크기 또한 커지는 법.

그렇게 생각하면 납득이 간다. 한때 자신이 지향하던 모든 가치를 한순간에 뒤집어 정반대의 성향으로 돌변한 모습이. 여러 사람과 사건을 거치면서 가치관이나 신념 자체가 변화한 것이다. 사람을 믿을 수 없으므로. 어차피 믿을 수 없을 바에야, 허울뿐인 가치를 입으로만 좇을 바에야, 각자를 위한 최선의 이익을 대놓고 따르는 것이 더 낫지 않느냐고. 차라리 이편이 훨씬 솔직하고 간편하지 않느냐고 생각했을지 모르는 일이다. 평소 '위선'보다는 '위악'이 더 낫다고 말하는 사람들 역시 아마 이와 비슷한 생각일 텐데, 얼핏 보면 그럴듯한 논리다.

하지만 한 가지 질문이 남는다. 그렇다면 올바름이나 선량함과 같은 가치를 우리는 어떻게 대해야 할까. 그런 가치를 부르짖는 사람도 믿을 수 없고, 그런 가치에 대해 회의가 느껴진다면. 아예 약한 것은 낙오되도록 놔두고 강한 것만 살아남도록, 서로가 서로의 위에 올라서기 위해, 약육강식, 적자생존의 법칙대로 살아가는 것이 옳을까? 하기야, 그편이 '생물학적 관점'에서는 자연스러울지도 모르겠다. 하지만 그것만으로 좋은 것일까? 우리가 살아가는 이 세계에서 약하고 힘이 없는 존재는 태생부터 어차피 그리될 운명이었으니 그대로 방치해도 상관없는 것일까?

이런 질문에 빠져 있던 시기에 로맹 가리의 자전적 소설인 《흰 개》를 읽었다. 로맹 가리는 첫 번째 부인과 이혼한 후 할리우드 배우였던 진 세버그와 재혼하여 아내를 따라 미국에서 거주하게 된다. 그러면서 그는 흑인 인권운동에 관련하여 다양한 상황을 경험한다. 각종 사회운동, 그중에서도 인종차별 반대 운동에 관심이 많았던 세버그가 흑인 인권 단체를 적극적으로 후원한 덕에 로맹 가리 역시 그들을 곁에서 자세히 지켜볼 수 있었던 것이다. 유명 배우로 명성과 재력을 고루 갖춘 세버그는 흑인 인권운동 단체로서는 놓칠 수 없는 자원이었기에 수많은 사람들이 진 세버그를 찾아오는데, 그중에는 과연 순수하지 않은 의도를 가진 인물도 여럿이었다. 그들의 위선적이고 모순적인 모습을 발견할 때마다 로맹 가리는 인간에 대한 환멸을 느낀다.

그러나 그처럼 운동권의 모순적이고 불합리한 현실을 적나라하게 목격했음에도 불구하고 로맹 가리로서는 무작정 그들을 비판하거나 그들이 지지하는 가치에서 등을 돌릴 수만도 없었다. 흑백 인종차별이 여전히 사회 곳곳에 만연한 상황이었기 때문이다. 인권운동을 둘러싸고 각계각층의 저열하고 천박한 욕망이 드러나는 것과는 별개로, 백인인 로맹 가리로서는 상상도 못했던 폭력적이고 잔인한 방식으로 인종차별의 관행이 뿌리 깊게 남아 있었다. 특히나 로맹 가리는 자신이 바트카라는 이름까지 직접 지어주고 기르기 시작한 떠돌이 개가 다름 아닌 '흰 개'라는 사실을 알게 되면서 본격적인 갈등에 직면한다.

'흰 개'는 과거 남부에서 도망간 노예를 잡기 위해 특수한 훈련을 받으며 길러진 개를 가리키는 용어다. 이 개들은 백인에게는 매우 유순하고 예의 바른 모습을 보이지만 흑인을 보면 살인 병기처럼 행동하는 것이 특징이었다. 노예제 폐지 이후에도 여전히 인종차별 문화가 남아 있던 남부에서는 '흰 개'를 지속적으로 길러내어 흑인 범죄자를 쫓거나 흑인 고용인을 위협하는 데 사용해왔는데, 남부 출신의 누군가가 고이 기른 자신의 '흰 개'를 로맹 가리가 사는 마을까지 데리고 왔다가 잃어버리고, 그렇게 떠돌던 '흰 개'가 우연히 로맹 가리 앞으로 찾아오게 된 것이다.

그때부터 로맹 가리는 바트카를 볼 때마다 갈등과 고뇌에 휩싸인다. 살인 병기처럼 흑인만 골라서 죽이도록 의도적으로 훈련을 받고, 실제로도 흑인만 보면 거품을 물고 날뛰는 '흰 개' 바트카. 바트카에게는 잘못이 없지만, 로맹 가리로서는 이렇게 위험한 개를 그대로 방치할 수도 없는 노릇이었다. 로맹 가리는 결국 고민 끝에 바트카를 동물원에 데려가 '교정'하기로 결심한다.

로맹 가리가 바트카를 죽이는 대신 동물원에 데려간 이유는 무엇일까? 물론 바트카를 사랑하기에 죽이고 싶지 않아서 그랬던 것일 수도 있겠지만, 단순히 사랑하는 마음 때문만은 아니었을 것이다. 바트가는 이제 로맹 가리 자신의 신념에 대한 일종의 도전이자 시험이 되고 말았다. 잘못된 가치를 학습한 생명체는 그 가치에서 벗어나 달라질 수 있을지, 증오와 적개심을 벗어나 다시 바른 자리로 되돌아올 수 있을지, 우리는 과연 바뀔 수 있을지, 인간은 더 나아질 수 있을지와 같은 질문에 사로잡힌 로맹 가리는 바트카의 '교정'에 과도할 만큼 집착한다. 모두가 만류하는 와중에도 로맹 가리가 바트카의 '교정'을 포기하지 않고 끝까지 밀어붙인 까닭은 그 때문이었다. 하지만 이 역시 난관에 부딪히게 되었으니, 바트카를 맡게 된 조련사가 다름 아닌 흑인 과격 단체에서 활동하던 인물이었던 것이다. 조련사는 그때까지 쌓아온 백인들에 대한 증오심을 장작 삼아 바트카의 '교정'에 심혈을 기울이고, 그 과정에서 로맹 가리와 심각한 갈등을 빚는다.

이처럼 《흰 개》는 흑인 인권운동을 비롯하여 각종 사회운동이나 시민단체가 가진 문제점을 보여주는 동시에, 그럼에도 불구하고 그러한 운동을 촉발시킨 근원이 얼마나 사회적으로 만연해 있는지, 얼마나 많은 사람들이 차별받고 고통받는 상황에 놓여 있는지를 시사한다. 사회의 온갖 모순과 문제점을 시정하고 상황을 타개하려다가 부서지거나 망가지거나 똑같이 괴물이 되어버리는 개인의 모습도 여과 없이 그려낸다.

이를테면 흑인 인권운동에 일생을 헌신한 지하 단체의 지도자가 이제껏 운동에 필요한 자금을 성매매 포주 일을 통해 조달해왔다면 어떨까? 백인 남성이 흑인 여성을 강간했던 것처럼 흑인 남성이 백인 여성을 강간하는 상황을 꿈꾸고 있다는 사실을 고백한다면? 우리도 그만큼 당했으니 같은 방식으로 복수하는 것이 당연하다고 부르짖는다면? 그야말로 환멸을 느낄 수밖에 없는 상황들이 이어진다.

책을 읽는 동안 등장하는 인물, 사건, 상황에서 놀라울 정도로 기시감을 느꼈다. 흑백 인종차별 문제를 다루는 내용이라 실상 아시아인인 나로서는 그다지 공감할 부분이 없음에도 불구하고, 대부분의 대목에서 한국이 안고 있는 수많은 문제와 깜짝 놀랄 정도의 유사성을 발견할 수 있었다. 특히나 몇 년 전 불거졌던 각종 시민운동 단체의 비리 및 횡령 사실이 오버랩되며 참으로 비슷하다는 생각을 했다. 그렇기 때문에 나 역시 로맹 가리와 같은 질문을 마주하며 깊은 고민에 빠질 수밖에 없었다. 그렇다면 결국 모든 시민운동이나 인권운동은 가치가 없는지, 인간의 선의 자체를 믿지 말아야 하는지, 위선은 위악보다도 더 나쁜지와 같은 질문과 고민.

그러나 로맹 가리는 이러한 모든 단점과 부작용에도 불구하고 희망을 포기해서는 안 된다고 이야기한다. 사실 신념이 조직적인 차원의 '운동'이 될 때는 필연적으로 온갖 모순과 오염에 노출될 수밖에 없다. 인간 자체가 불완전하고 나약한 존재이기 때문이다. 마찬가지의 이유로 '대의'를 위해 희생되는 개인들 역시 반드시 등장한다. 민주화운동, 노동운동, 여성운동, 환경운동을 비롯한 모든 운동이 마찬가지다.

그러나 이러한 모든 환멸과 모순, 절망에도 불구하고 로맹 가리가 이 책을 꾸역꾸역 써 내려간 까닭은 앞서 말했듯이 '그럼에도 불구하고' 포기할 수 없는 어떤 가치들 때문이었을 것이다. 배신당하고, 속고, 이용당하더라도, 어쨌든 그것이 장기적인 관점에서는 필요하다고 여겼기 때문에. 책 속에서 로맹 가리는 다음과 같이 이야기한다.

"셰버그와 살면서 나도 이런 순진함을 갖게 되었다. 질 줄 알면서 이기는 데 필요한 순진함 말이다. 내 말은 인간을 계속 믿어야 한다는 얘기다. 그들을 계속 믿고 신뢰하는 것이 인간에게 실망하고 배신당하고 조롱당하는 것보다 중요하기 때문이다. 샘이 마르는 걸 보는 것보다 쓰라린 희생을 치르고서라도 이 성스러운 샘에 수 세기 동안 악의에 찬 짐승들이 물을 먹으러 오도록 내버려두는 편이 낫다. 샘을 잃는 것이 자기 자신을 잃는 것보다 더 심각하다."

로맹 가리는 끊임없이 이용당하는 아내를 보며 환멸을 느끼고 조금은 안타까운 경멸을 보내기도 하지만, 동시에 아내의 그와 같은 순진하고 순수한 면모로 인해 사랑하고 존경하는 마음을 품을 수 있었다.

그래서인지는 몰라도 이 소설은 내게 꽤나 각별한 작품으로 남아 있다. 아직 많은 세월을 살아본 것은 아니며, 어쩌면 그래서인지는 몰라도 나는 인간의 선의를 의심하는 한편 그럼에도 불구하고 인간에게 마지막 '인간성'이 존재한다는 희망을 버리지 않았다. 그렇기 때문에 환멸과 혐오가 밀려올 때마다 인간에 대한 사랑을 잃지 않고자 애쓴다. 누군가는 이런 나를 순진하다 여길 것이고, 어리석다고 느낄 테다. 하지만 잘못 교육받은 개를 다시금 훈련시키는 작업이 설령 헛된 시간 낭비일 뿐이더라도, 그 과정에서 상처받고 배신당하며 고통을 겪게 된다고 하더라도, 나는 그것이 적어도 우리 모두를 위한 최선이라고 생각한다. 그것만이 오직, 우리가 '더 나빠지지는 않는' 길이라 믿는다.

악해지지 않기 위해서

✦

《숨그네》

───────────

시체를 그런 식으로 처리하는 것은 악의적인 행동이 아니다.
입장이 바뀐다면 죽은 사람도 똑같이 행동했을 것이다. 그리고
누구든 기꺼이 받아들였을 것이다. 수용소는 실용적인 세계다.
수치심과 두려움은 사치다. 흔들림 없이, 어설픈 만족감으로
시체를 처리한다. 남의 불행을 기뻐하는 감정과는 다르다. 죽
은 사람 앞에서 부끄러움이 줄어들수록 삶에 더 악착같이 매달
리게 되는 듯하다. 그만큼 착각은 더 심해진다. (167쪽)

_《숨그네》(10주년 기념 리커버 특별판), 헤르타 밀러/
박경희, 문학동네, 2019

◆ ◆ ◆

"연합군은 전쟁이 끝난 후 나치의 부역자를 찾아내 철저히 숙청했다." 어릴 때 자주 들었던 말이다. 수업 시간에, TV에서, 신문에서, 책에서 또는 인터넷에서. "대한 사람 대한으로 길이 보전하세"를 꿈꾸던 시절에는 저 말을 들을 때마다 무척 부러워했더랬다. 악의 뿌리를 샅샅이 훑어 발본색원한 유럽인들이 대단하게 느껴졌고, 부러웠고, 그렇게 못하는 우리나라가 한심하다는 생각이 들었다. 그렇게 못했기 때문에 이 사회의 '적폐'가 반복된다는 생각을 하곤 했다.

지금은 저 말을 들으면 이런 생각이 든다. 부역자들을 철저히 숙청했다고? 정말? 그게 가능하다고? 그렇다면 무슨 기준으로 뽑았는데? 어떻게 분류했는데? 그 기준은 누가 정하는데? 리스트에 이름이 올라간 사람은 무조건 부역자가 되는 건가? 그럼 '적폐' 세력이 일하던 건물에서 청소 일을 하던 사람은 부역자인가, 아닌가? 말단 공무원으로 일하던 사람은 부역자인가, 아닌가? 고위 공무원이야 당연히 부역자가 될 텐데, 그렇다면 그의

식솔들은 부역자인가, 아닌가? 만약 그의 집에 태어난 지 얼마 되지 않은 아기가 있었다면, 그 아기는 부역자인가, 아닌가? 그리고 더 중요하게는, 그들을 '어떻게' 숙청했는가?

이쯤에서 아마도 "당신 친일파야?" 혹은 "당신 뉴라이트야?" "당신 수구 적폐야?" 같은 질문이 나올지 모르겠다. 미리 답해 두자면, 이는 '친일파 청산'이나 '적폐 청산' 혹은 '부역자 숙청' 등의 의제가 완전히 의미 없고 헛되다는 뜻이 아니다. 나 역시 뉴스나 시사 프로그램 혹은 사람들 사이에 구전되는 사연에서 종종 전해지곤 하는, 이를테면 친일파의 후손이 물려받은 재산과 지식으로 잘 먹고 잘사는 동안 독립유공자의 자녀는 기초생활수급자가 되어 고생한다는 등의 서사를 무척 안타깝게 생각한다.

그런 소식을 들을 때 내가 가장 먼저 느끼는 감각은 고통이다. 이 세상이 불공정하다는, 정의는 존재하지 않는다는, 옳은 일을 위해 희생한 사람들이 항상 그 대가를 받는 것은 아니라는 아픈 진실. 마음이 아프고 씁쓸하여 울분에 가까운 감정을 느낄 때도 있다. 다만 내가 하고 싶은 말은 그런 슬픔과 고통에도 불구하고, 무언가를 '청산'하는 것이 실은 그리 간단하지만도, 손쉬운 것만도 아니라는 사실이다. 세상사가 그리 단순하지만은 않다는 것이다.

사람들은 숙청이라는 단어를 들으면 사회 곳곳에 숨어 있는 암적인 존재들을 순식간에 찾아내어 모조리 박멸하는 이미지를 연상하곤 한다. 그러나 저 말은 그러한 이미지 말고는 나타내는 바가 없다. 그렇기에 저 말을 하는 사람들은 모른다. 실제 '숙청' 과정에서 어떤 일이 일어나는지. 추적과 취조와 진술을 거부하는 사람에 대한 고문과 감금과 그 과정에서 발생하는 온갖 폭력. 그들이 흘리는 피, 땀, 눈물, 그 밖에도 인간의 신체에서 솟아날 수 있는 생각지도 못한 많은 액체들. 그렇기에 저 말은 그 뒤에 감추어진 어떠한 진실도 담아내지 못한 채 그저 두루뭉술하고 애매한 어떤 이미지로만 존재하는 것이다.

헤르타 뮐러의 《숨그네》는 제2차 세계대전 이후 러시아 수용소에서 있었던 일을 그려낸 소설이다. 루마니아에서 태어나 독일계 소수민족 가정에서 성장한 헤르타 뮐러는 독일인 수용소에서 돌아온 사람들을 인터뷰한 기록을 바탕으로 이 소설을 썼다고 한다. 당시 연합군은 어떤 식으로든 패전한 독일에 책임을 묻길 원했기에 나치 부역자 및 관련자를 찾아내 징집한 다음 러시아에 있는 수용소에 몰아넣었다.

그런데 앞서 언급했던 것처럼 이 '선별'에 어떠한 기준이 적용되었지는 누구도 알 수 없다. 실제 소설 속에서는 나치에 협력한 이들은 물론이거니와 화자인 주인공과 같이 오직 '작센족'(독일 내 소수민족)이라는 이유만으로 끌려온 이들도 존재하며, 심지어는 유대인까지 포함된 경우도 있었기 때문이다. 나치 치하에서 고통받았으며 이제는 고통에서 해방되어야 마땅한 유대인이 독일인 수용소에 있는 모습은 무척 아이러니하면서도 상징적이다.

수용소 내부로 들어가면 이러한 아이러니는 더욱 커진다. 수용소에서는 아우슈비츠에서 벌어졌던 것과 완전히 똑같은 일들이 발생한다. 터무니없이 열악한 환경에서의 극악한 노동, 가차 없는 폭력, 온갖 비인권적인 조치. 그 과정에서 명령에 불복종하거나 이의를 제기하는 자는 호되게 매를 맞거나 거침없이 사살된다. 안전장치 하나 없이 시멘트를 다루다 구덩이에 빠져 그대로 익사하는 사람은 모두가 보는 앞에서 자살한 것으로 '처리'된다. 이런 생활을 반복하는 사이 수용소 사람들은 인간으로서의 특성을 점차 상실해간다.

나는 책에 묘사된 러시아인들의 독일인 포로를 다루는 방식을 보고 깜짝 놀랐다. 그들의 행동이 독일인이 유대인 수용소에 수감되어 있던 유대인을 다루는 방식과 완전히 똑같았기 때문이다. 《이것이 인간인가》는 이탈리아 출신 화학자였던 프리모 레비가 제2차 세계대전 당시 아우슈비츠에서 생활한 기억을 되살려 쓴 에세이다. 여기 실린 내용 중 수용소에 관한 모든 사항—지급하는 물품부터 상벌 구조, 노동, 하루의 일과, 식사의 방식, 메뉴에 이르기까지—이 헤르타 뮐러의 《숨그네》에 묘사된 것과 같았다.

《이것이 인간인가》에서 포로들은 수용소에 들어오자마자 자신의 발에 맞지도 않는 나막신 한 켤레와 생활복 그리고 속옷 한 벌을 지급받는다. 크기가 맞지 않는 딱딱한 신발은 일상생활을 어렵게 하는 한편 온갖 부상의 원인이 된다. 하지만 그들은 쉽게 아플 수조차 없다. 다치거나 병이 들어 '노동력'으로서의 가치를 잃어버리는 순간, 그대로 사살된다는 사실을 알기 때문이다.

그러므로 아플 수 없는, 아니, 아파서는 안 되는 그들에게 있어 신발이 발에 맞지 않거나 망가졌을 때 택할 수 있는 방법은 단 하나뿐이다. 바로 동료의 신발을 훔치는 것. 그리고 신발을 도둑맞은 사람의 선택지는 역시나 정해져 있다. 마찬가지로 주변 동료의 신발을 다시 훔치는 것뿐이다. 그렇게 도난과 복수와 폭탄 돌리기가 동료이자 친구 사이에서도 빈번하게 벌어진다. 주어지는 식사라고는 매일 아침 제공되는 빵 한 덩이와 저녁나절에 나오는 양배추 죽 한 그릇뿐. 바깥 사람들에게는 거저 줘도 먹지 않을 음식물 쓰레기나 다름없는 것을 365일 먹으면서도 그들은 더 먹지 못해 전전긍긍한다. 자연히 이로 인한 다툼과 갈등이 끊임없이 일어난다.

《숨그네》 속 독일인 수용소에서 똑같은 일들이 일어난다. 발에 맞지 않는 나무로 된 신발, 온몸에 이가 들끓는 열악한 환경, 양배추 죽 한 그릇. 그것이 일으키는 온갖 갈등과 그로 인해 점차 변해가는 사람들의 모습은 《이것이 인간인가》에서 묘사된 바와 틀로 찍어낸 듯 똑같다. 수용소에 갇힌 사람들은 조금이라도 더 먹기 위해, 조금이라도 더 편히 지내기 위해, 그리하여 살아남기 위해 무슨 짓이든 서슴지 않는다.

프리모 레비는 《이것이 인간인가》에서 '빵 바꾸기'가 매일 일과처럼 진행된다고 적은 바 있다. 수용소의 포로들은 아침마다 빵 한 덩이를 배급받는다. 그런데 받고 나서 보니 왠지 옆에 있는 동료의 빵이 더 커 보인다. 동료 또한 마찬가지인지라 둘은 서로 빵을 바꾸기로 협의한다. 하지만 막상 빵을 바꾸자 원래 자신이 가지고 있었던 빵이 왠지 더 커 보이는 게 아닌가. 결국 후회하던 두 사람은 다시금 빵을 바꾼다. 이렇게 빵을 교환하는 과정이 빵을 실제로 먹기 전까지 몇 번이고 반복되는데, 이것이 바로 '빵 바꾸기'다. 헤르타 뮐러의 《숨그네》에서도 마찬가지로 빵 바꾸기가 매일 반복되는 대단히 중요한 일과 중 하나로 묘사된다. 이들은 빵을 잘못 바꾼 것 같을 때는 단지 그 사실 하나만으로 동료를 죽일 듯이 증오하며, 빵을 잘 바꾼 것 같을 때는 역시나 그 사실만으로 엄청나게 기뻐한다.

이런 책들을 읽다 보면 그야말로 마음이 버겁다. 인간 존재에 대한 회의감, 무력감, 혐오감, 공포, 분노, 좌절, 슬픔 등으로 어깨가 무겁게 내려앉는 것 같다. 인간은 대체 무엇인지, 왜 이렇게까지 살아야 하는지, 어디까지 잔인해질 수 있는지에 대한 여러 생각을 하게 된다. 그런 측면에서 인간이 지닌 인간성이란 그야말로 나약하기 짝이 없다는 생각을 하게 된다. 인간은 아픈 사람을 보면 연민을 느끼고, 아름다운 것을 보면 기쁨을 느끼며, 연약한 것을 보호하려는 선량한 마음을 지녔지만, 동시에 사흘만 굶으면 먹기 위해 무엇이든 할 수 있는 존재로 변하기도 한다.

나의 빵을 훔쳤다는 사실만으로도 어제까지 가까이 지내던 동료를 린치한 후 쓰러진 그의 얼굴에 오줌을 갈기는 존재로도 변할 수 있는 것이 인간이다. 오로지 더 먹고 싶은 욕구를 억누르지 못해 죽어가는 아내 몫의 빵과 죽까지도 태연히 훔쳐 먹을 수 있는 것이 인간이다. 죽은, 혹은 죽어가는 사람을 발견했을 때 동정하고 연민하기에 앞서 그가 지닌 소지품을 훔칠 생각을 먼저 할 수도 있는 것이 인간이다.

아마 한나 아렌트가 나치의 핵심 인물이었던 아이히만에 대해 '평범한 사람'이라고 말한 것은 이러한 연유일 것이다. 이 발언으로 아렌트는 당시 유대인 사회에서 제명당하다시피 했지만, 나 역시 아렌트와 마찬가지로 아이히만이 실제로는 평범한 사람이었을 것이라 짐작한다. 아이히만뿐 아니라 당대 나치 부역자들 대다수가 평범한 사람이었을 것이다. 극한의 상황에 처하기 전까지는 우리의 이웃이나 우리 자신과 크게 다르지 않았던 평범한 사람들. 이 말을 평범한 사람이었으므로 죄를 묻지 말아야 한다는 뜻으로 오해해서는 안 된다. 평범한 사람이므로 이해하거나 용서해야 한다는 것이 아니라, 평범한 사람도 상황에 따라 그와 같은 범죄자가 될 수 있으므로 '악'을 악마화하는 현상을 언제나 경계해야 한다는 말이다.

인간의 생물학적 본능은 정도의 차이는 있으나 대개 비슷하다. 특정한 환경과 조건 아래에서 특정한 행동과 패턴이 반복되는 이유는 바로 이 때문이다. 제2차 세계대전 당시 유대인 수용소와 독일인 수용소에서 일어난 일, 한국전쟁에서 남한군과 북한군이 서로에게 행한 일, 일본군이 조선인에게 행한 것과 조선인이 패전한 일본인에게 행한 일, 폭거에 저항하여 반란을 일으킨 세력이 승리한 뒤 패자에게 행하는 일이 모두 비슷한 것은 이 때문이다. 어떤 사람들은 '눈에는 눈, 이에는 이'를 외치며 행한 만큼 받는 것이라고 말할 수도 있겠으나, 이 말 또한 그 과정에서 발생하는 피, 땀, 눈물, 체액을 그대로 담아내지 못한다. 이마에 도끼가 찍히고, 가죽이 벗겨지고, 모두가 보는 앞에 짐승처럼 알몸이 되는 모습들은 그러한 말 뒤에 모두 감추어진다.

그런 면에서 인간이 지닌 인간성이란 마치 물과 같은 것이다. 어느 그릇에 담기느냐에 따라 모습이 달라지고, 오염되기는 쉽지만 정화되기는 어렵다. 물론 어렵고 힘겨운 가운데에서도 자신의 존엄을 지켜내는 숭고한 사람들은 언제나 존재한다. 또한 나는 악이 무너뜨릴 수 없는 인간만의 마지막 보루 또한 존재한다고 믿는다. 다만 인간의 선량함을 믿는 것과는 별개로 인간이 어디까지 악해질 수 있는가를 아는 것은 무척 중요하다. 소설을, 이야기를 읽는 것은 그래서 중요한 것 같다. 인간을 이해하기 위해서, 인간이 얼마나 악해질 수 있는지 확인하기 위해서, 그래서 악해지지 않기 위해서.

후회와 실수를 거듭하면서

✦

《인생의 베일》

───────────

그녀가 저지른 잘못과 어리석은 짓들과 그녀가 겪은 불행이 아마도 완전히 헛된 것은 아닐 것이다. (329쪽)

_《인생의 베일》, 서머싯 몸/황소연, 민음사, 2007

♦ ♦ ♦

SNS를 하다 보면 자주 올라오는 글의 유형이 대개 정해져 있는 것처럼 보인다. 이를테면 정치적 의견이나 셀피 혹은 맛있는 음식이나 자랑거리. 최근 깨달은 바로는 일명 '선언문'도 꽤나 큰 비중을 차지하는 것 같다. 앞으로는 달라질 것이라는 다짐이나 자신은 이제 과거와는 달라졌다는 선언이 내가 사용하는 SNS 뉴스피드에서는 자주 눈에 띈다.

이 자리를 빌려 솔직히 밝히자면 그런 글을 보면서 남몰래 비웃을 때가 있었다. 이전에 분명 같은 내용의 글을 적고, 다시 비슷하게 행동하고, 그러고서 후회한 다음, 또다시 같은 글을 쓰는 사람을 보면서 속으로 중얼거렸다. 도대체 누구한테 보라고 쓰는 거야? 스스로 달라졌다고 생각해? 여전히 그대로인데 자기 자신을 똑바로 보지 못하는 거야? 매번 반복하면서 대체 이런 글은 왜 쓰는 거야?! 부끄럽지도 않은 거야?

요즘 들어서야 실은 그러한 경멸과 분노가 나 자신에 대한 것이었음을 새삼 깨닫는다. 마음이 좋지 않아 뭘 어찌해야 좋을지 모르겠어서 몇 년치의 일기를 주욱 훑어보다 알게 된 사실이다. 주기적으로 상승과 하락을 반복하는 스스로를 보면서. 별것도 아닌 일에 날아갈 듯 기뻐하고, 티끌 같은 일에 땅이 꺼질 듯 좌절하고, 사소한 일에 엄청나게 분노하고, 그러한 모든 과정을 반복하며 '앞으로는 달라질 것'이라는 말을 일기장에 마치 주문처럼 거듭 적어놓은 것을 보면서. 그 모든 과정을 매번 겪으면서도 여전히 그러고 있는 스스로를 문득 인지하면서. 타인에 대한 분노와 경멸과 짜증이 실은 나 자신에 대한 것이었음을 깨닫게 된 것이다.

그러한 시기에 우연히 서머싯 몸의 《인생의 베일》을 읽었다. 평소 설거지를 할 때 영화를 틀어놓고 하는데, 주로 집중하지 않아도 되는, 이미 내용을 다 알고 있는 영화를 선호하는 편이다. 새로운 영화는 온 정신과 마음을 쏟으면서 봐야 하는데 집안일을 하면서 그럴 수는 없기 때문이다. 얼마 전에는 어릴 적 꽤나 재밌게 봤던 영화 〈페인티드 베일〉을 다시 보았다. 보는 동안 내가 이 작품의 원작 소설을 아직 읽지 않았다는 사실을 깨달았고, 내친김에 원작까지 읽기로 했다. 원작은 영화와는 다른 부분이 꽤 있었다. 물론 보는 사람에 따라 별로 다르지 않다고 느낄 수도 있겠지만. 어쨌거나 나에게 있어서는 이야기의 핵심이라고 할 수 있는 결정적인 부분이 사뭇 다르게 다가왔고, 그렇기에 상당히 인상적이었다.

영화에 대해 먼저 이야기하자면, 〈페인티드 베일〉은 눈앞의 가벼운 쾌락에 휘둘리던 어리석은 사람이 진정 숭고한 가치를 깨달아가며 성숙해지는 과정 그 자체라고 할 수 있겠다. 좀 더 적나라하게 표현하면 나쁜 남자에게만 목매던 여성이 호된 경험을 한 뒤 정신을 차리고 진정으로 좋은 남자를 사랑하게 되는 과정이라고 할 수도 있을 것이다. 영화 속에서 예쁜 외모를 지녔으나 속물스럽고 가벼운 성정의 키티는 어느 날 무도회에서 만난 월터에게 청혼을 받아 얼떨결에 마음에도 없는 결혼을 하게 된다. 나이가 찬 딸을 하루라도 빨리 치워버리고 싶은 부모의 조급함과 집을 벗어나 어디로든 달아나고 싶었던 키티 자신의 욕망, 더불어 나이가 찬 여성은 어떻게든 결혼을 해야 한다는 당대의 압박이 적절히 조화된 결과였다.

물론 대부분의 도피성 행동이 흔히 그렇듯 키티의 결혼 역시 잘 풀리지 않는다. 월터에게 별다른 감정을 느끼지 못하던 키티가 그의 직장을 따라 이주한 상하이에서 외교관인 찰스와 바람을 피우다 발각되고 만 것이다. 분노한 월터는 키티에게 화를 내거나 그녀와 이혼하는 대신, 콜레라가 유행하는 중국의 산간 지방으로 떠나기로 자원하고, 키티는 울며 겨자 먹기로 월터를 따라나선다. 아내와 이혼 후 당장이라도 자신과 결혼할 줄 알았던 찰스에게서 매몰차게 거절당했기 때문이다. 이후 산간 지방에 고립되어 콜레라에 대한 공포와 월터와의 신경전으로 하루하루 괴로운 시간을 보내던 키티는 견디다 못해 수녀원에서 봉사 활동을 시작한다. 그 과정에서 의사로서 충실히 일하는 남편 월터의 새로운 모습을 발견하는 동시에 자신 역시 변화하는 것을 느낀다.

결국 두 사람은 어느 깊은 밤 오랜 앙금을 해결하고 다시 사랑에 빠진다. 하지만 안타깝게도 얼마 지나지 않아 월터가 콜레라에 걸리면서 이들의 행복은 찰나의 순간으로 끝나고 만다. 하지만 숭고한 사랑의 경험은 키티를 이전과는 사뭇 다른 여성으로 변화시켰다. 월터 없이 홀로 영국으로 돌아온 키티는 자립적이고 당당한 모습으로 예전과는 다르게 찰스를 단호하게 거절한다. 몇 번을 돌려 봐도 마지막 장면에서는 늘 짜릿하다. 자신을 차버린 남자를 다시 차버리는 성숙하고 당당한 여성! 더 이상 사랑에 목매지 않는 멋진 여성!

그렇다면 소설은 과연 어떨까. 어느 부분이 다르길래 사뭇 다른 이야기라고 했던 것일까. 결정적으로 결말이 완전히 다르다. 영화와 다르게 소설 속에서 키티는 월터에게 우정과 고마움 그리고 미안함을 느꼈을지언정 끝끝내 '연인'으로서는 사랑하지 못했고, 훗날 찰스를 다시 만난 뒤에도 그를 거절하지 못했다. 자연스레 독자의 마음은 다소 산란해질 수밖에 없는데, 누가 봐도 나쁜 남자에게 또다시 빠져드는 키티를 보며 일종의 무력감을 느끼게 되기 때문이다. 자신을 해칠 것이 뻔한 대상에게 끌려가고 마는 나약한 키티의 모습에 탄식을 절로 내뱉게 된다.

그러나 사실은 그렇기 때문에 나는 소설 쪽이 조금 더 마음에

와 닿았다. 영화 속 키티의 모습처럼 한번 된통 당했다고 금방 깨닫고 거의 완벽하게 다른 사람으로 거듭난다면 그것이야말로 판타지가 아니고 무엇이겠는가. 우리는 영화나 드라마 속 어떤 사건을 계기로 돌변하는, 두려움을 이겨내고 용감하게 맞서 싸우거나, 비굴함을 지워버리고 당당하게 나서거나, 옹졸한 면을 버리고 관대하게 변화한다거나 하는 인물들을 보며 대리만족을 느끼곤 한다. 하지만 그건 어디까지나 픽션일 뿐이다.

우리가 살고 있는 실제 현실로 돌아오면 그런 사람이 많지 않다. 아니, 솔직히 말하자면 나로서는 사는 동안 그런 사람을 본 적이 거의 없다. 대부분은 괴로운 일을 당하면 무척 고통스러워하며 다시는 같은 실수를 반복하지 않을 것이라고 다짐하고 또 다짐하지만, 그러면서도 다시금 같은 행위를 반복할 때가 많다. 앞서 말한 것처럼 우선 나부터가 일희일비하지 말 것을 매번 다짐하면서, 더 성숙하고 안정적인 사람이 될 것을 선언하면서, 매번 제자리로 돌아오곤 했던 것이다.

그러므로 영화가 단순히 '사랑'에 관한 이야기라면 소설은 '인간' 그 자체에 대한 이야기에 더 가깝게 느껴졌다. 나쁜 것을 알면서 사랑하는 인간, 자신을 망가뜨릴 것을 알면서도 빠져드는 인간, 지금의 이 행동을 훗날 후회할 것을 뻔히 알면서도 하고야 마는 인간, 같은 실수를 반복하면서 후회하고 괴로워하는 인간, 자신을 경멸하고 혐오하는 인간, 번민과 고통을 자처하는 인간, 그렇게 무언가를 사랑하며 괴로워하는 인간, 무력하고 연약하여 가여운 인간.

　이렇게 적으면 소설의 메시지는 영화와 달리 희망이라곤 일절 없는 것 같지만, 결코 그렇지는 않다. 비록 키티는 다시 한번 자신에게 주어진 기회를 제대로 활용하지 못했지만, 그러니까 찰스와의 두 번째 만남에서 이전과 마찬가지로 무너지고 말았지만, 결정적으로 그 시점을 계기로 마음 상태가 사뭇 달라졌기 때문이다. 그리고 이후 본격적으로 변화하기 시작했다. 과거와 다르게 그런 자신의 행동을 자각하고 괴로움을 느끼게 되었던 것이다. 무언가 잘못된 행동을 한 후 우리가 모두 그러듯이.

　그런 의미에서 우리가 종종 느끼는 죄의식과 자기혐오감은 비록 경험하는 당시에는 괴로울지 모르나 그나마 우리를 지켜주는 최후의 보루인지도 모르겠다. 우리를 달라질 수 있도록 해주는 고통스러운 밑거름. 인간은 잘못을 저지르고 그것으로 고통받기도 하지만, 고통을 받음으로써 앞으로 나아가며 계속해서 인간으로 남아 있을 수 있는지도 모른다. 그런 키티를 향해 작가가 "그녀가 저지른 잘못과 어리석은 짓들과 그녀가 겪은 불행이 아마도 완전히 헛된 것은 아닐 것이다"라고 한 까닭은 아마도 이 때문일 것이다.

　돌이켜보면 나 자신이 가끔 느끼는 절망감, 자괴감, 괴로움, 후회, 환멸과 같은 감정들 역시 내가 나로 남아 있을 수 있도록, 좀 더 나은 내가 될 수 있도록 해주는 밑거름이 된 경우가 많았다. 비록 겪고 있는 그 순간에는 견딜 수 없이 괴롭지만, 늘 제자리인 것 같아도 오랜 시간이 흐른 뒤 돌이켜보면 조금씩 나아지고 있는 것이다. 마치 나무의 나이테나 소용돌이 모양이 조금씩 조금씩 밖으로 뻗어나가는 것처럼. 그렇게 생각하면 그간 내가 저지른 잘못과 어리석은 짓들과 내가 겪은 불행, 그로 인해 고통스러워하던 시간 역시 아마도 완전히 헛된 것만은 아닐 것이다.

완벽한 인간을 찾아서

✦

《오릭스와 크레이크》,《홍수의 해》,《미친 아담》

때때로 글렌은 무엇보다도 가장 중요한 문제인 인간, 즉 인간의 잔인성과 고통, 전쟁과 가난, 죽음에 대한 공포 등에 대한 해결책이 자신의 연구 과제라고 말했다. 그는 "완벽한 인간을 설계해주면 얼마를 지불하겠어?"라고 물었다. 그런 다음 파라디스 프로젝트는 이미 한 사람을 설계해냈고 그에게 더 많은 돈을 쏟아부을 것임을 암시했다. (536쪽)

_《홍수의 해》, 마거릿 애트우드/이소영, 민음사, 2019

♦ ♦ ♦

어두운 산속에서 길을 잃었을 때 마주치면 가장 무서운 것은 호랑이도, 곰도 아니요, 귀신도 아니며, 다름 아닌 사람이라는 우스갯소리가 있다. 맹수야 최악의 경우 잡아먹히는 것이 다이므로 결말이 예상 가능하고, 귀신이야 본래 무서운 존재이므로 그러려니(?) 할 수 있지만, 살아 있는 사람은 무슨 짓을 할지 모르므로 두렵다는 것이다. 비슷한 맥락에서 엽기적이거나 잔혹한 사건을 다룬 기사 밑에는 늘 비슷한 댓글이 달리곤 한다. 이 세상에서 인간이 제일 무섭다는, 또는 인간은 정말이지 혐오스럽다는, 인류애 따위 필요 없고 인간이 다 죽어버렸으면 좋겠다는 말들.

다소 극단적이긴 하지만 그런 댓글을 다는 이들의 마음을 조금은 이해한다. 나 역시 끔찍한 범죄 혹은 같은 인간으로서 도무지 상상조차 할 수 없는 잔혹한 행위에 대한 소식을 접하면 마음이 참담해지기 때문이다. 인간에 대한 애정을 잃지 않으려 애쓰지만, 그런 순간이면 역시나 인간이란 어쩔 수 없나 싶은 절망감이 파도처럼 밀려오고, 이런 절망감은 대개 비슷한 질문으로 귀결된다. 대체 인간은 왜 이 모양일까? 정말로 구제 불능인 것일까? 만약 그렇다면 누군가의 말대로 인간은 모두 멸종되어야 마땅한데, 정말 그걸로 좋은 것일까?

인간은 선하게 태어나는지, 혹은 악하게 태어나는지, 그도 아니면 선과 악을 모두 가지고 있는지, 작가라면 누구나 한 번쯤 인간 본연의 이러한 '악'에 대해 고민했을 것이다. 《전쟁은 여자의 얼굴을 하지 않았다》로 널리 알려진 노벨문학상 수상 작가 스베틀라나 알렉시예비치는 '악'이 '선'보다 매력적이라는 측면에서 훨씬 더 힘이 세다고 이야기한 바 있다. 같은 선상에서 많은 작가들이 '악'을 없애려면 어찌해야 하는지에 대해 생각했을 것이다.

어쩌면 마거릿 애트우드의 '미친 아담' 시리즈 또한 이와 같은 발상의 연장선이지 않을까. 작가가 하나의 작품을 쓰는 데에는 여러 가지 동기와 연유가 있겠으나 인간에게 '악'이란 과연 무엇인가에 대한 질문이 이 작품을 쓰게 만든 결정적 원동력이 아니었나 하는 생각을 해본다. 《오릭스와 크레이크》, 《홍수의 해》, 《미친 아담》의 3부작으로 구성된 '미친 아담' 시리즈는 세 작품이 각각 개별적인 동시에 동일한 세계관을 바탕으로 한다. 그렇기에 세 권을 한데 묶어 하나의 길고 긴 장편소설이라 보아도 좋겠다.

소설은 인간의 욕망이 더욱 극대화되고, 자본의 힘과 논리가 지배하는 것이 당연시된 가까운 미래에 정체불명의 바이러스가 퍼진 세상을 배경으로 한다. 바이러스로 인해 인간 대부분은 멸종하고 극히 일부의 사람들만이 살아남은 세상에서 바이러스가 나타나기 전에는 어떠했는지, 바이러스는 어쩌다 나타나게 되었는지, 그 이면에는 어떠한 욕망이 자리했고 사람들은 무슨 생각을 했는지를 하나하나 들여다본다. 픽션이지만 모든 설정이 굉장히 사실적이고 핍진하여 읽다 보면 상상으로 창조해낸 허구의 이야기가 아니라 다가올 미래에 대한 예언서처럼 느껴지기도 한다. 지금과 같은 방향으로 과학이나 기술, 인간의 욕망이 나아가게 된다면 틀림없이 도달하게 될 어떤 미래.

실제로 저자인 애트우드는 이 소설은 철저히 사실에 기반하여 쓰려고 노력했기 때문에 SF가 아닌 '리얼리티 소설'이라고 설명하기까지 했다. 코로나19 바이러스로 인해 전 세계의 생활상이 완전히 바뀐 최근 몇 년을 돌이켜보면, 또한 앞으로도 이와 같은 신종 바이러스가 끊임없이 나타날 것이란 과학자들의 예측을 생각한다면, 과연 과장만은 아닌 것 같다. 실제로 소설에서는 죄를 저지른 죄수들을 감옥에 수용하는 대신 '고통공 게임'이라는 서바이벌 게임에 참여시키는데, 이 '고통공 게임'이 지난해 전 세계에서 선풍적인 인기를 불러일으킨 넷플릭스 드라마 〈오징어 게임〉 속 '오징어 게임'과 꼭 닮아 있다. 〈오징어 게임〉이 세계에서 돌풍과 같은 인기를 끌기 훨씬 전부터, 애트우드는 자본이 인간을 볼거리 삼아 경쟁시키는 미래가 그리 멀지 않았다고 생각했던 모양이다. 이처럼 소설의 많은 부분이 섬뜩할 정도로 현실성 있게 다가온다.

3부작 이야기의 제일 처음이라고 할 수 있는 《오릭스와 크레이크》는 세계가 멸망한 가운데 홀로 살아남은 토미라는 남자가 주인공이다. 그는 모든 것이 파괴된 세상에서 근근이 살아남으려 애쓰는데, 깨어 있는 동안은 달리 할 일이 없기에 주로 절친이었던 글렌 및 자신이 사랑했던 오릭스와 함께했던 과거를 회상하며 시간을 보낸다. 그리고 그런 토미 곁에는 '크레이커들'이 있다. 그들은 매일같이 토미의 곁에 모여들어 그가 해주는 이야기를 귀 기울여 듣는다. 이 세상이 어떻게 창조되었는지, 자신들은 누구인지, 왜 세계는 이러한 방식인지.

여기서 '크레이커들'을 주목할 필요가 있다. 애트우드가 소설 속에서 창조해낸 새로운 생명체인 크레이커들이야말로 어쩌면 인간의 완벽한 이상향일 수 있기 때문이다. 모두가 알다시피 인간은 많은 약점을 지닌다. 대표적으로는 성경이나 신화에서 인간의 악한 부분으로 묘사되곤 하는 호기심이라든가 시기, 질투와 같은 요소를 꼽을 수 있을 것이다.

하지만 크레이커들은 다르다. 이들은 문자 그대로 완벽하다. 일단 외적인 부분부터 누가 봐도 매혹될 정도로 아름답다. 몸은 지방질 하나 없이 탄탄하고 피부는 매끄럽고 보드라우며, 체질적으로도 매우 건강하여 쉽게 병에 걸리거나 아프지도 않다. 특수한 호르몬을 내뿜기에 각종 육식동물로부터 안전한 동시에

영양소는 아무 데서나 자라는 덩굴을 섭취하는 것만으로도 충분하다. 그러므로 이들의 세계에서는 식생활과 관련된 논란이 애초부터 존재할 여지가 없다. 먹이를 확보하기 위해 탐욕을 부릴 필요도, 누군가와 경쟁할 필요도 없으므로. 배가 고프면 쓸데없이 다른 동물을 사냥하거나 공격할 필요 없이 그저 주변에 나 있는 풀을 뜯어 먹으면 된다.

그들은 또한 내적으로도 완벽하다. 동물처럼 짝짓기를 해야 하는 특별한 시기를 제외하고서 이들은 성욕을 느끼지 않는다. 성욕이 없으므로 공격성이 없고, 그로 인해 다른 이들과 경쟁하지 않으며, 짝짓기 시기가 오면 너무나 자연스럽게 다 같이 성행위를 한다. 딱히 시기와 질투를 느끼지도 않고, 타자에 대한 분노와 원망도 없다. 어떻게 세상에 이런 생명체가 존재할까? 인간과 비슷해 보이는 이들은 어떻게 사악하고 이기적인 인간과 다르게 이토록 '완벽'할까? 답은 간단하다. 누군가 이들을 인위적으로 만들어냈기 때문이다.

어려서부터 비상한 재능을 지녔던 토미의 친구 글렌은 오랜 고민 끝에 이 세계가 당면한 문제를 해결하기 위해서는 '리셋'이 필요하다는 결론을 내린다. 조금 많이 나간 것 같겠지만, 아마 포털 뉴스에 비관적인 댓글을 다는 사람들의 심리와 크게 다르지 않을 것이다. 인간은 너무나도 사악하고 단점투성이며, 이런 인간으로 인해 세계가 돌이킬 수 없이 오염되었으므로 인간 자체를 멸종시키고 모든 것을 처음부터 새로 시작할 필요가 있다는 그런 주장들. 단지 글렌에게는 댓글을 다는 사람들과 다르게 그것을 실행할 야심 찬 계획과 계획을 실현할 뛰어난 두뇌가 있었을 뿐.

결과적으로 그는 연구에 연구를 거듭하여, 온갖 동물의 유전자를 조작하고 배합하여 완벽한 인간인 크레이커를 창조해낸다. 동시에 인간을 몰살시킬 수 있는 바이러스를 개발하여 세상에 퍼트린다. 현재의 인간은 너무나도 부족하고 악하기 때문에, 이러한 인간은 모조리 멸망시킨 뒤 '완벽한 인간들', 자신이 개발해낸 일명 크레이커들만이 남아 새로운 세계를 맞이할 수 있도록 의도한 것이다. 결국 글렌의 뜻대로 세계가 멸망해버리고 의도치 않게 목숨을 부지하게 된 토미만이 친구인 글렌이 남긴 유산인 크레이커들을 돌보고 건사해나간다.

재미있는 사실은 토미의 입장에서 이러한 '완벽한 인간들'과 생활하는 게 결코 쉽지만은 않았다는 점이다. 아이러니하게도 이들은 그러한 '완벽함'으로 인해 오히려 자주 곤경에 처한다. 이들은 의심할 줄 모르고, 저항할 줄 모르며, 타인의 말에 숨겨진 함의를 짐작할 줄 모른다. 그러므로 속일 줄도 모른다. 자연히 농담과 유머 또한 이해하지 못한다. 이런 크레이커들과 시간을 보내는 것은 평화로울지는 몰라도 그야말로 나무나 돌과 시간을 보내는 것처럼 지루하기 짝이 없는 일이다.

게다가 이들은 이러한 '선량함' 때문에 설계자인 글렌의 계산과는 다르게 생태계에서 아주 취약한 위치에 놓이게 된다. 태생적 호르몬으로 인해 다른 동물들로부터는 안전하지만, 토미처럼 우연히 살아남은 다른 인간들, 미처 글렌의 계획과 예상에 포함되지 않았던 생명체들로부터는 너무나도 무방비한 상태가 된 것이다. 토미를 비롯하여 훗날 토미에게 합류하는 살아남은 사람들이 이 '완벽한 인간들'을 지키기 위하여 고생하는 것은 바로 그 때문이다.

이 얼마나 아이러니한 일이란 말인가. 인간의 본성이 문제라고 생각하여, 그 본성에 내재된 모든 '나쁜' 요소를 제거한 새로운 종류의 생명체를 만들어냈는데, 이제는 단점이 없다는 바로 그 점 때문에 문제가 되다니. 이제껏 인간이 매력적이고 아름다우며 흥미로웠던 이유가 실은 인간이 지닌 어떤 악한 부분 때문이었다니.

한편 소설 속에는 이처럼 완벽하게 설계된 크레이커들 외에도 바이러스의 재앙으로부터 살아남은 다양한 사람들이 등장한다. 그런데 그들을 끝까지 버티게 만드는 것은 세상을 향한 사랑이나 선의 혹은 동정심과 연민 등의 긍정적인 요소가 아니라 의심이나 증오, 분노와 같은 감정들이다. 다소 모순적이지만 그들은 그러한 부정적이고 악한 감정으로 인해 손쉽게 포기하고 타락하거나, 지나치게 잔혹해지거나, 더욱 형편없어지거나 하지 않고 끝까지 버틸 수 있었다.

암담하고 암울하기 짝이 없는 이 소설을 읽으며 어떤 은은한 희망 같은 것을 느꼈던 것은 바로 이 때문이었다. 앞서 언급했듯 '인간성'의 암흑과도 같은 소식을 접할 때마다 인류애를 상실할 것 같은 기분에 맞닥뜨리곤 했다. 역시나 인류는 멸종하는 것이 답인가 하는 생각을 하기도 했다. 그런데 애트우드가 그려낸 3부작의 등장인물들을 만나고 있노라면 그런 마음이 조금은 누그러진다.

비록 가상의 시나리오 속에서라곤 하지만 실질적으로 그러한 모든 '약점'과 '단점'을 제거하고 새롭게 만들어낸 인간 역시 결코 완벽하지만은 않았던 것이다. 마냥 선량하고, 타인을 의심할 줄 모르며, 밝고 유쾌하며 이타적이고 무구한 존재라 하더라도 오히려 그러한 요소로 인해 더욱 고통받거나 타인을 위험에 처하게도 한다. 반대로 인간이 지닌 분노, 증오, 공포, 슬픔과 같은 부정적인 감정과 선천적 약점은 자신과 타인을 상처 입히며 서로에게 고통을 가하고 고난을 당하게도 하지만, 그래서 세상을 위태롭게 만들기도 하지만, 동시에 그러한 선천적 약점으로 인하여 때로 자신과 세상을 구하기도 하는 것이다. 그러니 인간이란 얼마나 복잡하고 신비로운 존재인지.

5부

지키고 싶은 마음 :
사랑의 논리

후회하지 않아

*

《그믐, 또는 당신이 세계를 기억하는 방식》

　지금까지 내가 해온 모든 거짓말들은 다 잊더라도, 이 말만은 기억해줬으면 해. 널 만나서 정말 기뻤어. 너와의 시간은 내 인생 최고의 순간들이었어. 난 그걸 절대로 후회하지 않아. 고마워. 진심으로. (...) 너를 만나기 위해 이 모든 일을 다시 겪으라면, 나는 그렇게 할 거야. (148쪽)

　_《그믐, 또는 당신이 세계를 기억하는 방식》, 장강명, 문학동네, 2015

◆ ◆ ◆

가끔 사람들이 다가와 묻는다. 엄마가 된 느낌은 어떠하냐고. 아이를 낳은 것을 후회하지 않느냐고. 아마도 아이들 관련한 글을 많이 쓰는 나를 보며 '엄마'라는 역할에 대한 명확한 생각을 갖고 있으리라고 기대들을 하는 모양이다. 그런데 이런 질문을 받을 때마다 선뜻 답하지 못하고 망설일 때가 많았다.

실은 나 역시 정답을 모른다. 아이를 낳는 것이 좋은지, 낳지 않는 것이 좋은지. 같이 있는 동안 하루 종일 치대고 이것저것 끊임없이 요구하는 아이들을 상대하다 보면 문득문득 아득해지는 순간이 하루에도 몇 번씩 찾아온다. 이 짓을 어떻게 평생 하나 싶은 생각이 들 때도 있다. 물론 아이들이 조금만 더 커도 지금처럼 신체적으로 매여 있는 느낌은 아닐 테니 한결 덜하겠지만, 그때는 그때 나름대로 공부니 교우 관계니 사춘기니 하는 문제들이 닥칠 것이고, 그러다 보면 지금 겪는 고충은 비교도 되지 않을 정도로 힘들지 모른다.

그런 생각을 하다 보면 솔직히 무섭다. 무슨 배짱으로 아이를 둘이나 낳았나 싶은 생각이 들고, 스스로의 무모함이 원망스럽기까지 하다. 아이 때문에 버리고 떠나온 것들, 안정적인 직장이나 자유롭게 쓸 수 있는 여가 시간 같은 것들이 아득하게 그리워지기도 한다. 그런데 만약 누군가가 시간을 되돌려 아이를 낳을지 안 낳을지 다시 선택할 기회를 준다고 한다면? 그때 나는 어떤 선택을 하게 될까? 만약 과거로 돌아가 지금의 내가 아닌 다른 내가 될 기회를 갖게 된다면, 나는 과연 '가지 않은 길'을 택하게 될까?

여기에 대한 답을 하기 전에 앞서 언급했던 문제로 돌아가보려 한다. 아이를 낳을지 말지 고민이라는 사람들을 만날 때마다 나는 그런 말을 하곤 했다. 정말 아이를 꼭 원하는 사람이라면 상관없지만 어지간하면 낳지 않는 편이 좋은 것 같다고. 어떤 확고한 의지 없이 단순히 의무감이나 부담감 때문이라면 더욱 낳지 않는 편이 좋다고. 하지만 이는 앞서 내가 언급한 막막한 걱정이나 두려움 때문만은 아니었다. 혹은 요즘 육아와 관련하여 자주 회자되는 여성의 경력 단절 문제나, 돌봄 노동의 고충 또는 경제적 부담 때문도 아니었다. 이러한 '현실적인' 문제들보다는 좀 더 본질적인 이유였다.

물론 아이를 기르는 일이 큰일인 것은 맞다. 솔직히 말해 육체적으로, 경제적으로 손해를 볼 수밖에 없는 행위다. 특히나 아이를 임신하고 출산하는 주체인 여성에게는 더욱 그렇다. 하지만 내가 다른 이들에게 큰 열망이나 확신이 없는 한 아이를 낳지 말 것을 권유했던 것은 그런 모든 이유를 떠나 그편이 안전하기 때문이었다. 일단 낳고 나면 되돌릴 수 없으니까. 원했든 원하지 않았든 아이가 태어나면 감정이 생기게 되니까. 절대적이든 상대적이든 그 아이를 사랑하게 되니까. 이 세상에 사랑하는 사람이 하나 더 늘어나는 것이니까.

나는 살면서 사랑하는 대상은 가능한 한 적게 만들수록 좋다고 생각한다. 흔히들 생각하는 것과는 다르게 무언가를 사랑하게 되면 행복하기보다 괴로운 순간이 많기 때문이다. 사랑은 욕망을 낳고, 욕망은 결핍을 낳고, 결핍은 고통을 준다. 무언가를 사랑하게 된다는 것은 그 사랑을 지키고 싶다는 욕망을 품게 되는 것이며, 욕망이 생긴 이상 그 욕망이 충족되지 않을 때 괴로움을 느낄 수밖에 없다. 한편 무언가를 사랑한다는 것은 특정한 대상에게 관심과 애정을 주는 것이고, 그런 만큼 그 대상이 사라졌을 때의 고통을 같이 받아들이는 것이기도 하다. 그렇기에 어떤 것을 사랑하게 되면 행복하고 기쁜 순간을 누리기보다는 아프고 고통스러운 경험을 훨씬 많이 하게 되는 듯하다.

그래서 언젠가부터는 무언가가 좋아지려고 해도 너무 많이 좋아하지는 않기 위해서 늘 애를 쓰며 살았던 것 같다. 다가오는 사람을 보면서는 이 사람이 언제든 나를 떠날 수 있다고 생각했고, 좋은 일이 생길 때는 이것 또한 언제 사라질지 모른다고 생각했다. 행복한 순간일 때는 그 순간을 만끽하는 대신 마음속으로 곧 들이닥칠 공허함에 대비했다. 가질 수 없을 것 같으면 그냥 처음부터 포기해버렸다. 그편이 훨씬 쉬웠다.

그런데 육아는 그게 되질 않는다. 일단 아이를 낳은 후 사랑하게 되면 돌이킬 수 없다. 아이를 '적당히' 사랑할 수는 없다. 연인이나 친구와는 다르게 언제 잃어버려도 아깝지 않다는 마음으로, 사라져도 하는 수 없다는 마음으로, 망가져도 어쩔 수 없다는 마음으로 아이를 키울 수는 없는 것이다. 모순적인 표현이지만 그래서 아이들과 함께하는 시간은 행복인 동시에 고통일 때가 많았다. 새벽에 열이 끓어오르기만 해도 어찌해야 좋을지 몰라 밤새 발을 동동 굴렀고, 아이가 친구를 때리면 혹여라도 폭력적인 아이로 자라면 어쩌나 하는 생각에 잠을 이루지 못했고, 반대로 친구에게 맞고 오면 역시나 속이 상해 잠을 이루지 못했다. 아주 사소한 계기로도 상상은 한도 없이 뻗어나갔다. 그 때문에 행복으로 충만했던 날들보다는 힘들고 괴로웠던 시기의 비중이 훨씬 큰 것 같다.

하지만 만약 누군가 아이들을 낳은 것을 후회하느냐고 묻는다면, 결코 그렇지는 않다는 말을 해야겠다. 시간을 과거로 되돌릴 수 있다고 할 때, 여전히 아이들을 낳겠느냐고 묻는다면 역시나 그렇다고 해야겠다. 사랑하는 대상은 적게 만들수록 좋다고 해놓고서 어째서냐고 묻는다면, 글쎄… 아이를 낳은 뒤의 나는 아이를 낳기 전의 나와 다른 사람이 되어버렸기 때문이라고 할 밖에.

비율로 따지자면 슬프고 괴로운 순간이 행복한 순간을 상회

할 정도로 많았을 것이다. 그 순간들은 아직 겪지 않은 사람에게는 차마 권유하지 못할 만큼 괴로운 경험들이었다. 하지만 그 이상으로 기쁜 순간도 많았고, 그러한 모든 순간을 경험한 나는 이미 그 전의 나와는 다른 사람이 되어버렸다. 마치 소설 《그믐, 또는 당신이 세계를 기억하는 방식》(이하 《그믐》)의 주인공처럼. 《그믐》의 주인공은 가장 어렵고 고통스러운 순간에도 사랑했던 상대에게 이런 말을 남긴다. "너를 만나기 위해 이 모든 일을 다시 겪으라면, 나는 그렇게 할 거야."

장강명의 소설 《그믐》은 한 소년이 다른 소년을 찌르는 장면으로 시작한다. "찔러봐, 병신아, 찔러보라니까"라는 말에 칼을 든 소년은 팔을 마구 휘두르고, 찔러보라며 그를 도발하던 소년은 어느 순간 땅에 쓰러져 피를 흘린다. 두 소년은 고등학교 2학년, 동급생이었다.

동급생이었던 '친구'를 칼로 찔러 죽인 이는 누가 봐도 '나쁜 놈'일 것이다. 그러나 그 '나쁜 놈'이 실은 죽은 소년을 비롯하여 급우들로부터 오랜 기간 말도 못 할 괴롭힘을 당했다면 어떨까. 폭행은 물론 온갖 모욕과 수치를 견디며 죽지 못해 하루하루를 보냈다면, 바닥에 떨어진 카레를 핥도록 강요당하거나 강간의 위협을 받았었다면, 견디다 못해 그를 죽인 것이라면, 우리는 그런 사람을 어떻게 대해야 할까? 소설이 아닌 현실에 그런 사람이 존재한다고 했을 때, 우리는 그를 받아들일 수 있을까?

나는 이 작품을 무척 좋아하여 여러 번 반복해서 읽었다. 이 소설 속에는 피해자가 가해자가 되는 구조가, 순진하고 연약하며 보호해주고 싶은 피해자 대신 밉살스럽고 얄미운 피해자의 모습이, 약자가 또 다른 약자를 착취하는 상황이 적나라하게 그려져 있다. 그런 피해자를 바라보며 스스로의 모순과 허위의식과 오해에 놀라게 되는 순간을 읽는 동안 여러 차례 마주하게 된다. 하지만 내가 이 작품을 좋아하는 무엇보다도 큰 이유는, 이것이 아주 훌륭한 사랑 이야기이기 때문이다.

동급생을 칼로 찌른 소년이 지옥 같은 학창 시절을 견뎌낼 수 있었던 것은 실은 같은 학교에 다니던 한 여자아이 때문이었다. 소년은 여자아이와 책과 음악에 대한 이야기를 나누며 어두운 터널 같은 시간을 견딘다. 그리고 훗날 동급생을 죽인 대가로 치르게 되는 모든 고통, 피해자가 또 다른 가해자로서 처벌받으면서 겪게 되는 모든 일 역시 여자아이에 대한 마음으로 견뎌낸다.

더 이상 소년이 소년이 아니게 된 이후에까지 가해자의 어머니는 끊임없이 소년을 찾아와 괴롭히고 그의 앞날에 훼방을 놓는다. 살해당한 자신의 아들이 학교폭력의 가해자이기도 했다는 것을 끝내 받아들일 수 없었던 것이다. 그러나 소년은 한때의 가해자가 순수한 피해자로 돌변하는 어처구니없는 상황에서 느낄 만한 억울함을, 가해자의 어머니로 인해 새 출발 할 수 있는 기회가 번번이 무너지는 순간의 그 모든 좌절감을 오로지 여자아이 때문에 버틴다. 다시 한번 여자아이를 만나 그녀와 감정을 나

놀 목적으로 보통의 사람은 견디기 어려운 고통을 견디고, 그 고통을 끝내기 위한 선택으로 인해 또 다른 고통을 줄줄이 겪으면서도 모든 것을 감내한다. 오로지 그 여자아이를 위하여. 그 여자아이 하나만을 위하여. 그 여자아이와 함께했던 시간을 사라지게 할 수 없다는 단 하나의 이유로. "너를 만나기 위해 이 모든 일을 다시 겪으라면, 나는 그렇게 할 거야"라고 되뇌며.

어떻게 그럴 수 있었을까? 이 소설을 처음 읽었을 때는 주인공을 이해하기 어려웠다. 아무리 사랑한다고 해도 그렇지, 그 사랑 따위가 얼마나 대단하길래, 그래봤자 고작 '사랑'에 불과하거늘, 그걸 위해 다른 모든 것을 감수한다고? 끔찍한 학교폭력의 피해, 거기에서 이어진 살인의 경험과 다른 이의 생명을 빼앗았다는 죄책감, 그 뒤에 따라오는 온갖 회한과 불명예와 배배 꼬여버린 인생을, 고작 사랑 따위와 교환하겠다고? 그렇게 사랑이 대단해? 사랑 따위가 다 뭔데?

하지만 지금은 어렴풋이 알 수 있을 것 같다. 어떤 사랑 앞에 모든 것을 감수하고자 하는 마음에 대하여. 지금까지의 모든 고통을 다시 겪어야 한다고 해도, 그렇게 할 수밖에 없는 경우가 세상에는 존재하기도 하는 것이다. 두 명의 아이를 낳고 기른 내가 더 이상 아이를 낳고 기르기 전의 나로 되돌아갈 수 없는 것처럼, 혹은 이 모든 일을 알고 있는 채로는 아이를 낳지 않는 선택지를 선택할 수 없는 것처럼. 세상에는 간혹 그런 경우도 있는 것이다.

아이들과 함께 겪은 불행한 시간(만약 그것을 불행이라고 한다면)을 지울 수 있다면 어쩌면 내 삶은 한결 평온해질지 모른다. 마음속의 번뇌, 고통, 갈등, 자기혐오, 환멸과 같은 감정을 상당 부분 덜어낼 수 있을는지도 모른다. 하지만 무언가와 함께하는 삶에서 오로지 '불행한' 부분만을 뚝 떼어서 지울 수는 없다. '불행한' 시간을 지운다는 것은 그 대상과 함께하던 '행복한' 순간도 함께 지우는 셈이 된다. 아이들과 함께 겪었던 행복한 순간을 내가 지울 수 있을까? 처음부터 다시 시작할 수 있다고 할 때 그런 시간이 없는 삶을 선택할 수 있을까? 어려울 것 같다.

그러고 보면 사랑도 행복도 늘 고통과 같이 오는 것 같다. 고통을 느낄 만큼의 결핍이 없는 데서는 사랑도 생겨나지 않았고, 갈망이 없는 곳에서는 특별한 행복도 느끼지 못했다.

비록 찰나의 반짝임일지라도

◆

《나이트 워치》

그게 전부였다. 하지만 헬렌은 그 몇 번의 만남으로 세상이 미묘하게 달라진 것 같았다. 파르르 떨리는 아주 가느다란 끈으로 줄리아와 연결된 느낌이었다. 그 끈이 교묘하게 자신의 심장으로 들어와 잡아당기는 티끌만 한 지점을, 눈을 감고서도 가슴 위에서 정확히 손끝으로 콕 집어낼 수 있었다. (453쪽)

_《나이트 워치》, 세라 워터스/엄일녀, 문학동네, 2019

지인이 '사랑의 본질'을 다루는 영화를 골라달라기에 망설임 없이 〈우리도 사랑일까〉를 추천했다. 그가 원했던 사랑의 본질이 무엇이었는지는 모르겠으나 적어도 내게 있어서는 이 영화가 그렇기 때문이다. 사라 폴리 감독의 〈우리도 사랑일까〉는 마음이 스산해질 때마다 내가 거듭해서 보곤 했던, 무언가 절박하고, 간절하고, 갈구하는 마음이 생길 때마다 그 마음을 가라앉히기 위해서 시청하곤 했던 영화다. 일종의 '마음의 진정제'라고나 할까? 감정 같은 것은 사실 별것 아니야, 전부 호르몬의 농간에 불과한 것이야, 라고 스스로를 설득하려는 목적으로.

영화에서 주인공 마고는 출장길에 우연히 마주친 이웃집 남자와 사랑에 빠지고, 나름 감정을 수습해보려고 애를 쓰지만 잘 되지 않아 결국 남편을 떠나 새로운 사랑에게로 향한다. 하지만 모든 역경을 극복하고 이루어졌던, 운명이라 여겼던 새로운 사랑은 오래지 않아 시들해진다. 영원히 타오를 것 같았던 사랑의 불꽃은 생각보다 금세 사그라들고, 그러자마자 둘의 관계는 '일상'이 되어버린다. 마고는 그제야 지루하고 투박하다 여겼던 전남편이 얼마나 안정적이고 단단하게 자신을 지탱해주던 존재였는지 깨닫고 후회한다. 하지만 이미 모든 것은 되돌리기에 너무 멀어져버린 뒤였다. 영화의 초반부에 수영장에서 만난 할머니들은 마고에게 이런 이야기를 한다. "새로운 것은 반짝거리지. 그러나 반짝거리는 것 역시 시간이 지나면 변해." 나는 이 대사를 마지막 장면에 등장하는 마고의 권태로운 표정과 더불어 영화의 핵심 메시지라고 느꼈다.

이와 같이 영원한 것은 없다는 것, 모든 것은 지나간다는 것, 그러한 기분을 일본어로는 '모노노아와레(もののあわれ)'라고 한다. 이를테면 삶의 모든 것이 덧없고 허무하게 느껴지는 마음이라고나 할까. 영원할 것 같았던 사랑이, 정열이, 기쁨이, 환희가 사실은 한순간에 불과하다는 것을 깨달은 순간의 슬픔. 어릴 때는 별생각 없이 아름답다고 좋아하기만 하던 벚꽃에 대해 언젠가부터 봄이 돌아와 새롭게 마주할 때마다 왠지 모를 서글픔을 느끼곤 했는데, 그 또한 비슷한 감정일 것이다. 저렇게 아름다운 것이 저리도 찰나에 불과하다는 안타까움. 공허하고 허무하지만 어쩌면 이러한 모노노아와레야말로 생의 본질이자 인류의 보편적인 정서가 아닐까 싶다.

오늘날처럼 '쿨'하고 '힙'한 것을 중요시하는 시대에 사랑에 집착하는 것은 종종 어리석거나 순진한, 세상 물정 모르는 단순하고 나약한 행동으로 취급되고는 한다. 그럼에도 불구하고 흥미로운 것은 여전히 사랑 이야기만큼 인기 있는 소재도 없다는 사실이다. 남녀노소, 동서고금을 떠나 많은 사람들이 사랑 이야기를 좋아한다. 이건 어쩌면 사랑만큼 인간의 기쁨과 슬픔, 욕망과 허무함을 잘 보여주는 것이 없기 때문이 아니려나. 많은 이들이 '영원한 사랑'에 그토록 열광하는 이유는 결국 그것이 존재하지 않기 때문이라는 반증일지 모른다.

세라 워터스의 소설 《나이트 워치》는 제2차 세계대전이 끝날 무렵, 런던을 배경으로 살아가는 청춘들을 다루는 작품이다. 케이, 줄리아, 헬렌, 비브, 레지, 덩컨, 프레이저, 이들 일곱 명의 인물이 만나고, 헤어지고, 사랑하고, 미워하는 것이 주된 줄거리다. 각각의 인물별로 수많은 에피소드가 얽혀 있고 방대한 서사가 녹아 있지만, 그 모든 내용을 딱 한마디로 줄인다면, '어떤 사랑의 끝과 시작'이라고 할 수도 있을 것 같다. '시작과 끝'이 아니라 '끝과 시작'인 이유는, 소설 속의 시간이 거꾸로 흐르고 있기 때문이다. 소설은 총 세 부분으로 나뉘어 3년씩 과거로 거슬러 올라가는 구성이다. 1947년에서 시작하여 1944년 그리고 1941년의 이야기가 전개되는 식이다.

1부인 1947년에서는 매일같이 거리를 이유 없이 헤매고 있는 케이와 더불어, 무언가 권태로운 듯한 비브와 레지 커플이 등장한다. 점차 자신에게서 멀어지는 듯한 연인 줄리아를 보며 질투하고 불안해하는 헬렌과 오랜만에 만나 서로를 어색해하는 프레이저와 덩컨의 모습도 그려진다. 어딘가 위태위태하고 아슬아슬한, 금방이라도 끝날 듯한 연인들. 혹은 알 수 없는 관계의 인물들. 사실 이 자체만으로는 특별하다고 할 것이 없다. 독자 입장에서도 이들이 왜 이러는지 알 길이 없다. 마치 길을 걷다 마주친 권태기를 겪는 어떤 연인의 모습이라고 해도 좋을 듯하다.

과거로 거슬러 올라가보면 어떨까. 그러나 1944년을 다룬 2부에서도 상황은 크게 다르지 않다. 3년을 거슬러 올라간들 관계가 위태로워지기까지의 상세한 연유가 밝혀지는 것은 아니다. 1944년의 이야기는 그때부터 1947년까지 이후 3년간의 이야기가 아닌, 1944년 그 당시의 장면을 보여줄 따름이다. 즉, 독자들 입장에서는 틀린 그림 찾기 하듯, 혹은 시간대별로 같은 장소를 찍은 사진을 보듯, 달라진 풍경을 보며 그간 있었던 일을 유추할 수밖에 없다. 어쨌거나 1944년은 1947년과는 많은 점에서 다르다.

일단 줄리아와 연인 관계였던 헬렌은 그때까지만 해도 그저 지인 사이였으며, 나머지 인물들과 아무런 연고가 없는 듯했던 케이는 2부에 와서야 과거 헬렌과 연인 사이였다는 점이 드러난다. 비브와 레지의 관계는 1부보다는 더 뜨겁고 간절한 상황이지만 둘 사이에 치명적인 사건이 발생함으로써 독자는 1부에서 비브가 왜 그토록 고독하고 허무한 감정을 느꼈는지를 이해하게 된다. 덩컨과 프레이저는 감방의 동료였던 사실이 밝혀진다. 이런 식으로 베일에 싸여 있었던 인물들 사이의 관계가 서서히,

조금씩 드러난다.

그로부터 3년을 더 거슬러 올라간 마지막 3부는 아예 아무런 관계도 시작되지 않은 그들이 서로 사랑에 빠지게 된 첫 장면을 그린다. 전쟁 상황에서, 매일같이 누군가 죽어 나가고 당장 언제 죽을지 모르는 나날이 이어지는 와중에 공습 현장에서, 또는 기차 화장실 칸에서 누군가를 운명적으로 만나고 사랑에 빠지게 된 바로 그 순간들. 이 순간들이야말로 어쩌면 이 소설의 핵심 열쇠인 가장 중요한 대목이라고 할 수 있다. 앞선 1부와 2부에 걸쳐 등장인물들이 그토록 지지부진하게 관계를 이어가면서 이해하기 어려운 행동을 할 수밖에 없었던 바로 첫 단추였기 때문이다.

다른 많은 소설이 특정한 사건으로 인해 인물 개개인이 어떻게 변화하는지 살피는 데 중점을 두는 반면, 이 소설에서는 시간의 흐름에 따른 인물 간 관계의 변화를 더 중요하게 다룬다. 그 과정에서 전혀 연관이 없을 것 같았던 두 사람이 과거에는 뜻밖의 인연으로 이어져 있었음이 드러나기도 하고, 무엇에도 흥미와 재미를 느끼지 못하며 되는대로 살아가는 것처럼 보이던 인물이 과거에는 그렇지 않았음을 알게 되기도 한다. 누군가로 인해 고통스러워하는 어떤 이가 과거에는 다른 사람에게 그만큼 고통을 주었다는 사실이 밝혀지기도 한다. 레슬리 제이미슨은 《공감 연습》에서 진정한 공감이란 타인의 과거를 상상하는 데서 시작된다고 말한 바 있다. 그러한 맥락에서 이 소설은 인물들의 과거를 하나하나 되짚어나가며, 처음에는 전혀 이해할 수 없고 낯설게만 느껴졌던 인물들에게 점차 몰입하고 공감하도록 만든다.

사랑 이야기만이 이 책의 전부는 아니다. 당대의 혼란스러운 시대상은 전쟁이 전장을 넘어 보통 사람들의 일상에까지 지울 수 없는 흔적을 남기고 갔다는 사실을 보여주며, 당장 언제 죽을지 모르는 상황에서도 기뻐하고 슬퍼하고 사랑하고 미워하며 삶을 지속해나가는 사람들의 모습은 삶이란 무엇인가에 대한 근원적인 고민을 하게 만든다. 또한 소수자에 대한 사회적 반응이나 원치 않는 임신으로 괴로워하는 여성의 모습을 통해 오늘날의 현실이 과거와 썩 달라지지 않았다는 사실을 보여주기도 한다.

다만 이 소설의 남다른 지점을 하나 꼽자면, 대부분의 문학작품은 읽는 동안 어떤 형태로든 등장인물의 흥망성쇠를 조마조마한 마음으로 지켜보게 되는 반면에, 여기서는 그러한 감정을 느낄 여력이 별로 없다는 것이다. 그 이유는 앞서 언급했다시피 이미 1부를 통해 그들의 미래(?)를 모두 알게 되었기 때문이다. 이 관계가 어떻게 파국으로 치닫는지, 지금 그들이 하는 선택이 훗날 어떤 후회로 되돌아올지 이미 알아버렸기 때문에. 그리하여 페이지를 넘길수록, 그렇게 흘러간 과거의 시간 속에서 인물들이 누리는 행복과 설렘이 클수록 아이러니하게도 독자는 서글픔과 애달픔을 느끼게 된다.

모든 사랑이 시작되는 순간은 그 자체로 어떤 흐뭇함과 기분 좋은 감동을 주지만, 그것은 적어도 우리가 그 끝을 모른다는 것을 전제로 할 때의 이야기가 아니려나. 그런 측면에서 현재부터 과거로 거슬러 올라가며 이미 끝나버린, 혹은 끝나고 있는, 그래서 너저분하고 질척거리는 현재의 관계들이 사실 처음에는 얼마나 눈이 부시고 아름다웠는지를 새삼 부각시키는 이 작품은 조금 다른 느낌을 준다. 어떻게 끝날지 아는 사랑의 눈부신 시작을 지켜보다 보면 기쁨과 즐거움보다는 안타까운 감정을 느끼게 되는 것이다. 무척 행복해하는 인물 당사자들과는 다르게 말이다. 머지않아 파국이 오는 줄도 모르고 저토록 좋아하는 모습들이라니. 그러나 또 놀랍고도 재미있는 점은, 어떤 식으로든 끝나버릴 관계라는 사실을 알면서도, 아니 그것을 알기 때문에 오히려 두 사람이 사랑에 빠지는 그 장면이 더욱 아름답고 눈부시게 느껴지기도 한다는 사실이다. 마치 머지않아 져버릴 것을 알면서도 만개한 꽃을 볼 때 절로 감탄사가 나오곤 하는 것처럼.

　한때는 운명적으로 느껴졌던 사람이 지겨워지는 과정, 너무도 헌신적이고 이상적인 연인 대신 이기적이고 제멋대로인 상대에게 끌리고 마는 어리석음, 헛되고, 덧없고, 이기적이고, 연약해서, 그래서 아름다운 마음들. 살면서 다들 한두 번씩 경험하지 않았을까. 그래서인지는 몰라도 나는 이 소설의 마지막 문장처럼 아름답게 그려낸 사랑의 시작을 본 적이 없다. 이 문장이 아름다운 이유는 이 문장이 묘사하는 사랑이, 앞선 1부와 2부에 걸쳐 줄곧 지켜봐온바 실제로는 그다지 대단하지도 특별하지도 않았기 때문이다.

"이런 끔찍한 아수라장에 이처럼 생생하고 이토록 티 없이 깨끗한 존재가 숨겨져 있었다니, 좀처럼 믿기지 않았다."

그 놀라움과 두근거림, 경탄, 벅찬 설렘과 감동. 비록 찰나에 불과하더라도 아름다운 것이 그 본질을 잃게 되는 것은 아닐 것이다. 순간일망정 어쨌든 분명히 반짝임이 존재했고, 그 순간에는 아름다웠으므로. 문득 사랑에 관해 냉소하던 마음을 살며시 가다듬어본다. 그 모든 요동치는 감정이 비록 호르몬의 농간일지라도, 언제고 반드시 끝나고야 말 일시적인 상태일지라도, 설령 그것이 진실일지라도, 사랑에 몰두하는 사람들의 모습에는 그 자체로 감동적인 부분이 있지 않은가. 마치 봄이 되어 눈앞에 만개해 있는 꽃처럼.

마음은 '대체'될 수 있을까

◆

《클라라와 태양》

"그러면 다른 것도 좀 물어보자. 이런 걸 묻고 싶어. 너는 인간의 마음이라는 걸 믿니? 신체 기관을 말하는 건 아냐. 시적인 의미에서 하는 말이야. 인간의 마음. 그런 게 존재한다고 생각해? 사람을 특별하고 개별적인 존재로 만드는 것? 만약에 정말 그런 게 있다면 말이야. 그렇다면 조시를 제대로 배우려면 조시의 습관이나 특징만 안다고 되는 게 아니라 내면 깊은 곳에 있는 걸 알아야 하지 않겠어? 조시의 마음을 배워야 하지 않아?"

"네, 그럼요."

"그게 어렵지 않겠니? 네 능력이 아무리 뛰어나더라도 그건 능력 밖일 거야. 아무리 신통하게 해낸다 해도 흉내 내는 것만으로는 턱도 없을 테니까. 조시의 마음을 배워야, 그걸 완전히 알아야 하지, 아니면 너는 절대로 조시가 될 수 없어."
(320~321쪽)

_《클라라와 태양》, 가즈오 이시구로/홍한별, 민음사, 2021

♦♦♦

아이와 대화하는 중에 갑자기 식탁 위의 휴대폰이 '띠링' 하고 울리더니 누군가가 말했다. "죄송합니다. 원하시는 정보를 찾지 못했습니다." 무슨 상황인가 어리둥절해 있다가 깨달았다. 아하, 아이에게 '시리얼'을 먹겠느냐는 나의 물음을 듣고 자기를 부른 줄 착각하여 대답한 것이로구나(알려졌다시피 애플에서 출시한 휴대폰에 탑재된 인공지능의 이름은 '시리'다). 예상치 못한 기계의 참견이 황당하여 웃음이 나오는 한편, 오래전부터 SF의 단골 소재였던 삶이 그야말로 목전에 있다는 생각에 다소간 긴장감이 들기도 했다. 로봇이나 인공지능과 함께하는 건 픽션에서나 볼 수 있는 줄 알았는데.

이대로라면 영화 〈블레이드 러너〉 속 세상이 머지않았는지도 모른다. 그러니까 기계가 인간과 거의 흡사해진 세상, 로봇에 의해 인간의 많은 영역이 '대체'된 세상, 그리하여 로봇이 인간을 보조하는 역할을 넘어 경쟁자이자 적대자로 등장하는 세상. 하기야 '번역기 말투'라며 놀림받던 인공지능 번역은 시간이 흐를수록 점점 더 자연스러워지는 중이고, 키오스크로만 주문을 받는 식당이나 카페도 점차 늘어나는 중이다. 그리고 보니 지난해 속초로 여행을 다녀왔을 때 한 식당에서 로봇이 음식을 서빙해주어 깜짝 놀라기도 했는데, 어쩌면 이미 많은 부분에서 그리되었는지도 모르겠다.

그렇다면 이제 남은 것은 영화 〈그녀: Her〉처럼 인공지능 운영체계와 인간이 사랑에 빠지는 상황뿐이려나. 대선을 앞두고 후보들이 공방을 벌이다 '로봇권'이라는 단어가 등장한 일이나, 인공지능 챗봇인 '이루다'가 논란 끝에 서비스를 종료하자 마치 절친하게 지내던 친구와 이별한 것처럼 진심으로 슬퍼하고 아쉬워하던 사람들이 있었던 것을 생각하면 이 역시 이미 실현되고 있는지도.

이렇다 보니 요즘은 인공지능 관련한 이야기를 들을 때마다 자연스레 다음의 질문이 떠오른다. 그렇다면 기계는 인간을 어디까지 대체할 수 있을까? 노동이나 학습에서 주도적인 역할을 하는 것은 그렇다 치고, 기계가 인간의 정서적 욕구를 해결할 수 있을까? 성욕을 해결해줄 수 있을까? 인간이 품은 아주 친밀한 욕구와 누군가를 사랑하는 감정까지도 기계가 재현하는 것이 가능할까?

만약 가능하다면, 어쩌면 인류는 진정한 의미에서 해방을 맛보게 될지 모른다. 사실상 인간이 벌이는 일들, 선행과 악행, 평가와 판단, 도덕과 윤리와 비난과 징벌과 칭송 등의 모든 행위는 그 근원을 살펴보면 대개 몸과 마음의 욕구에서 비롯된 경우가 많다. 호르몬으로 인한 신체의 충동을 해결하고자 하는 마음. 또는 살아남기 위한, 그리하여 권력을 갖기 위한, 그럼으로써 사랑받고자 하는 마음. 그리하여 외롭지 않고자 하는 마음. 많은 사람들이 괴로워하는 이유는 대부분 이 마음이 충족되지 않기 때문인 경우가 많다.

그런데 특별한 노력 없이도 언제까지나 날 사랑해줄 대상이 생긴다면 어떨까? 언젠가 반드시 죽을 수밖에 없는 동물이나 사람 대신 영원히 곁에 남아 상실감을 채워줄 수 있는 대상이 존재한다면, 그 마음이 변할 걱정 또한 없다면, 이 얼마나 편리한 일인가. 다만 그리된다면 또 다른 질문이 남게 될 것이다. 과연 인간은 그러한 로봇을 어떻게 대해야 할까? 인간과 동일하게, 혹은 동등하게 대우해야 할까? 인간이 그러한 로봇을 변함없이 사랑할 수 있을까? 변하지 않는 마음을 가진 '완벽한' 애정을 지닌 상대에 대한 나의 마음은 지속적으로 유지될까? 그리고 모든 것이 대체 가능해진 세상에서, 인간은 과연 서로에게 어떤 의미로 남을까?

가즈오 이시구로의 소설 《클라라와 태양》은 '반려 로봇'이라는 상상의 소재를 중심으로 앞서 제기한 의문을 정면으로 다루는 작품이다. 아이들의 친구로 반려 로봇이 개발되고 판매되는 가까운 미래의 사회에서 살아가는(?) 로봇이 다름 아닌 주인공이다. 로봇 가게에 전시되어 손님을 기다리던 클라라는 운명처럼 조시라는 여자아이에게 입양되지만 얼마 지나지 않아 반려인 조시가 원인불명의 병에 걸려 나날이 쇠약해지고 있다는 사실을 알게 된다. 이후 조시를 낫게 할 방법 찾기에 골몰하던 클라라는 조시가 해를 보면 다시 건강해질지 모른다는 생각을 떠올린다. 클라라를 비롯한 전시장의 로봇들은 주로 태양열을 받아 움직이는 태양열 로봇 기종이었는데, 그 때문에 비실비실하다가도 태양 빛에 노출되면 늘 쌩쌩(?)해지곤 했다. 이 사실을 떠올린 클라라는 이러한 방법이 어쩌면 조시에게도 통하지 않을까 생각했던 것이다. 결국 클라라는 조시를 다시 건강하게 해달라고 부탁하기 위해 직접 태양을 만나러 가겠다는 목표를 세우게 된다.

한편 조시의 어머니는 딸의 건강이 악화됨에 따라 클라라에게 조시의 생활 습관이나 말투 등을 학습할 것을 종용한다. 이 대목에서 예상 가능하겠지만 사실 클라라는 처음부터 조시가 세상을 떠날 경우를 대비한 '대용품'으로서 그 집에 온 것이었다. 클라라를 고른 것은 비록 조시였지만, 실은 조시가 아닌 조시의 어머니를 위해서 판매된 셈이다. 클라라로서는 이런 모든 상황이 혼란스럽지만 어쨌거나 최선을 다해 조시를 모방하려고 애쓴다. 하지만 조시 역할로 조시의 어머니와 시간을 보내는 연습을 하던 클라라는 자신이 정말로 조시의 대용품이 될 수 있는지 의문을 품는다.

그리고 이러한 클라라의 내면을 통해 소설은 결정적인 질문을 던진다. 클라라가 만약 조시의 외모를 완벽하게 재현할 수 있다면 클라라를 과연 조시라고 할 수 있을까? 외모뿐만 아니라 조시의 목소리, 조시의 태도, 조시의 습관, 조시가 했음 직한 모든 말까지 전부 재현하는 것이 가능하다면, 클라라는 조시와 같아지는 것일까? 과연 조시의 어머니는 딸을 잃은 상실감을 클라라를 통해 떨쳐버릴 수 있을까?

이 대목에서 과거 논란이 되었던 한 사건이 떠올랐다. 한 방송에서 죽은 사람의 생전 모습을 가상현실로 재현한 뒤 그걸 지켜보는 유족의 반응을 그대로 방송하여 거센 비판을 받았던 사건이다. 당시 그리워하던 아이의 모습을 오랜만에 본 한 엄마는 한참을 흐느꼈고, 이제는 세상에 존재하지 않는 아내를 다시 마주한 또 다른 남자 역시 슬픔과 그리움의 눈물을 흘렸다. 이 모습을 지켜보며 감동적이라고 말한 이들도 있었지만, 인간의 감정을 대상화하고 상업적으로 이용하는 것 같아 불쾌하다고 말한 이들도 적지 않았다. 사실 논란과는 별개로 내가 궁금해하던 지점은 따로 있었는데, 바로 당사자인 어머니나 남편의 마음이었다.

나 역시 사랑하는 대상을 잃고 슬퍼했던 경험이 있다. 아꼈던 친구를 먼저 떠나보낸 괴로운 기억이 있고, 오래도록 함께했던 반려견을 보내고 한동안 슬픔에 빠져 지낸 적도 있다. 아직 부모님이나 형제자매 혹은 자녀의 상실을 겪어본 적은 없지만 상상만으로도 두려워서 별로 생각하고 싶지 않다. 언젠가는 닥칠 수밖에 없으며 누구나 맞이할 수밖에 없는 상황임에도 내가 그 상황을 과연 잘 감당할 수 있을지 무섭기만 하다. 그리고 그럴 때면 나도 모르게 생각하게 되는 것이다. 나 역시 어떻게든 미래에 겪게 될 고통을 최소화하기 위해 뭐라도 해보아야겠다는, 지푸라기라도 좋으니 의지할 무언가가 있으면 좋겠다는 생각을.

그런 측면에서 당시 죽은 아이나 아내를 가상현실로라도 만나고자 했던 사람들의 마음이 충분히 이해가 간다. 한편 이해가 가는 것과는 별개로 알고 싶었다. 그렇게 과학 기술로 만들어진 모습을 보면서 정말 자신이 사랑했던, 이제는 떠나간 대상에 대해 똑같은 감정을 느낄 수 있는지 궁금했다. 만약 가능하다면 나 역시 그러한 과학 기술의 혜택을 받고 싶은 욕심이 들었던 것이다. 한편으로는 가상현실로 재현된 아이나 아내의 모습을 보면서 당사자들이 정말로 그걸 납득하고 받아들이는지 여전히 믿을 수 없기도 했다. 비록 그리워하던 대상을 마주하고 눈물을 흘리고 있지만, 어차피 지금 눈앞에서 움직이는 아내나 아이의 모습은 '진짜'가 아니란 사실을 알고 있을 텐데…. 그 사실을 알면서도 거기서 위안을 받을 수 있을지 확신이 없었다.

당사자가 아니니 당시 그들의 진짜 마음이 어땠을지는 나로서는 알 수 없는 일이다. 어쨌거나 가즈오 이시구로 역시 인공지능이나 가상현실로 누군가를 대체하는 작업이 불가능하다고 생각하는 모양이다. 그는 《클라라와 태양》을 통해 이야기한다. 기계가 인간을 대체할 수는 없다고. 이유는 단지 기계와 인간을 구분해서가 아니라, 기계와 인간이 엄연히 달라서가 아니라, 기계가 인간보다 못해서가 아니라, 아직 기술이 충분히 발전하지 않아서가 아니라, 실은 이 세상의 무엇도 다른 무엇을 대체할 수는 없기 때문이라고. 아무리 클라라가 조시를 똑같이 모방한다고 하더라도 조시의 주변인들은 이미 클라라가 조시가 아니라는 사실을 알고 있고, 그렇기 때문에 안 될 것이라고. 클라라의 문제가 아니라, 클라라가 조시를 완벽히 재현해내지 못해서가 아니라, 주변인들의 마음이 따라주질 않는다고.

사실 우리가 무언가를 사랑하게 되는 과정을 살펴보면 진정 그러하다. 아무리 열렬한 사랑에 빠지더라도 우리가 사랑하게 된 대상 자체에는 아무런 변화가 생기지 않는다. 대상은 그대로이면서 그 대상을 바라보는 우리 자신의 마음에 변화가 생길 따름이다. 하다못해 집에서 기르는 작은 식물 하나조차 마음을 주면 특별해지지 않던가. 그렇게 기르던 식물이 말라 죽었을 때 새로운 식물을 기를 수는 있지만, 다시금 정성을 기울이고 정을 붙일 수 있지만, 그렇다고 새로 들인 식물이 이전의 식물과 같은 식물이 되는 것은 아니다. 남들의 눈에는 똑같아 보여도 실은 똑같지 않다는 사실을 다른 누구도 아닌 바로 그 식물을 기르는 당사자가 가장 잘 알고 있다.

소설 속에서 클라라는 조시의 병을 고치기 위해 태양을 찾아 헤매는 과정에서 자신이 망가질 수도 있다는 걸 알고 고민한다.

훗날 조시가 세상을 떠나게 되면 자신이 조시가 되어 조시 어머니를 위로해주어야 하는데, 망가지게 되면 그 역할을 제대로 해낼 수 없기 때문이다. 클라라가 조시를 재현하는 것은 확신 가능한 미래인 데 반하여 태양을 찾아 조시의 쾌유를 비는 행위는 성공을 장담할 수 없는 확률적인 미래다. 그럼에도 불구하고 클라라는 결국 조시를 구하는 길(태양을 만나는 길)을 택하고, 그 과정에서 다음과 같은 말을 남긴다.

"카팔디 씨는 조시 안에 제가 계속 이어갈 수 없는 특별한 건 없다고 생각했어요. 어머니에게 계속 찾고 찾아봤지만 그런 것은 없더라고 말했어요. 하지만 저는 카팔디 씨가 잘못된 곳을 찾았다고 생각해요. 아주 특별한 무언가가 분명히 있지만 조시 안에 있는 게 아니었어요. 조시를 사랑하는 사람들 안에 있었어요. 그래서 저는 카팔디 씨가 틀렸고 제가 성공하지 못했을 거라고 생각해요. 그래서 제가 결정한 대로 하길 잘했다고 생각해요."

오늘날 많은 이들이 인간은 오로지 호르몬으로 이루어진 생명체이며, 그러므로 인간의 자아라든가 고유성 같은 것은 사실 무의미하다고 이야기한다. 마찬가지로 인간이 태어난 것에도 이유나 의미 같은 것은 없으며 실상 사람들은 그리 특별할 것이 없다고 말하기도 한다. 무엇으로든 대체 가능하다면서 말이다. 그럼에도 불구하고 가즈오 이시구로의 《클라라와 태양》을 읽다 보면 자연스레 생각하게 된다. 비록 우주의 먼지에 불과하다고 할지라도 그런 먼지조차 실은 모두 고유하지 않으냐에 대해. 역시

나 먼지 같은 우리는 모두 고유한 존재라는 사실에 대해. 우리 자신이 고유하기 때문이 아니라, 우리를 둘러싼 사람들과 그들이 우리에게 품는 감정으로 인해 우리는 고유해진다는 것에 대해. 그러므로 이 소설은 다음의 질문에 대한 가즈오 이시구로의 대답이라고도 할 수 있을 것이다.

우리는 무언가를 다른 것의 '대체제'로서 사랑할 수 있는가? 아니, 그것은 불가능하다. 우리는 언제나 또 다른 무언가를 새롭게 사랑할 수는 있다. 그러나 무엇도 다른 무엇을 '대체'할 수는 없다. 누군가로부터 사랑을 받게 되면 사랑을 중심으로 '마음'이라는 것이 생겨나고, 바로 그 마음이 대상을 고유하게 만든다. 그렇게 되면 하물며 기계조차도 다른 기계를 대체할 수는 없는 것이다.

모든 것을 알면서도

◆

《노르망디의 연》

누군가를 정말 사랑한다는 것이 어떤 건지 넌 몰라.
아무것도 용서하지 않으면서도 모든 걸 용서하지. (161쪽)
_《노르망디의 연》, 로맹 가리, 마음산책, 2020

　　　　　◆ ◆ ◆

영화 〈동사서독〉에서 왕가위 감독은 극 중에서 구양봉의 입을
빌려 말한다. 인간에게 번뇌가 있는 것은 모두 기억력 때문이라
고. 그러면서 각자 잊고 싶은 대상이 있는 극 중 인물들은 기억
을 없애준다는 '취생몽사醉生夢死'라는 술을 나누어 마신다. 나 역
시 비슷한 생각을 자주 한다. 내 성격이 이따위(?)인 것은 모두
기억력 때문이라고 말이다. 스스로의 허물을 밝히자니 부끄럽지
만, 나는 뒤끝이 상당히 길며 관대함과는 꽤나 거리가 있는 사람
이다. 나에게 상처를 주거나 잘못을 저지른 사람을 쉽게 용서하
지 않는다. 옹졸하다는 것을 알지만 20년 전의 사건에 대해서도
아직도 가끔 분노할 때가 있다. 그래서인지 "그깟 일로 대체 언
제까지 끙해 있을 거야?"란 질문이 자주 돌아오기도 한다. 하지
만 나더러 어쩌란 말인가. 아직까지 화가 나는 것을.

　좀 더 어릴 때는 이런 스스로에 대해 자괴감을 느끼며 고민하
곤 했다. 나는 도대체 왜 이 모양인지에 대해. 왜 10여 년 전의
일로 아직까지도 괴로워하는지, 왜 지나간 일로 이토록 분노하

는지, 왜 남들처럼 쿨하게 넘기지 못하는지. 그러다 언젠가부터 나의 '기억력'이 주된 원흉(?)이라는 생각을 하게 되었다. 나는 주변에서 인정할 정도로 기억력이 좋은 편이다. 그 때문인지 남들이 그대로 지나치는 아주 사소한 부분까지도 또렷이 기억하고 쉽게 잊어버리지 않는다.

누군가는 이런 나를 보며 시험공부할 때도 유리하고 여러모로 편리했겠다며 감탄을 금치 못했지만, 이게 사실 썩 좋지만은 않다. 잊을 수 없다는 것은 어떤 면에서 비극이다. 특히 부정적이고 불쾌한 무언가를 잊을 수 없다는 것은. 여전히 나에게 해를 가하거나 모욕을 준 상대의 얼굴과 그 당시의 상황이 마치 엊그제 일어난 일처럼 눈앞에 선명하게 그려진다. 그때 느꼈던 원망과 분노의 감정 또한 겪었던 그 순간처럼 생생하다.

그러니 이런 내가 뒤끝이 긴 것은 일견 당연한 결과가 아니겠는가. 아무리 잊으려 해도 엊그제처럼 생생하게 되살아나는데 어떻게 쉽게 용서할 수가 있겠는가. 기쁨도, 슬픔도, 사랑도, 증오도, 미움도, 원망도, 그리움도, 서운함도, 모두 기억력이 원인이다. 따라서 인간에게 번뇌가 있는 것은 모두 기억력 때문이라는 말은 일리가 있다. 어떤 거대한 슬픔이나 충격적인 사건 앞에서 사람들은 자주 이야기한다. 그냥 잊어버리라고. 그러나 이 세상의 무엇도 '그냥' 잊어버릴 수는 없다. 심지어 잊으려 할수록 대개는 선명해지기 일쑤다. 그러므로 기억력이란 인간에게 축복인 동시에 저주와 같은 것이다. 마치 망각이 그러하듯이.

사람들은 영화나 소설 속에 자주 묘사되는, 사진기와 같은 기억력을 지닌 사람, 한 번 본 것은 무엇이든 그대로 외워버리는 사람, 무엇도 잊어버리지 않는 천부적인 기억력을 타고난 '천재'의 캐릭터를 자주 부러워한다. 하지만 앞서 말한 것과 같은 이유로 그런 이의 삶은 밖에서 보는 것과 다르게 그리 행복하지만은 않을 확률이 높다. 특히나 그가 겪어야 했던 경험이나 시간이 슬프고 불행한 것이라면 더욱 그렇다. 그런 경우 비상한 기억력만큼 불필요하고 쓸데없는 재능도 없을 것이다. 불행한 사건을 잊지 못하고 평생 되새기며 사는 삶은 얼마나 고달프고 어려울까.

그런데 여기 그런 사람이 있다. 비상한 기억력을 타고난 사람. 그리하여 모든 것을 기억하는 사람. 그 무엇도 잊을 수 없는 사람. 로맹 가리의 소설 《노르망디의 연》의 주인공 뤼도는 놀라운 기억력을 타고났다. 어릴 적 부모님을 잃고 삼촌과 함께 살아가는 뤼도는 여러 방면에서 놀라운 기억력을 선보이는데, 그 기억력이란 흔히 우리가 기억력이 좋다고 표현할 때 함의된 수준을 뛰어넘는다.

뤼도의 기억력은 정말이지 경험한 무엇도 잊지 않는, 그야말로 사진기나 컴퓨터의 주기억장치에 버금갈 정도의 능력이다. 뤼도는 누군가와 만나 대화를 나눌 경우 대화의 내용은 물론 그 순간 상대의 눈에 어리던 표정을 비롯하여 목소리의 어조, 그 사람이 입었던 옷, 그날의 날씨, 그날의 풍경과 같은 모든 것을 기억한다. 그러고선 무엇도 잊어버리지 않는다. 뤼도의 삼촌에 따르면 그처럼 비상한 기억력은 가문의 내력이라고 한다. 뤼도의 부모도, 삼촌도, 모두 무언가를 경험하고 나면 결코 잊을 수 없는 사람들이었다고.

그 때문일까. 본래 열렬한 민족주의자로 전쟁에 참여해 혁혁한 공을 세우기까지 한 삼촌은 제대 후 완전히 다른 사람이 되어버렸다. 삼촌은 전쟁에 참여하기를 거부하는 병역 거부자들을 적극적으로 지지하며, 취미로 연을 만들면서 군대와는 완전히 무관한 집배원 일을 하며 살아간다. 어린 뤼도는 한때 누구보다 민족과 국가에 열정적이었던 삼촌이 돌연 뒤바뀐 이유에 대해 궁금해하는데, 그것은 앞서 언급했다시피 아마도 삼촌의 기억력 때문일 것이다. 전쟁이란 평범한 사람에게도 일평생 트라우마를 남기는 극도로 폭력적인 경험이다. 그런데 기억력이 비상한 사람이 전쟁을 겪는다면 과연 어떨 것인가. 죽어가는 동료, 완전히 파괴된 풍경, 자신이 공격하고 다치게 한 사람들…. 뤼도의 삼촌은 전쟁 중 보고 듣고 겪은 일을 결코 잊을 수가 없었기에 거꾸로 폭력을 완전히 거부하는 사람이 되고 말았던 것이다.

주인공 뤼도 또한 탁월한 기억력 때문에 살면서 많은 고충을 겪는다. 그중에서도 가장 큰 형벌은 바로 어릴 적 첫사랑 릴라를 평생 잊지 못하고 사랑하게 된 것이다. 어린 뤼도는 어느 날 딸기밭에서 우연히 폴란드 귀족인 릴라와 마주친 뒤 그대로 사랑에 빠진다. 평생 사랑하는 것이 형벌이라니 어리둥절할 수 있겠지만, 무언가를 사랑한다는 것은 행복하기보다는 오히려 고통스러운 경험에 가깝다. 상대의 일거수일투족에 반응하게 되고 그 대상을 잃어버릴까 봐 두려움에 떨어야 한다.

뤼도 역시 릴라를 사랑한 대가로 많은 고통을 겪는다. 신분의 차이로 인한 릴라 부모님의 반대, 릴라 본인의 자유분방한 심성, 릴라를 사랑하는 주변의 라이벌들, 전쟁이라는 시대적 비극이 뤼도를 괴롭힌다. 그러나 무엇도 뤼도의 사랑을 가로막을 수 없다. 릴라에게 다른 남자가 생기더라도 예외가 아니다. 릴라가 자신을 배신한 정황을 알면서도 뤼도는 그녀에 대한 마음을 단념하지 못한다. 그리고 사는 내내 그리워한다. 처음에는 아무리 소설이라도 어릴 적 우연히 마주친 여자아이를 평생토록 사랑한다는 것이, 그 모든 일을 겪으면서도 그 감정을 유지하는 것이 말이 되는가 싶었지만, 읽는 동안 뤼도와 같은 비상한 기억력을 지닌 사람이라면 가능할지 모른다고 자연스레 설득당했다.

아이들을 기르다 보면 말을 안 듣는다든지, 말썽을 부린다든지 등의 이유로 유난히 힘이 드는 순간이 있다. 그럴 때 내가 마음을 다독이기 위해 써먹는 방법 중 하나는 아이들의 어릴 적 사진을 보는 것이다. 태어난 지 얼마 안 되었을 무렵이라거나, 처음 이유식을 먹기 시작했을 때 찍어두었던, 아직 치아도 나지 않은 돌도 되지 않은 아기 시절의 사진을 꺼내서 찾아보곤 한다. 그런 사진들을 보고 있노라면 나도 모르게 입가에 미소가 번지며 떠올리게 된다. 이 아이들이 얼마나 사랑스러웠는지, 얼마나 애틋하고 연약한 존재였는지, 품에 안으면 얼마나 포근하고 귀한 느낌을 받았는지를. 그러면 치솟았던 화가 조금 가라앉고 마음이 다독여지는 효과가 있다. 그런데 기억력이 비상한 뤼도라면 나처럼 사진으로 환기하지 않아도 이러한 모든 회상이 가능할 것이다. 모든 순간을 머릿속에 필름처럼 저장하고 있으므로 그대로 재생하기만 하면 된다.

사랑하는 이의 눈동자가 햇빛에 비칠 때 무슨 빛깔을 띠는지, 그의 목소리가 얼마나 아름다운지, 그가 웃을 때 입이 어떻게 벌어지고 눈빛은 어떠한지, 그런 모든 것을 단 하나도 잊을 수 없다면. 눈을 감을 때마다 그 모습이 바로 직전에 본 것과 같이 생생하게 되살아난다면. 그 사랑은 흔히 이야기되는, 익숙함이라는 이름으로 시간의 경과에 따라 감소되곤 하는 다른 감정들과 다르게 영영 지속되는 것이 당연할 것이다. 릴라가 원망스럽고 미워지는 순간에조차 그녀에 관한 사랑스러운 기억들이 되살아나는 뤼도로서는 그녀를 미워하지 못하고 끊임없이 사랑할 수밖에 없다.

뤼도와 릴라의 사랑을 큰 줄기로 삼는 이 소설은 제2차 세계대전 이전부터 세계대전을 거쳐 해방 이후까지 프랑스 노르망디 지역 사람들의 삶을 다룬다. 그 무엇도 잊지 못하는 뤼도에게는 전쟁 중에 일어나는 일 또한 예외가 아니다. 삼촌과 마찬가지로 뤼도는 전쟁 중에 일어나는 모든 사건을 컴퓨터처럼 뇌리에 차곡차곡 입력한다. 배신, 속임수, 이기심, 차별, 혐오, 증오, 기만, 인간이 저지르는 모든 악행들, 주변인들의 이기심과 야비함과 악랄함과 비겁함을 하나도 놓치지 않고 지켜본다. 흥미로운 지점은 뤼도가 그렇게 모든 것을 기억하는 와중에도 인간에 대한 애정을 끝까지 유지한다는 것이다. 이런 뤼도의 모습은 릴라가 무엇을 겪었는지 알면서도, 릴라가 그간 뤼도를 어떻게 배신했고 상처를 주었는지 알면서도 여전히 그녀를 사랑하는 것과 비슷하다.

뤼도는 릴라의 어두운 면모를 보았으나 동시에 릴라가 가진 모든 아름다움을 생생하게 기억하는 까닭으로 그녀에 대한 사랑을 잃지 않는다. 그리고 이는 마을 사람들에 대해서도 마찬가지다. 뤼도는 사람들이 얼마나 얄팍한지, 자신의 이익 앞에서 얼마나 나약한지, 얼마나 속물적이고 이기적이며 비겁한지 모두 지켜보았다. 하지만 한편으로는 그들이 얼마나 용감한지, 동료를 구하기 위해 어떤 위험을 무릅썼는지, 아무런 대가 없이 얼마나 큰 희생을 감수했는지에 대해서도 모두 알고 있다. 뤼도가 그 모든 일을 겪은 뒤에도 여전히 마을 사람들에 대한 희망과 애정을 잃지 않았던 것은 바로 그 때문이다. 그렇기에 소설을 읽는 동안 나는 주인공 뤼도의 캐릭터가 어쩌면 신에 대한 은유이지 않을까 싶은 생각을 했다. 뤼도는 신이며 그런 뤼도가 지켜보는 마을 사람들은 인류를 상징하는 것이 아닐까 하는 생각을.

비록 종교는 없지만 가끔 신을 떠올릴 때가 있다. 만약 신이 존재한다면, 그는 평소에 어떤 생각을 할까? 인류에게 벌어지는 모든 고난과 고통을 바라보며 신은 과연 무엇을 생각하고 있을까? 인간을 창조하고 그들을 지켜보는 절대자라면 그 이름에 걸맞게 인간이 저지르는 모든 행위를 지켜보고 있을 텐데. 인간이 얼마나 형편없고 부족한지 충분히 인지하고 있을 텐데. 그럼에도 인간을 그대로 놔두는 이유는 무엇인지 궁금했다. 특히 홀로코스트나 전쟁 같은 엄청난 비극을 접할 때마다 이토록 악랄한 인류가 여태 멸망하지 않고 명을 유지해온 까닭에 대해 생각했다. 하지만 만약 신이 존재한다면, 신 역시 뤼도와 비슷한 생각을 하지 않았을까. 신은 인간이 저지르는 모든 악행을 알고 있지만, 동시에 인간이 쌓아온 선행과 인간이 지닌 많은 아름다움 또한 알고 있다. 그러한 까닭으로 결국은 인간에 대한 사랑을 저버릴 수 없었던 것이다.

어쩌면 진정한 사랑이란 그런 것이 아닐까 싶다. 모든 것을 알면서도 사랑하는 것. 사실 잘 모를 때는 사랑하기 쉽다. 좋은 것만 보이니까. 고백하자면 내가 대부분의 사람들과 가능한 한 일정한 거리를 유지하려는 것도 그 때문이다. 적당한 거리를 두면 너무 많이 알지 않아도 되고, 그러면 그 사람을 미워하지 않을 수 있으니까. 가까워지면 그의 모든 흠과 허물까지 적나라하게 알게 되고, 그러면 자연히 부정적인 감정이 생겨나기 쉽다. 하지만 나 역시 알고 있다. 이런 나의 태도는 사뭇 비겁할 수도 있다는 것을. 겉으로 드러난 좋은 것만 바라보며, 허물은 외면한 채로 좋은 감정을 품는 것을 과연 사랑이라고 부를 수는 없을 것이다. 진정한 사랑이란 그럼에도 불구하고 사랑하는 마음을 잃어버리지 않는 것이 아닐까. 모든 것을 알면서도 사랑하는 것. 만약 신이 존재한다면, 인간을 바라보는 신의 마음은 이와 크게 다르지 않을 것이다.

　로맹 가리가 이 작품을 자기 인생의 마지막 역작이라고 불렀던 이유도 아마 이러한 이유가 아닐까 싶다. 사는 동안 인간의 추악한 면에 대해 끊임없이 고뇌하고 번민했던 로맹 가리로서는 인간을 과연 어떻게 바라보아야 하는지 오래 고민했을 것이다. 그리고 이 소설이 마침내 평생에 걸쳐 고민하던 그가 인간에 대해 내놓은 마지막 해답이라고 나는 느꼈다. '모든 것을 알면서도' 끝내 사랑했던, 사랑할 수밖에 없었던 인간에 대한 고백이라고.

언제나 다만 그거였다고

◆

《연년세세》

그걸 그냥 두고 왔다고? 남의 논에다, 그걸 버렸다고? 한만수는 질색을 하면서도 엄마답다고 한참을 웃은 뒤 누나가 수고했다, 수고가 많다고 말했다. 그래도 누나, 너무 엄마가 하자는 대로 하지는 마.

그런 거 아냐.

너무 효도하려고 무리할 필요는 없어.

효?

그것은 아니라고 한세진은 답했다.

그것은 아니라고 한세진은 생각했다. 할아버지한테 이제 인사하라고, 마지막으로 인사하라고 권하는 엄마의 웃는 얼굴을 보았다면 누구라도 마음이 아팠을 거라고, 언제나 다만 그거였다고 말하지는 않았다. (44쪽)

_《연년세세》, 황정은, 창비, 2020

◆ ◆ ◆

고등학생 때였던 것 같다. 하루는 내 소매를 붙잡고 어딘가로 이
끄는 할머니를 보고 매우 의아했던 적이 있다. 왜요? 왜 그러시
는데요? 짜증스러운 나의 대꾸에도 아랑곳하지 않고 옥상까지
나를 데려간 할머니는 구석에서 작은 화분 하나를 꺼냈는데, 거
기에 생전 처음 보는 꽃이 한 송이 피어 있었다. 줄기가 가느다
랗고 붉은 꽃잎을 활짝 펼친 꽃. 그러면서 할머니는 매우 자랑스
럽고도 은밀한 표정으로 말했다. 이 꽃이 양귀비라고, 약에 쓰는
꽃이라고, 원래는 키우면 안 되지만 어디서 날아온 씨앗을 심었
더니 이렇게 꽃이 피었다고, 그래서 아무한테도 보여주지 않고
몰래 키우고 있다고, 그런 이야기를 했었다.

얼핏 들어도 말이 안 되는 이야기다. 어디서 느닷없이 씨앗이
날아오기는 왜 날아오며, 날아온 씨앗이 어떻게 우리 집 옥상의
화분에 정확하게 내려앉았으며, 게다가 무사히 싹을 틔울 확률
은 또 얼마나 되며, 하필이면 꽃이 다 피고 난 후 알게 된 그 싹
의 정체가 양귀비라니. 이게 대체 무슨 말인가. 아마도 어디선가

씨앗을 구해서 싹을 틔웠는데 양귀비는 키우면 안 된다고 하니, 그렇다고 자랑을 하지 않을 수는 없으니 그런 이야기를 지어낸 것일 테다. 혹은 아무나 키워도 되는 개양귀비꽃을 금지 식물인 양귀비로 착각했는지도 모르고.

그때 처음 본 양귀비꽃이 신기한 한편, 말도 안 되는 할머니의 설명을 들으며 다른 무엇보다 귀찮다는 생각을 먼저 했다. 나는 사실 엄마에게 고된 시집살이를 시킨다는 생각에 할머니를 아주 미워했고, 할머니도 살갑거나 싹싹하긴커녕 찬바람이 쌩쌩 부는 나를 좋아하지 않았다. 우리는 같이 사는 사이임에도 평소에 말 한마디 하지 않고 지나갈 때가 많았다. 그래서 그날은 그게 양귀비거나 말거나 하는 심드렁한 태도로 시큰둥하게 "아, 네" 하고 대답하고는 금세 옥상에서 내려갔던 기억이 난다. 솔직히 말해 아무런 관심이 없었다.

그런 할머니는 5년 전, 올해로 여섯 살 된 둘째가 태어나고 얼마 안 있어 돌아가셨는데, 희한하게도 양귀비꽃을 보게 될 때마다 할머니를 가장 먼저 떠올리게 된다. 별로 좋아하지도 않았고, 가깝지도 않았으며, 그다지 좋은 기억을 남긴 적이 별로 없는 할머니. 생각해보면 나는 할머니에 대해 아무것도 몰랐다. 태어나서부터 결혼하기 전까지 줄곧 한집에서 살았음에도.

국민학교도 나오지 못했지만 아주 영리했고, 욕심이 많았고, 욕망도 많았고, 생색을 내는 것을 좋아했고, 동네 사람들을 대상으로 돈놀이를 했던, 식구들에게도 몹시 인색했던. 전쟁을 겪었고, 전쟁 중에 한 아이를 잃었고, 그런 와중에도 살아남았고, 식구들을 건사했고, 집안을 일으켰고, 훗날 가장 사랑했던 큰아들을 교통사고로 잃었고, 대신 사랑을 쏟았던 그 아들의 아들에게는 배신을 당했고, 다른 아들의 자식들에게는 미움을 받았던. 사람을 잘 못 믿는 한편 외로움을 많이 탔던 한 여인의 생에 대하여 나는 사실 아무것도 알지 못했고, 실은 알려고 들었던 적도 없었다. 그런 의미에서 할머니가 내 손을 끌어당겨 옥상으로 향했던 그 순간은, 어쩌면 거의 처음이자 마지막으로 보았던 할머니의 개인적이고 내밀한 순간이었을지도 모른다는 그런 생각이 뒤늦게 드는 것이다. 비밀, 호기심, 희망, 자랑스러움, 호의, 남몰래 품었던 연약한 마음 같은 것이 담긴.

황정은의 《연년세세》를 읽으며 오랜만에 할머니를 생각한다. 네 편의 연작소설을 통해 마치 장편과 같은 느낌을 주는 이 작품은 평범한 한 가족의 이야기를 다루는데, 그 중심에는 노인 이순일이 있다. 이순일을 중심으로 그의 두 딸과 막내아들, 그리고 어린 시절 동무였던 순자의 이야기를 그려낸다. 맞벌이하는 큰딸 부부를 도와주기 위해 사돈 명의의 빌라에 들어가 살림을 해주는 노부부 이순일과 한중언, 백화점에서 이불을 판매하는 그들의 장녀 한영진, 글을 쓰는 차녀 한세진, 그리고 호주에서 육체노동을 하는 막내 한만수, 그 밖에 한영진의 남편 김원상과 한세진의 여자 친구 하미영, 이순일의 이모인 윤부경과 윤부경의

아들 노먼 카일리 그리고 그의 딸 제이미 카일리 등이 이 책의 주된 등장인물이다.

이들은 너무 평범해서 주변에서 한두 번쯤 흔히 들어보았을 만한 그런 사연을 지닌다. 동시에 평범한 많은 이들처럼 매우 전형적인 갈등을 겪는다. 이순일은 큰딸인 한영진의 살림을 도맡고 한영진의 아이들을 돌보느라 하루 종일 편히 앉을 틈도 없이 고된 노동을 하면서도 이에 대해 변변한 인정이나 보답을 받지 못한다. 보답은커녕 실은 눈칫밥이나 먹지 않으면 다행이다. 사위인 김원상은 장모인 이순일에게 별다른 말을 건네진 않지만 늘 불편한 침묵을 유지하며, 이런 사위를 마주할 때마다 이순일은 설명할 수 없는 압박감을 느낀다.

하지만 이순일에게 있어 딸 한영진 또한 원망스럽기는 마찬가지다. 딸을 위해 하루 종일 살림과 가사노동을 하지만 한영진은 이를 감사히 여기기는커녕 당연하게 받아들인다. 이순일에게 아주 중요한 의미를 지니는 할아버지의 묘소에 찾아가는 것조차 이해해주지 않고, 당연히 묘소를 옮기는 '파묘' 행사에도 동행해주지 않는다. 그뿐만 아니라 엄마가 그렇게 묘소에 찾아가는 길에 자신의 장화를 멋대로 신고 나가 망가뜨렸다며 짜증을 부리기까지 한다. 어차피 거의 망가져 있던 장화를 말이다.

그런데 한영진이라고 할 말이 없는 것은 아니다. 한영진은 두 아이의 육아와 살림 부분에서는 엄마인 이순일에게 의존하며 고령인 그녀의 노동력을 착취하다시피 하지만, 동시에 그에 대한 대가로 엄마의 짜증을 참아내고 엄마가 호더hoarder처럼 끊임없이 수집해서 집 안에 쌓아두는 온갖 물건들을 묵인하고 그리하여 이곳이 집인지 고물상인지 구분할 수 없는 풍경을 견딘다.

게다가 한영진이 견뎌온 것은 사실 그것뿐만이 아니다. 본래 교육대학교에 진학하여 교사가 되고 싶었던 어린 한영진은 집안을 책임지길 원하는 엄마의 기대 앞에서 결국 꿈을 꺾고 취직을 선택했고, 이후 오랜 기간 부모와 두 명의 동생을 먹여 살려왔다. 스무 살 남짓한 어린 나이부터 모든 욕망과 욕구를 체념하고 타인을 위해 살아왔다. 육아와 살림으로 도움을 받는다고는 하지만 그 대신 계속해서 부모의 거처와 생계를 책임지고, 이로 인해 시가 쪽의 눈치를 보아야 하는 삶을 견뎌왔다. 이러한 삶에 대해 과연 당사자 말고 누가 함부로 이야기할 수 있을까.

등장인물의 사연은 모두 이와 같은 식이다. 어떤 흠결과 허물을 지니고 있으며 누군가를 착취하고 억압하지만, 겉으로 보기에 아주 쉽게 판단하고 비난할 만한 부분이 있지만, 찬찬히 들여다보면 모두 그럴 수밖에 없는, 그렇게 행동할 수밖에 없는 각자의 사연을 지니고 있다. 이 소설이 어디선가 들어본 적 있는 흔한 이야기 같으면서도 독자로 하여금 자신도 모르게 깊이 공감하고 몰입하도록 만드는 것은 바로 그 때문이다.

이순일이 딸인 한영진의 만류에도 불구하고, 주변의 의아해하는 시선을 무릅쓰면서 마지막까지 찾아갔던 묘소의 주인에 대해서도 이는 마찬가지다. 이순일이 파묘를 위해 찾아갔던 묘소의 주인은 사실 이순일의 할아버지로, 어린 이순일에게 몹시 고된 노동을 시켰던 인물이다. 이순일이 그날치의 노동을 끝내지 않은 채 학교에 가면 학교까지 찾아와 끝끝내 일을 시키던 사람. 또한 이순일이 어린 동생을 다치게 하고 그러다 결국 죽게 만든 사실을 끝까지 잊지 못하게 함으로써 벌을 준 사람. 그렇기에 이순일이 노인이 된 지금까지도 원망하고 미워하는 사람.

하지만 이순일은 그처럼 할아버지를 원망하고 용서하지 못하면서도, 동시에 그가 자신의 결혼식 날 찾아와 노란 약국 봉투에 부조금을 넣어 내밀던 기억을 떠올리며 눈물을 흘리기도 한다. 실제로 어린 이순일의 노동력을 착취했던 할아버지는 아무런 연고 없는 이순일의 유일한 보호자이자 가족이기도 했다. 그런고로 이순일이 그렇게 원망하고 미워하던 할아버지의 묘를 주기적으로 찾아가는 행위는 그녀에게 있어 자신의 뿌리를 잃어버리지 않기 위한, 친정을 방문하는 의식이나 마찬가지였던 것이다.

또한 이순일은 시시때때로 어린 시절의 동무인 순자에 대한 생각도 한다. 이순일의 유일했던 동무 순자. 식모살이를 하던 이순일에게 마음을 나눠주고, 짜장면을 사주고, 도망가게 해주고, 그러다 다시 붙잡히게도 만들었던 순자. 이순일은 외롭고 고통스러운 순간마다 자신이 순자의 뺨을 때렸던 장면을 몇 번이고 몇 번이고 회상한다. 하지만 그러는 와중에도 그런 순자에 대한 자기의 진짜 마음이 어떤지에 대해서는 끝내 알지 못한다. 그것이 원망인지, 그리움인지, 동정인지, 연민인지, 사랑인지.

소설 속 인물들은 이처럼 모두가 상처투성이다. 끊임없이 서로가 서로에게 착취당하며 상처가 있는 이들은 상처를 이유로 다른 이에게 반드시 또 다른 상처를 남긴다. 적어도 소설 속에서는 이들에게 기쁨의 정서가 없다시피 하다. 그렇기에 독자 입장에서는 도대체 무슨 낙으로 살아가는 것일까 하는 의문이 절로 들기 마련이다. 하지만 생각해보면 우리네 삶이 그러한 것이 아닌가 싶다. 실은 우리가 살면서 겪는 감정들은 이들이 겪는 것과 거의 흡사하다. 사는 동안 행복이나 기쁨은 오로지 찰나의 순간뿐, 대부분 슬픔과 고통으로 점철되어 그 시간을 견디며 살아가는 것이다.

이에 대해 작가는 이순일의 입을 빌려 말한다. 그럼에도 이들이 끝끝내 살아가는 이유는, 진저리나는 생을 견뎌나가는 이유는 '잘 살기'를 바라서라고. 실제로 소설 속에서 어떻게 사는 것이 '잘 사는' 것인지도 모르면서, 이들은 오로지 서로가 '잘 살기'를 바라는 마음으로 각자 상처투성이인 자신의 삶을 견딘다. 그런 모습을 바라보다 보면 무슨 이야기를 해야 좋을지 모르게 된다. 나에게 상처를 주었던 사람이, 내가 미워하던 사람이, 부서지지 않으려고 안간힘을 쓰며 버티고 있는 모습을 볼 때의 마음을 어떤 말로 표현할 수 있을까.

엄마 이순일이 할아버지의 묫자리를 '파묘'하던 날, 둘째인 한세진은 엄마를 따라나섰다가 동생인 한만수로부터 엄마에게 너무 효도하지 말라는, 엄마의 뜻에 맞춰주기 위해 너무 무리할 필요 없다는 이야기를 듣는다. 하지만 한세진은 생각한다. 엄마를 따라나선 것은 엄마를 이해해서도 아니고, 엄마가 옳아서도 아니고, 엄마에게 동의해서도 아니라고. 그저 마음이 아팠기 때문이라고. 마음이 아팠기에 같이한 것이라고. 할아버지에게 마지막으로 인사를 하라고 말하던, 이 세상에 유일하게 존재하던 자신의 혈육, 원망스럽고 밉지만 동시에 유일한 혈육이자 뿌리이기도 하므로 한편으로는 집착할 수밖에 없었던 대상을 떠나보내는 사람의 쓸쓸한 미소를 보면서 마음이 아팠기에, 그 마음이 전부였다고. 그 미소를 보았다면 누구라도 그리할 수밖에 없었을 것이라고.

지난밤에 아이들을 데리고 놀이터에 갔다가 길고양이를 만났고, 고양이를 쫓아가다가 우연히 화단에 핀 양귀비꽃을 발견했다. 그렇게 오랜만에 할머니 생각을 했다. 등 뒤에 숨긴 양귀비꽃을 꺼내 보이며 수줍게 웃던 그 미소를 떠올렸다. 그 미소와 거기 걸쳐져 있던 할머니의 오랜 세월을 생각했다. 이제는 전부 오래된 일이다.

지키고 싶은 마음

◆

《로드》

제가 죽으면 어떡하실 거예요?
네가 죽으면 나도 죽고 싶어.
나하고 함께 있고 싶어서요?
응, 너하고 함께 있고 싶어서. (16쪽)

_《로드》, 코맥 매카시/정영목, 문학동네, 2008

♦ ♦ ♦

왜 죽었을까. 어릴 때는 스스로 생을 마감한 사람의 이야기를 들으면 가장 먼저 그런 생각이 들었다. 왜 죽었을까. 왜 그랬을까. 무슨 힘든 일이라도 있었나. 많이 괴로웠나. 고통스러웠나. 그래도 살지. 살아 있지. 살아 있으면, 조금만 더 버티면 괜찮아졌을지도 모르는데. 떠나간 이의 죽음이 안타깝고 슬프고 황망해서 자연스럽게 이런 생각들이 들었다.

그로부터 많은 시간이 흐른 지금은 그보다 훨씬 더 자주 생각한다. 왜 살아야 할까. 사람은 왜 살까. 저 사람은 왜 살아 있을까. 우리는 왜 살까. 나는 무엇 때문에 살고 있나. 살아서 무슨 좋은 점이 있다고. 이런 고통이나 불안이나 허무나 슬픔을 꾸역꾸역 견디면서 살아야 하는 이유는 무엇이냐고. 이런 이야기를 하면 아마 당장에라도 "무슨 고민이라도 있으세요? 그러지 말고 용기를 내세요!" 같은 말이 들려올 듯하지만 딱히 그런 것은 아니다. 슬픈 일이 있어서도 아니고, 우울해서도 아니고, 말 그대로 근원적인 궁금증이다. 인간은 왜 태어났고, 무엇 때문에 살아가야 하는지에 대한.

사실 조금만 생각해보면 죽는 것보다 살아 있는 것이 훨씬 이상하고 기이하게 느껴진다. 그저 태어났으니 생명체로서의 본능 때문에 하루하루 관성적으로 살아갈 뿐, '왜'라고 따지기 시작하면 이유를 찾기 쉽지 않다. 오랫동안 고민해보았지만 지금도 그 이유는 찾지 못했다. 살면서 행복한 순간이 없지는 않지만 아주 찰나일 뿐이다. 대개의 경우 삶은 무감하고, 자주 잔인하고, 행복한 순간보다는 괴로울 때가 훨씬 많다. 재산이 얼마나 많은지, 얼마나 아름다운지, 얼마나 똑똑한지, 사람들로부터 얼마나 많은 사랑을 받는지에 관계없이, 삶은 필연적으로 고통이다.

그렇기 때문인지는 몰라도 요즘 들어서는 죽고 싶어 하는 사람에게 죽지 말라거나, 힘을 내라거나, 네가 죽으면 슬플 것 같다거나, 나를 위해서 힘을 내달라거나, 그런 말을 하는 것조차 망설여진다. 몸이나 마음의 질병, 혹독한 개인사, 견딜 수 없는 고통으로 괴로워하는 사람에게 섣부른 위로를 건네는 것이 매우 조심스럽다. 살고 싶은 이유가 없는 사람에게는 살아달라는 요구 자체가 이기적으로 느껴질 수도 있으니까. 살아갈 이유가 없는 사람에게는 살아달라는 요청 자체가 폭력적일 수도 있으니까.

나 자신조차 왜 살아야 하는지 모르겠을 때가 많은데. 딱히 우울하거나, 슬프거나, 외롭거나, 쓸쓸하거나 하지 않더라도, 기쁘거나 행복하지 않은 순간은 살아갈 이유를 잘 모르겠는데. 그런데 그걸 타인에게 무슨 권리로 요구한단 말인가. 그래서 지금은 누가 어떤 선택을 하든지 그럴 수도 있겠구나, 라는 생각을 한다. 그렇다고 덜 슬프거나 덜 안타까운 것은 아니지만.

죽음은 이별의 과정이기에 본질적으로 슬플 수밖에 없지만, 특히나 많은 이에게 사랑받거나 누구보다 행복하게 반짝반짝 빛나는 것처럼 보이던 사람이 스스로 세상을 떠났다는 소식을 들으면 더욱 마음이 가라앉는다. 단순히 재능이 넘치는 한 사람을 이 세상에서 잃었다는 안타까움이나 삶을 등진 이들에 대한 연민을 느껴서만은 아니다. 그보다는 삶 자체가 역시나 슬프고 고통스럽고 힘들다는 사실을 다시 한번 깨달았기 때문인 것이 훨씬 크다.

나처럼 평범한 사람들이야 인생에서 고통이 많으니 그럴 수 있지만 이렇게 밝고 명랑한 (것처럼 보였던) 사람도 떠날 수 있을 만큼 삶이란 혹독하구나, 고작 나 따위가 이런 세상을 잘 견딜 수 있을까 하는 두려움 같은 것이 엄습한다. 어둠이라곤 찾아보기 힘들 것 같았던 사람에게 그런 마음이 있었다는 사실에 놀란다. 어쩌면 나에게도 그런 마음이 언제든 생길 수 있다는 것과 내가 아는 다른 사람에게도 역시나 그런 마음이 있을 수 있다는 생각에 불안해진다. 그래서 이런 일을 앞으로도 예상치 못한 순간에 여러 번 반복해서 겪게 될지도 모른다는 생각들로 마음이 어두워지는 것이다.

이처럼 마음이 깜깜한 순간에는 세기말이나 전쟁 등의 극단적인 상황이 배경인 이야기에 유난히 손이 간다. 어쩌면 눈앞의 고통 따위 별것 아님을 느낄 수 있도록 더 힘든 사람들을 바라보며 위안을 찾고자 하는, 약간은 비열하고 조금은 이기적인 마음 때문이지 싶다. 극단적인 상황에 놓인 이들을 보며 일종의 위로를 받는 것이다. 내 상황이 이것보다는 나으니까, 이런 고통을 견디는 사람들도 있는데, 적어도 내가 수용소에 있는 것은 아니니까, 같은 생각을 하면서. 이들은 어떻게 고통의 시간을 견디는지 눈여겨보면서, 무엇에서 삶의 의미를 찾아내는지 배우려 애쓰면서.

코맥 매카시의 《로드》는 세기말을 배경으로 한 남자가 아들을 데리고 유랑하는 내용이다. 세기말의 원인이나 자세한 배경은 생략되어 있기에 독자에게 주어진 정보는 많지 않다. 그저 세계는 멸망했고, 사방은 암흑이라는 것뿐. 소설 속에서 모든 것은 타버렸거나 사라져버렸다. 날씨는 춥고, 먹을 것은 없고, 언제 누가 공격해 올지 모른다. 남자는 아이를 데리고 목적지가 없는 유랑을 계속한다. 목표는 오직 살아남는 것. 더 정확하게는 아이를 지켜내는 것이다.

이런 이야기들을 읽을 때면 자연스럽게 상상하게 된다. 나라면 이런 경우 어떻게 할까. 좀비 바이러스가 퍼져 대부분의 사람이 죽고 폭력적인 인물 몇 명만이 남은 상황이라면, 전염병이 한 지역을 전부 휩쓸어버린 상황이라면, 수용소에서 식량이 부족해 사람들이 폭도로 돌변한 상황이라면. 위협이 구체적이고 현실적일수록 상상은 더욱 리얼해진다. 결국 나의 상상은 대부분 고개를 흔들며 아, 난 못해, 그냥 자살할 거야, 라는 식으로 마무리되는 경우가 많다.

아무리 생각해봐도 그런 상황 아래서는 스스로 목숨을 끊는 것만이 최선인 것 같다. 일단 굶주림 등 육체적 고통을 견딜 수 있을지 자신이 없다. 또한 강간, 살인, 약탈과 같은 인간성의 말살과 함께 따라오기 마련인 폭력을 나의 나약하기 짝이 없는 정신력으로는 감당하지 못할 것이 뻔하다. 그런고로 험한 일을 당하기 전에 세상을 떠나는 것이 최선의 선택이다. 하지만 그렇게 흘러가던 상상은 늘 똑같은 벽에 부딪힌다. 잠깐만, 그런데 내가 그렇게 죽어버리면, 그대로 이 세상을 떠나버리면, 아이들은 어떡하지? 이제 고작 열 살과 여섯 살, 아직은 혼자 살 수 없는 아이들.

가끔 신문이나 뉴스에서 가족이 집단으로 사망한 소식을 볼 때마다 '동반 자살'이라는 이름 자체가 잘못되었다는 지적을 해왔다. 이러한 명칭이 한국의 잘못된 가족주의를 더욱 강화하므로 '동반 자살' 대신 '부모에 의한 자녀 살해'라고 명명해야 한다고 이야기해왔다. 하지만 아주 솔직한 심정으로는 한편 그 마음이 이해가 가기도 한다. 얼마 전에는 말기 암에 걸린 어머니가 발달장애가 있는 딸을 살해하고 자살을 시도하다 미수에 그쳤다는 기사를 보고 한동안 아무런 말도 할 수 없었다. 그 어머니를 어떻게 비난할 수 있단 말인가. 앞으로 그 아이가 살아갈 모습이 뻔히 보이는데 부모 입장에서 그런 아이들을 그냥 두고 떠나기는 과연 쉽지 않았을 것이다. 현실 세계에서도 그러한데 하물며 전쟁이나 세기말과 같이 체계가 완전히 무너져버린 세상이라면 과연 어떨까.

혼돈 속에 보호자 없이 홀로 남겨진 아이는 너무나도 쉬운 먹잇감이 될 것이다. 강간, 살인, 각종 폭력과 착취. 그런 상황이라면 부모는 아주 쉽게 같이 죽는 것을 떠올리게 된다. 옳다는 이야기는 당연히 아니며 나 또한 상황이 어떠하든 그런 선택을 하진 않을 것이다. 그럼에도 불구하고 인간은 상상력으로 인해 늘 최악의 경우를 그려보게 되는 것이다. 그리고 그럴 때 어떻게 하더라도 자신 혼자만 죽을 수 없다면, 아이 혼자만 남겨놓을 수도 없고, 제 손으로 아이를 죽이는 것 또한 끝내 할 수 없다면, 결국 택할 수 있는 방법은 살아남는 것뿐이다. 아무리 죽고 싶더라도 끝까지, 온갖 괴로움과 고통과 두려움을 견뎌내며 살아서 아이를 지켜내는 것뿐이다.

소설 《로드》에서 드러나는 세기말적 배경 또한 크게 다르지 않다. 주인공인 남자는 굶주림, 추위, 피로, 두려움, 절망, 고통 등 끊임없는 위기를 겪고, 계속된 위기 속에서 여러 번 죽고 싶은 상황을 맞이하지만, 딸린 아이가 있는 탓에 그대로 죽어버릴 수는 없다. 그렇기 때문에 그는 아이를 죽이는 상상 또한 거듭해본다. 하지만 역시나 제 손으로 사랑하는 아이를 죽일 수는 없는 노릇이다. 결국 그는 초인적인 힘을 발휘하며 살아남는 길을 택한다. 그러나 남자만 아이를 위해서 살아 있는 것은 아니다. 아이는 남자가 자신을 지키기 위해 그 모든 고통과 두려움을 무릅쓴다는 사실을 알고 자신 역시 살아남고자 애쓴다. 그런 의미에서 남자가 아이를 위해 억지로 살아 있는 것처럼 보이지만, 한편으로는 아이 역시 남자를 위해 살아 있는 것이기도 하다.

아주 오래전에, 그러니까 결혼해서 직접 아이를 낳기 전에, 사람들은 대체 왜 사랑을 하고 아이를 낳는지 궁금했다. 아이는 귀엽고 사랑스러우며 유전자를 보존해주는 역할도 한다. 하지만 아이를 기르는 것은 그 이상으로 책임이 따르고, 돈도 들고, 귀찮고, 힘든 과정이기도 하다. 그런데 왜 아이를 낳고 기르는 걸까? 경제적, 육체적으로 손해가 막심한데 아이를 낳지 않는 편이 훨씬 자연스러운 선택 아닌가? 이것은 아이를 둘이나 낳은 뒤에도 마찬가지여서, 그냥 '낳고 싶다'는 생각을 막연히 했을 뿐, 왜 그런지 답하기 어려울 때가 많았다. 유전자에 근원적으로 새겨진 번식 본능 때문일까? 그렇다면 대체 무엇으로 그러한 본능이 발현되는 걸까? 고통과 고난과 어려움이 따라올 것을 알면서도 아이를 낳고 싶어지는 심리적 기제는 무엇일까?

이번에 매카시의 《로드》를 읽고서 비로소 그런 마음들에 대해 조금은 알 것 같았다. 여러 가지 이유가 있겠지만 다른 무엇보다 사람들은 사랑할 대상이 필요해서 아이를 낳는다고 말이다. 세상은 절망적이고 희망은 찾아보기 어려운 상황에서 계속 살아가기 위해서는 어떤 식으로든 이유가 필요하고, 결국 그것은 사랑이라고. 인간이 종을 보존하고 계속 번식할 수 있도록, 인간의 유전자는 인간을 사랑이 있어야만 살아갈 수 있는 존재로 만들었다고.

물론 그 대상이 반드시 아이가 될 필요는 없을 것이다. 다만 사람에게는 무엇이 되었든 사랑할 대상이 반드시 필요한 것 같다. 그렇지 않으면 너무 자주 죽고 싶어지니까. 그러나 만약 사랑하는 것이 남아 있다면 어떤 방식으로든 조금 더 버틸 수 있는 것 같다. 그 마음의 밑바탕이 책임감이든, 집착이든, 행복이든, 미안함이든, 사랑하는 것을 지키고 바라보기 위해 살아가게 되는 것 같다.

작가인 매카시는 일흔 살 때 늦둥이인 열 살짜리 아들이 자는 모습을 보며 이 작품을 구상하게 되었다고 한다. 그는 생전에 이미 문학적 성취를 이루었음에도 강연이나 기고 요청 등을 거절하고 세상과 단절된 채로 평생을 가난하고 어렵게 살았는데, 작품 속에서 아이를 헌신적으로 돌보며 살아남으려 애쓰는 남자의 모습에서 당시 매카시의 상황이 읽혀 읽는 내내 마음이 무거웠다. 너무 자주 절망스럽고 죽고 싶지만, 아이 때문에 결국 죽을 수 없는, 혹은 아이로 인해 계속 살게 되는 그 마음.

그러고 보니 몇 해 전 14년간 기르던 반려견을 떠나보내고 며칠간 슬픔에 빠져 있던 적이 있었다. 단순히 기르던 강아지가 떠났다는 슬픔이 아니라 삶과 죽음에 대한 허무함 때문에 더욱 힘들었다. 결국 아이를 재우다 말고 자꾸만 눈물이 나서 훌쩍훌쩍

울었는데, 그때 옆에서 자는 줄 알았던 둘째가 갑자기 돌아눕더니 한참을 가만히 바라보다가 내게 물었다.

"엄마, 왜 자꾸 울어?"

"응, 아니야. 엄마 눈에 뭐가 들어가서 그래."

그러자 둘째가 배시시 웃더니 손을 뻗어 내 얼굴에 묻은 눈물을 닦아주고선 또 입을 열었다.

"엄마 그렇게 우니까 아기 같아."

누가 누굴 보고 아기래. 아직 세 살배기인 아기가 자기 엄마보고 아기 같다니. 그 말이 너무 우스웠는데, 이상하게도 눈물은 멈추질 않았다. 우스운 만큼 눈물이 더 났다. 계속해서 훌쩍거리는 나를 보며 아이가 덧붙였다.

"엄마 정말 귀엽다. 사랑해, 엄마."

가끔 사는 이유를 모르겠는 때가 있다. 딱히 큰 불행을 겪고 있어서가 아니라, 그냥 인간을 비롯한 세상의 모든 생명체들이 왜 태어나고 왜 존재하는지 자체를 모르겠는 그런 순간들 말이다. 의미 없이 태어나고 의미 없이 존재하다가 의미 없이 가버리고 마는 수많은 것들, 차라리 태어나지 않는 쪽이 더 편안하고 행복했을 어떤 삶들. 그런 것들을 계속 보다 보면 삶 자체가 덧없고 의미가 없다는 생각이 드는 것이다. 그럼에도 아주 가끔 이런 순간을 만나면, 살아 있어서 다행이라는 생각이 든다. 이런 순간순간을 위해 지금껏 살아왔고 계속해서 살아가고 있구나 하는, 그런 생각을 한다.

　언젠가 한 독자로부터 "작가님 글에는 용기가 있어서 좋아요"
란 말을 듣고 무척 기뻤던 한편으로 얼떨떨했다. 스스로를 용감
하다고 생각해본 적이 한 번도 없었기 때문이다. 현실의 나는 용
감은커녕 비겁하고 나약하기 짝이 없는 편에 가깝다. 버림받는
것이 두려워 먼저 버리는 사람. 실패가 싫어서 처음부터 도전하
지 않는 사람. 비난받고 싶지 않아 속마음조차 제대로 이야기하
지 못하는 사람.

　하지만 이렇게 소심하고 비겁하며 여러모로 부족한 내가 드
물게 용감해지는 순간이 있는데, 그건 바로 좋은 소설을 읽었을
때다. 훌륭한 소설을 읽고 난 다음에는 왠지 모르게 나를 드러
낼 용기가 생긴다. 나의 뾰족함, 나의 무지함, 나의 나약함을 마
주 볼 수 있게 되고, 왠지 그걸 타인에게 보여주어도, 그래서 설
사 미움받을지라도 괜찮다는 마음이 생겨난다. 감추고 숨기기에
만 급급했던 나에 대해 조금 더 말하고 싶어진다. 잠시 잠깐이나
마 더 나은 사람이 되고 싶어진다. 상처를 감수하더라도 사랑하

고 싶어진다.

그래서인지는 몰라도 책에 대한 이야기를 하려던 것이 어느 틈에 나 자신에 대한 이야기가 되고 말았다. 만약 이 책에서 용기나 사랑이 느껴진다면 그건 모두 내가 읽었던 소설들 덕분이다. 이 책은 지난 몇 년간 소설을 읽고 남겼던 기록 중 일부를 추린 것이다. 앞서 언급한 대로 누구나 흥미로워할 만한 작품들이라기보다는, 내가 살아온 삶의 궤적과 겹쳐지는 작품 위주로 다루었다.

책을 쓰는 동안 언제나처럼 많은 도움을 받았다. 늘 한결같이 곁에서 응원해주는 남편과 아이들, 그리고 지켜보아주는 친구들에게 감사 인사를 전하고 싶다. 더불어 누군지도 모를 미래의 독자를 위해 오늘도 열심히 창작에 매진하는 많은 소설가들과, 그러한 작품을 펴내는 출판사들에도. 마지막으로 이 책을 읽어준 독자들께도 감사드린다.

◆ 여기 실린 책들

《2021 제12회 젊은작가상 수상작품집》, 문학동네, 2021

《가해자들》, 정소현, 현대문학, 2020

《그믐, 또는 당신이 세계를 기억하는 방식》, 장강명, 문학동네, 2015

《나를 보내지 마》, 가즈오 이시구로/김남주, 민음사, 2009

《나의 새를 너에게》, 사노 요코, 히로세 겐/김난주, 샘터사, 2020

《나이트 워치》, 세라 워터스/엄일녀, 문학동네, 2019

《내가 되는 꿈》, 최진영, 현대문학, 2021

《너라는 생활》, 김혜진, 문학동네, 2020

《노르망디의 연》, 로맹 가리, 마음산책, 2020

《눈으로 만든 사람》, 최은미, 문학동네, 2021

《로드》, 코맥 매카시/정영목, 문학동네, 2008

《모래의 여자》, 아베 코보/김난주, 민음사, 2001

《모스크바의 신사》, 에이모 토울스/서창렬, 현대문학, 2018

《미친 아담》, 마거릿 애트우드/이소영, 민음사, 2019

《비틀거리는 여인》, 미시마 유키오/송태욱, 서커스, 2007

《빛과 물질에 관한 이론》, 앤드루 포터/김이선, 문학동네, 2019

《숨그네》, 헤르타 뮐러/박경희, 문학동네, 2019

《아일린》, 오테사 모시페그/민은영, 문학동네, 2019

《여름의 빌라》, 백수린, 문학동네, 2020

《연년세세》, 황정은, 창비, 2020

《연인》, 마르그리트 뒤라스/김인환, 민음사, 2007

《오릭스와 크레이크》, 마거릿 애트우드/차은정, 민음사, 2019

《인생의 베일》, 서머싯 몸/황소연, 민음사, 2007

《종이달》, 가쿠타 미쓰요/권남희, 위즈덤하우스, 2014

《최선의 삶》, 임솔아, 문학동네, 2015

《친애하고, 친애하는》, 백수린, 현대문학, 2019

《클라라와 태양》, 가즈오 이시구로/홍한별, 민음사, 2021

《파친코》, 이민진/이미정, 문학사상사, 2018

《홍수의 해》, 마거릿 애트우드/이소영, 민음사, 2019

《화이트 호스》, 강화길, 문학동네, 2020

《흰 개》, 로맹 가리/백선희, 마음산책, 2012